COLLECTION FOLIO

Farley Mowat

Le bateau qui ne voulait pas flotter

Traduit de l'anglais (Canada)
par François Ponthier

Gallimard

Titre original :

THE BOAT WHO WOULDN'T FLOAT

Édition originale française publiée par les Éditions Arthaud
en 1971, sous le titre *Fleur de passion*.

Édition originale canadienne :
The Boat Who Wouldn't Float

Initialement publié par McClelland & Stewart,
ouvrage publié en accord avec Key Porter Books Ltd.

Farley Mowat (1921-2014) est né à Belleville (Ontario). Les premiers livres de ce grand défenseur des Esquimaux du Nord canadien eurent un tel retentissement que le gouvernement se trouva contraint par l'opinion publique à prendre des mesures énergiques en leur faveur. L'auteur est devenu mondialement célèbre avec deux titres : *Mes amis les loups*, adapté au cinéma par les studios Disney, et *Le bateau qui ne voulait pas flotter*, livre de légende pour tous les amoureux de la voile.

À ses amis qui l'ont aimé en dépit de ses défauts : à Claire, Jack, Théo, Peter, Albert, Andy, Angus, Sandy, David, Peggy, John, Dale, Don et tous les autres, mais en particulier à Mike Donovan, qui ne voyagera plus jamais sur les eaux agitées.

1
Conception

J'éprouve depuis l'âge de trois ans une phobie solidement enracinée à l'égard des ventes aux enchères. Cette année-là, pour tuer le temps durant un après-midi de désœuvrement, mon père se rendit à une de ces manifestations de la vie économique. Il en revint possesseur de trente ruches comprenant les abeilles y relatives et d'une panoplie complète du parfait petit apiculteur. Incapable de se débarrasser d'une acquisition aussi incongrue, il se vit contraint de se faire éleveur d'abeilles. Ainsi, durant les deux années qui suivirent, je vécus presque exclusivement de biscuits secs et de miel. Les dieux se penchèrent enfin sur nos malheurs et les abeilles moururent toutes d'une épidémie de loque, ce qui nous permit de retrouver un semblant de vie normale.

Les ventes aux enchères furent désormais associées dans mon subconscient aux grandes catastrophes. Je les évite habituellement comme la peste. Mais, il y a quelques années, un beau jour d'avril, je succombai moi aussi aux chants des sirènes.

Cela se produisit dans une petite ville endormie au bord du lac Ontario. Elle avait été, jusqu'à la fin du siècle dernier, une importante escale sur la route des goélettes qui transportaient des céréales. Puis ce trafic disparut. Ce petit port abritait un avitailleur de navires qui refusait d'admettre la mort de la marine à voile et l'avènement de la navigation à vapeur. Durant un demi-siècle, il avait conservé intacts ses magasins en attendant le jour où un vrai marin viendrait frapper à leur porte. Aucun ne se présenta. Il en mourut et ses héritiers décidèrent de bazarder tout le capharnaüm de ce vieil original afin de transformer les bâtiments en n'importe quoi de rentable.

Il se trouve que, le jour de la vente, je traversai la ville. J'étais accompagné d'une jeune personne qui m'inspirait une certaine passion. La jeune personne, elle, n'avait de passion que pour les ventes aux enchères. Lorsqu'elle vit les affiches qui annonçaient celle-là, elle insista pour que nous nous y rendions. Je me jurai, dur comme fer, de ne rien acheter, mais, lorsque je me trouvai à l'intérieur du vieux magasin où subsistait encore un relent de goudron de Stockholm, de cirés, de voiles poussiéreuses, quelque mystérieux déclic se produisit en moi.

Parmi les caractéristiques héréditaires que je dois à mon père, il y a toujours eu une attirance romantique voire « conradienne » pour la mer et les navires. Comme lui, j'ai souvent trouvé un soulagement aux misères de ma chienne de vie (misères que j'ai d'ailleurs provoquées moi-même) en passant des heures plongé dans des récits de croisières et d'aventures océaniques à bord de coques de noix.

Dix ans avant la date fatidique de cette vente aux enchères, j'avais jeté l'ancre dans un lagon de collines sablonneuses au centre de l'Ontario, aussi loin de la mer qu'un être humain puisse aller. Là, j'avais labouré la glèbe pour y faire croître de l'herbe, des arbres et des légumes dans l'intention bien arrêtée d'y planter moi-même mes racines. Mon labeur fut vain autant que mes labours. La sécheresse détruisit l'herbe, pucerons et lapins dévorèrent mes arbrisseaux, et les vers blancs s'engraissèrent de mes légumes. Loin de m'enraciner dans la terre du Seigneur, dix années d'esclavage sur un sol ingrat ne parvinrent qu'à m'emplir d'un esprit de rébellion dont je n'avais jamais soupçonné l'intensité. Je la mesurai dans le vieux magasin du shipchandler, au contact physique d'un monde que je n'avais jusqu'alors connu qu'en imagination. Je me mis à acheter, à acheter avec délices, avec fureur, avec frénésie. J'achetai suffisamment de matériel nautique pour emplir tout un appentis de ma petite ferme déglinguée.

Eussé-je douté d'être le fils de mon père que ce phénomène eût levé mes doutes : l'histoire des abeilles devait se répéter, ainsi que son inéluctable conclusion.

Il se trouve que j'ai un éditeur qui est néanmoins mon ami. Il éprouve à l'égard de son métier des sentiments analogues aux miens concernant l'agriculture. Jack McClelland est un romantique, encore que le mot le fasse bondir et qu'il le conteste avec véhémence. Durant la guerre, il a servi sur une vedette lance-torpilles ainsi que sur diverses autres petites unités d'un confort très relatif. La paix revenue, il a repris la monotone vie des gens d'affaires, mais son âme est restée sur la passerelle d'une vedette. Il continue, en imagination, de cingler à travers les grises étendues de l'Atlantique, ses pièces crachant le feu sur les spectres des sous-marins allemands qui tentent désespérément d'échapper à leur destin.

Jack est propriétaire d'un chalet sur les bords du lac Muskoka. Il y entretient un canot à moteur d'acajou verni, en forme de lame de couteau. Parfois, dans le clair-obscur lunaire, cette embarcation se métamorphose en vedette lance-torpilles au grand dam des amoureux qui hantent en canoë les calmes eaux du lac.

Quelques semaines après que j'eus acheté le stock du défunt shipchandler, Jack et moi étions au mouillage dans un bar de Toronto. C'était un jour triste dans une triste ville, de sorte que nous n'avions rien de mieux à faire que de prolonger l'escale. Je n'ai pas pris de notes sur nos propos et je suis également incapable de me rappeler comment les choses arrivèrent. Je sais seulement qu'avant la fin de la nuit nous étions convenus d'acheter ensemble un voilier capable de naviguer en haute mer, à bord duquel nous irions bourlinguer sur l'eau salée.

Nous avions décidé de le faire « à l'ancienne mode ». (Nous avons tous deux un peu le complexe de Drake et de Nelson.) Ce qui signifiait que nous devions acheter un bateau ancien. Le genre de navires en bois pilotés jadis par des hommes de fer.

Le seul endroit à notre connaissance pour acquérir une telle unité ne pouvait être que l'île brumeuse et lointaine de Terre-Neuve. En conséquence, un beau matin l'avion me déposa dans la vieille capitale de l'île, Saint-Jean, où j'avais pris rendez-vous avec un iconoclaste à barbe rousse et au froid regard bleu, nommé Harold Horwood. Ce personnage a la réputation d'en savoir plus que tout homme au monde sur les petits villages éparpillés sur les côtes de Terre-Neuve. En dépit de mon appartenance au continent et de sa haine pour les continentaux, l'insulaire Harold avait accepté de m'aider dans mes recherches. Je ne sais trop quelles raisons l'y avaient poussé mais la lecture de cette chronique permettra peut-être de les découvrir.

Harold m'emmena visiter une ribambelle de petits ports de pêche collés comme des bernacles aux falaises battues par les lames de la grande île. Il me montra des bateaux, allant du doris de quatorze pieds à la majesté un peu pourrie d'une goélette à trois mâts de cinq cents tonneaux.

Malheureusement, ceux de ces navires qui eussent été en état de prendre la mer n'étaient pas à vendre, ou bien hors de mes moyens financiers

(Jack avait astucieusement fixé les disponibilités en numéraire à mille dollars).

Ceux qui entraient dans les limites de mes investissements étaient généralement si vieux que des pissenlits poussaient sur le pont, à moins qu'ils ne fussent en train de jouir d'un repos bien gagné sur la vase, au fond du port, leur superstructure seule émergeant encore des eaux calmes.

Le temps passait et nous n'en sortions pas. La barbe flamboyante de Harold se hérissait de façon de plus en plus belliqueuse et le regard glacé de ses yeux prenait une fixité de plus en plus inquiétante. Il n'avait pas l'habitude de l'échec et il le détestait. Il fit en sorte de faire passer un article dans les journaux locaux. On y racontait l'arrivée dans l'île d'un « riche continental » à la recherche d'une goélette de construction locale.

Deux jours plus tard, il m'apprit qu'il avait découvert le navire idéal. C'était, me dit-il, une petite goélette franche du type généralement connu sous le nom de chasse-marée et, plus précisément, sous celui de « goélette franche de la côte Sud ». Je ne puis dire que cette définition me remplit d'enthousiasme, mais sur l'instant j'étais si désespéré de ne rien avoir trouvé que j'acceptai d'aller la voir.

Elle était au sec à Muddy Hole (c'est-à-dire en français « trou vaseux »), un petit village de pêcheurs de la côte est de la péninsule d'Avalon. Pour des raisons trop longues à expliquer, ce rivage s'appelle la « côte Sud », peut-être parce qu'il se trouve au sud de Saint-Jean et parce que Saint-Jean prétend être le centre de l'univers.

D'après les cartes touristiques, Muddy Hole est relié à Saint-Jean par une route. C'est là une des fantaisies typiquement terre-neuviennes. Muddy Hole n'est accessible de Saint-Jean que par une sorte de piste étroite. On croit que ce sentier a été tracé il y a quelques siècles par un très vieux caribou aveugle et de plus atteint du tournis.

Il nous fallut six heures pour suivre les pas de cet animal jusqu'à notre destination. C'était une de ces belles journées de printemps qui font le charme de la côte est de Terre-Neuve. Un superbe ouragan soufflait de la mer et des rafales de pluie hurlante s'abattaient sur la voiture. La brume du grand banc de Terre-Neuve qui baigne éternellement la côte vers le large avait escaladé les falaises, plongeant toute la contrée dans un impénétrable coton sale. Guidé par quelque instinct aborigène hérité de ses ancêtres coureurs de mers, Harold réussit néanmoins à garder le cap et juste avant dix heures, dans une profonde obscurité, la voiture entra dans Muddy Hole (en tout cas, Harold me certifia qu'on y était). Le faisceau lumineux des phares ne révélait rien d'autre que de la pluie et du brouillard. Harold m'extirpa de la voiture puis il frappa à une porte invisible. Elle s'ouvrit sur une petite cuisine brillamment éclairée, emplie de vapeur chaude, où je fus incontinent présenté aux frères Hallohan, Mike et Paddy.

Vêtus d'épais chandails tricotés à la main et

de pantalons de serge noire, chaussés de lourdes bottes de caoutchouc, ils évoquaient deux personnages sortis d'une histoire de contrebandiers à la Stevenson. Harold me présenta donc en leur disant que j'étais le « type du continent » intéressé par leur bateau.

Les deux frères ne perdirent pas de temps. Ils me capelèrent un ciré et un suroît puis ils me poussèrent dehors dans la tempête.

La pluie battante cinglait si fort qu'elle étouffait presque le grondement des brisants. Ils rugissaient, à ce qu'il me parut, directement au-dessous de moi, et pas très loin.

« Belle nuit pour un naufrage », aboya Paddy d'un ton chaleureux.

C'était aussi une belle nuit pour se rompre le cou en tombant de la falaise, affaire qui me concernait directement tandis que je suivais Paddy sur un sentier en pente raide et si glissant que n'importe quel mulet eût réfléchi à deux fois avant de s'y risquer.

La lanterne tempête de Paddy, remplie par économie d'huile de foie de morue brute de raffinage, ne donnait qu'un semblant de lumière clignotante à travers un nuage de fumée aussi rance qu'épaisse. Toutefois, cette fumée avait son utilité. Elle me permettait de suivre mon guide à l'odeur.

Vingt minutes plus tard, je butai lourdement dans le dos de Paddy tandis que Mike butait non moins lourdement dans le mien. Paddy souleva la lanterne et dans son reflet j'eus la vision cauchemardesque de son visage de gnome, presque coupé en deux par un gigantesque sourire.

« La v'là, capitaine, c'est la plus chouette petite goélette de la côte Sud de Terre-Neuve ! »

Je n'y voyais goutte. Mes mains tendues en avant palpèrent une surface courbe et mouillée. Paddy haussa la lanterne, ce qui me révéla soudain la couche de peinture verte la plus repoussante que j'aie jamais vue. Elle me rappelait le ventre dénudé d'un cadavre allemand très avancé, dont j'avais pour mon malheur dû partager le trou individuel lors du débarquement en Sicile. Je retirai vivement ma main.

« Maintenant que vous l'avez vue, me cria Mike, nous allons faire un saut jusqu'à la maison et boire une tasse de thé. »

Sur quoi, Mike et Paddy « firent le saut » tandis que je tossais péniblement dans leur sillage.

Revenu sain et sauf dans la cuisine, je découvris que Harold n'avait pas quitté ce sanctuaire de tiédeur. Il m'expliqua plus tard qu'il aurait considéré comme une indécente indiscrétion d'assister aux effusions entre mon nouvel amour et moi. Harold est un personnage qui a de ces côtés délicats…

En attendant, j'étais trempé, déprimé, gelé, mais les frères Hallohan, assistés de leur vieille mère soudainement apparue de la pièce du fond, s'occupèrent sérieusement de moi. Ils commencèrent en me gavant d'une pleine assiettée de viande salée et de topinambours bouillis avec de la morue salée, ce qui provoqua chez moi comme réaction en chaîne une soif monumentale. À cet instant de l'opération, les deux frères apportèrent une cruche de screech.

Le screech est une boisson spécifiquement terre-neuvienne. Autrefois on la fabriquait en versant de l'eau bouillante dans des tonneaux de rhum vide afin de dissoudre les particules rhumiques résiduelles dont le bois restait imprégné. On ajoutait alors au liquide noirâtre ainsi obtenu des mélanges et des moûts. On faisait fermenter cette mixture durant le temps nécessaire avant de la distiller. Parfois, on procédait au vieillissement du produit en y laissant macérer pendant quelques jours une carotte de tabac à chiquer bien noire.

Les modes ont changé depuis et le screech est aujourd'hui un tord-boyaux tout à fait différent. C'est sous ce nom que le gouvernement de l'île vend aux pauvres diables désireux d'en finir avec la vie la plus immonde qualité de rhum des Caraïbes. Ce poison n'est pas aussi efficace qu'autrefois mais on pallie ce défaut en y ajoutant de l'extrait de citron. Le screech est généralement servi mélangé à de l'eau bouillante. Dans l'état quasi gazeux dû à l'addition d'eau chaude, le transfert de l'alcool au réseau sanguin est instantané. On en perd très peu dans le tube digestif.

C'était mon premier contact avec le screech et personne ne m'avait informé de ses effets. Harold se renversa en arrière sur sa chaise, une lueur démoniaque brillait dans son regard et il m'observait avec un ravissement sadique pendant que je tentais d'étancher ma soif. À vrai dire, je crois qu'il en était ainsi, car le bilan de mes souvenirs concernant cette soirée n'est pas très en équilibre.

Bien plus tard, Jack devait m'accuser d'avoir acheté le bateau alors que j'étais ivre ou de ne pas l'avoir regardé avant, à moins que ce ne fût les deux. Ce n'est pas vrai, en tout cas pour le deuxième chef d'accusation. Tandis que j'étais assis dans l'étouffante chaleur de la cuisine, les frères Hallohan abusèrent des dons de sorcellerie de leurs ancêtres irlandais. Ils évoquèrent par des conjurations diaboliques à mon intention une image de leur petite goélette si vivante que je la vis aussi nettement et clairement que si elle avait été dans la cuisine avec nous.

Lorsque enfin je pris Paddy par le cou pour fourrer dans sa paume aussi rêche que le cuir d'un requin une liasse de billets, je savais avec une éclatante certitude que j'avais trouvé le navire idéal.

Le lendemain matin, sur le trajet du retour, Harold se fit le chantre des vertus inhérentes aux pêcheurs irlandais de la côte Sud, avec leur honnêteté, leur côté « cœur sur la main » de braves citoyens craignant Dieu.

« Ils vous auraient donné leur chemise dès qu'ils vous ont vu, me dit-il. Généreux, bon Dieu, il n'y a pas plus généreux qu'eux dans le monde. Vous avez de la chance en un sens. Ils vous ont tout de suite eu à la bonne… »

Deux jours plus tard, je revins à Muddy Hole pour inspecter mon navire et pour avoir mon premier contact de sang-froid avec lui. J'entends sang-froid au sens propre du terme et non pas dans celui d'un quelconque euphémisme concernant ma sobriété.

Vue d'une certaine distance, la goélette était effectivement un assez joli bateau malgré sa couleur nauséeuse. C'était une véritable goélette miniature. Elle mesurait neuf mètres cinquante de longueur, deux mètres soixante-dix au maître bau et son tirant d'eau était de un mètre vingt. Mais elle était plutôt rustique. Quand on la regardait de près, elle donnait l'impression d'avoir été construite par une équipe de nos ancêtres paléolithiques, probablement habiles charpentiers de navires, mais outillés de leurs seules haches de silex.

Sa finition et ses aménagements laissaient beaucoup à désirer. Son pont était un flush-deck pourvu de trois étroits trous d'homme où s'étaient jadis tenus les pêcheurs qui taquinaient la morue à la dandinette. Les esprits d'un million de morues hantaient deux cales à poisson au centre de la coque. Entre les deux écubiers, une minuscule écoutille donnait accès à un coqueron de quatre-vingt-dix centimètres de côté où seul un individu de très petite taille aurait pu se tenir, à condition d'adopter la position du fœtus dans le ventre de sa mère.

Il y avait également une « salle des machines ». C'était un trou sombre où se dressait le magnifique phallus d'un moteur monocylindre à essence, ce teuf-teuf mastoc refusant le plus souvent de teuf-teufer.

Le gréement avait quelque peu besoin d'une révision. Les deux mâts semblaient avoir été taillés sur le modèle de la canne de Charlie Chaplin. Les haubans et les étais étaient faits de fil téléphonique et de ligne à morue. Les voiles, aussi rapiécées que la tunique de Job, avaient visiblement le même âge que ce personnage biblique. Le boute-hors fixé avec de la ficelle n'était autre qu'un manche de pioche.

Je n'eus pas l'impression que les Hallohan avaient beaucoup navigué avec mon bateau. Impression qui me fut confirmée plus tard, car, en fait, ils n'étaient *jamais* sortis du port à son bord et partageaient à ce sujet l'opinion générale à Muddy Hole que toute tentative de ce genre aurait une issue fatale.

Ma goélette n'était pas un joli petit bateau bien propre. À la vérité, elle puait. Sa coque n'avait jamais été nettoyée depuis sa construction et une couche gluante de graisse, de sang et de tripes de morue, épaisse de plusieurs centimètres, s'y était collée et incrustée solidement. Ce n'était pas qu'elle fût mal entretenue, mais c'était « calculé pour », comme les gens de Muddy Hole me l'apprirent après (mais seulement après) que j'eus passé tout un week-end à essayer de la nettoyer.

« Voyez-vous, patron, me dit l'un d'eux, ces rafiots, on les construit avec des bois verts et, quand ils sèchent, ils prennent l'eau comme des passoires. Y a pas une foutue couture qui tiendrait avec le calfatage, mais les coutures, elles se calfatent toutes seules avec le sang et la graisse de poisson, c'est ça qui bouche les trous. »

Depuis lors, je n'ai jamais eu de raison de douter de ces paroles.

Comme la somme que les Hallohan avaient réclamée pour leur bateau était, par un curieux phénomène, exactement celle que je devais dépenser et comme ce navire sans nom (que les Hallohan n'avaient jamais baptisé autrement que « cette pute ») n'était pas encore prêt à cingler vers Samoa ou à franchir le Horn, j'avais une grave décision à prendre.

Fallait-il abandonner la goélette de façon définitive et raconter à John McClelland quelque histoire de brigands terre-neuviens me détroussant des mille dollars ?

Fallait-il, au contraire, essayer de la mettre en état et de transformer cette passoire en une embarcation ?

Comme je suis au fond de moi-même un parfait dégonflé et comme Jack perce immédiatement à jour le moindre de mes mensonges, je choisis la seconde solution.

Après avoir demandé aux Hallohan quel charpentier de navire pourrait effectuer quelques transformations indispensables, je fus mis en rapport avec Enarchos Coffin, l'homme justement qui avait construit le bateau quatre ans auparavant. Enos, comme on l'appelait, était une sorte de grand échassier déshydraté, voûté et dégingandé. Durant sa jeunesse il avait été constructeur de navires pour la flotte de pêche hauturière du Grand Banc, mais, depuis que la pêche à la voile avait sombré dans l'oubli, il était réduit à construire des canots de pêche pour l'artisanat côtier.

Les embarcations qu'il lançait étaient superbement dessinées mais les effets combinés de la pauvreté de ses clients, du manque de bois convenable, de sa myopie croissante et de sa vieillesse affectaient singulièrement la qualité de son travail. Le bateau des Hallohan était le dernier sorti de son chantier et il était clairement destiné à conserver cette place d'honneur.

Lorsque, armé d'une bouteille choisie à dessein, je rendis visite à Enos, il habitait une grande maison délabrée en compagnie de ses sept filles, toutes célibataires.

Enos se montra aimable autant que volubile. Le dialecte local est presque incompréhensible pour un étranger et, lorsqu'il est débité à la cadence d'une mitrailleuse, il le devient complètement. Durant les deux premières heures de notre rencontre, je ne compris pas un mot de ce que disait Enos. Puis, comme sa vitesse d'émission se calmait, je réussis à en comprendre une quantité.

Il me dit qu'il était ravi d'apprendre que j'avais acheté le bateau. Lorsqu'il sut que je l'avais payé mille dollars, il n'eut que le temps de vider d'un trait la moitié de la bouteille de rhum pour résister à l'apoplexie qui le menaçait.

« Doux Jésus, gémit-il lorsqu'il eut repris haleine. Quand je pense que je l'ai construit pour ces pirates pour deux cents dollars ! »

Je n'eus que le temps à mon tour de vider la seconde moitié de la bouteille.

Lorsque nous eûmes tous deux retrouvé nos esprits, je lui demandai s'il pouvait réparer la goélette. Il accepta bien volontiers. Nous convînmes qu'il monterait une fausse quille avec un lest extérieur, un rouf pour la cabine au-dessus des cales à poisson, des couchettes, des tables, des placards et quelques autres aménagements indispensables. Ensuite, il referait le gréement et cent autres petits détails moins importants mais essentiels. Enos pensait que ce travail durerait environ deux mois.

Je regagnai Saint-Jean puis l'Ontario, conforté d'un optimisme mitigé. Je ne craignais pas que la goélette fût prête en retard car nous n'avions pas projeté de naviguer avant le milieu de l'été. De temps à autre j'écrivais à Enos. Comme il ne savait ni lire ni écrire, l'une de ses ravissantes filles me griffonnait une carte postale dans le genre de celle-ci :

Cher M. Mote

Papa dit que votre bateau avance ; beaucoup de poisson ce mois-ci. Gert a eu son bébé.

NELLIE COFFIN

Durant ces mois d'attente, Jack et moi nous rêvions et échafaudions des plans innombrables. Nous fûmes d'accord que je le précéderais à Terre-Neuve vers la fin de juin. Je devais y apporter une pleine Jeep d'ustensiles et d'équipement, et je mettrais la dernière main au bateau. Ainsi, dès l'arrivée de Jack, le 15 juillet, nous serions prêts à appareiller. Après quoi, nous verrions... Les Bermudes, les Açores, Rio de Janeiro. Le monde entier nous attendait !

2

L'Immortelle prend la mer

Jack McClelland n'est pas le seul homme au monde qui possède un bateau refuge pour se consoler des vicissitudes d'une vie insupportable. Son petit runabout torpilleur du lac Muskoka est concurrencé dans ce sacerdoce par un navire qui m'appartient depuis dix longues années. Aux yeux des profanes, il se présente sous les apparences d'une Jeep en état de décrépitude très avancée. Mais dans la réalité de mon imagination il est le dernier des trois-mâts carrés cinglant entre Londres et Ceylan.

Pour ajouter un caractère d'authenticité à la nature imaginaire de mon trois-mâts, il porte des feux de route réglementaires (à l'huile, s'il vous plaît) : vert à tribord, rouge à bâbord, de chaque côté de la timonerie. Un cabestan (expression maritime pour un treuil) se dresse à sa proue avec quarante brasses de câble. Il n'y a pas de figure de proue mais sa poupe porte son nom, son port d'attache et sa devise :

L'IMMORTELLE

4e concession de la commune d'Albion
Vaincre ou mourir

Je l'ai souvent barré, toutes voiles dehors, de la limite de la concession jusqu'au kilomètre 50 de la grand-route pour y prendre les alizés du trafic vers le sud, jusqu'aux bars des quais de Toronto. Néanmoins, il n'avait jamais entrepris de grande croisière avant ce jour de juin où j'appareillai pour Terre-Neuve.

Mon navire était fin prêt pour cette croisière d'épopée. Dans ses vastes cales s'entassaient deux ancres agréées par l'amirauté (une de quatre-vingts et l'autre de cinquante kilos). Il y avait trois caisses de biscuits de mer cuits et mis en boîte en 1893. Il y avait des glènes de filin, des rouleaux de toile à voile, des bouées de sauvetage en liège, un loch breveté, un compas avec une rose des vents de vingt-cinq centimètres et, comme l'eût dit un commissaire-priseur : « quantité d'autres objets trop nombreux pour être énumérés ». C'est d'ailleurs mot pour mot ce qu'avait dit un certain matin d'avril le commissaire-priseur dont j'étais devenu le meilleur client.

À l'aube, *L'Immortelle* appareilla des collines sableuses. Une légère brume flottait sur les hauteurs d'Albion et une jolie brise fraîchissante se levait à l'ouest. C'était un jour rêvé pour entreprendre une grande croisière.

Mon vieux navire réalisa une belle performance pour cette première traversée. Aidé par le vent portant, il tailla de la route à l'est, parcourut six cent cinquante milles de sorte que, le même soir, je jetai l'ancre dans une verte prairie au bord du Saint-Laurent, juste à l'est de Québec.

Je fus éveillé le lendemain matin par une odeur de bacon frit. Le soleil était levé, comme les chevaux dont j'avais partagé l'herbage en y établissant mon bivouac. Au nord, le grand fleuve roulait ses flots argentés vers les lointains océans. Au sud, les chevaux formaient un demi-cercle silencieux autour de *L'Immortelle*, de ma personne et d'une autre, parfaitement inconnue de moi.

C'était un petit type au visage ridé et à la barbe hérissée, d'âge indéterminé, vêtu d'un pantalon en loques, d'une chemise effrangée et d'une veste de coutil. Je me dressai dans mon sac de couchage et je le regardai en face, non sans quelque étonnement, car il s'activait à confectionner un copieux petit-déjeuner sur mon poêle de camping avec mes œufs, mon bacon et mon café. Il me vit bouger et me regarda lui aussi, bien en face.

« Salut m'sieur, me dit-il avec courtoisie, comment voulez-vous vos œufs ? »

Visiblement, j'avais recruté un nouveau matelot pendant la nuit. Cependant je n'en avais aucun souvenir et, encore que ma mémoire ait pu flancher, je n'étais pas préparé à l'admettre.

« Bonjour, répondis-je prudemment, le jaune coulant et pas trop cuit. Le café bien noir.

— Parfait, m'sieur, y en a pour une minute. »

Le mystère s'éclaircit tandis que nous mangions. Mon nouveau compagnon se nommait Wilbur. Il m'expliqua qu'il était un marin de Terre-Neuve et qu'il naviguait cap sur Saint-Jean lorsqu'il avait croisé à l'aube *L'Immortelle*. Un coup d'œil au hasard sur la cargaison lui avait révélé qu'il s'agissait d'un clipper camouflé en Jeep. Conformément à la célèbre solidarité des gens de mer, il avait aussitôt mis son sac à bord.

Wilbur était une précieuse recrue. Il avait bourlingué plus de quarante ans sur les sept mers (en tout cas il le disait). Tandis que nous filions vers l'est en descendant le grand fleuve, il me montra de nombreux navires que nous croisions et me raconta toutes sortes d'histoires sur leurs équipages. Je n'oserais les confier à mon éditeur car, après les avoir lues, on considérerait Henry Miller comme un écrivain pour pensionnat de jeunes filles de l'époque victorienne.

Wilbur était un conteur-né et, pendant que nous traversions le Nouveau-Brunswick et pénétrions en Nouvelle-Écosse, il ne cessa pas de bavarder. Entre-temps, j'avais tenu le gouvernail durant dix heures et j'étais fatigué. Lorsque Wilbur proposa de me relever à la barre en m'assurant qu'il était capable de piloter n'importe quel navire au monde, je fus trop heureux d'accepter.

Je fermai les yeux et, plein de gratitude, je plongeai dans le sommeil. Dix minutes plus tard, *L'Immortelle* me réveilla dans un fracas qui ressemblait à la fin du monde. Wilbur nous avait fait aborder de plein fouet un énorme semi-remorque chargé à couler bas de pâte de bois.

Les dommages aux deux navires se révélèrent négligeables, car la solide proue de *L'Immortelle* était ornée du cabestan, lequel s'était engagé dans un pneu géant accroché comme un pare-battage au flanc tribord du semi-remorque.

Les dommages causés à ma conscience, à l'orgueil de Wilbur et au mauvais caractère du costaud qui conduisait le semi-remorque n'étaient malheureusement pas aussi minces. Heureusement, nous étions en Nouvelle-Écosse et nous connaissions le remède à leur apporter. Assis tous les trois sur l'accotement de la route, il nous suffit de vider une bouteille de rhum, après quoi nous nous séparâmes les meilleurs amis du monde. Le chauffeur du camion et moi-même avions accepté les explications de Wilbur. Il nous avoua, non sans remords, que tout capable qu'il fût de piloter un voilier de n'importe quel tonnage, il n'avait jamais vraiment appris à barrer un navire à moteur !

L'Immortelle naviguait désormais d'une façon très particulière — en fait elle avançait en crabe. Comme ni Wilbur ni moi n'avions de compétence en mécanique, nous n'avions pas compris que cette allure provenait d'une avarie du gouvernail, lequel était vilainement tordu (les terriens auraient appelé cela une barre de parallélisme déréglée ou quelque autre formule ésotérique). Quelques heures plus tard, je m'étais habitué à cet inconvénient. Il n'en était pas de même des autres véhicules que nous croisions. Ils paraissaient assez mal distinguer notre direction et plus d'un quitta la grand-route et se rangea sur le bas-côté pour nous céder le passage.

Au crépuscule, nous découvrîmes que nos feux avant avaient été endommagés par l'abordage. Il ne nous resta d'autre ressource que d'allumer nos feux de route (à l'huile, s'il vous plaît) et de continuer en suivant le même cap, mais à vitesse réduite.

Ici, je dois noter que les habitants de la Nouvelle-Écosse, jadis réputés marins, semblent avoir perdu leurs qualités héréditaires. La plupart des navires que nous rencontrions paraissaient ne rien comprendre aux règles de route et ignorer le « règlement pour prévenir les abordages en mer ».

Tandis que nous foncions vers eux, notre feu de bâbord étincelant de rouge et celui de tribord flamboyant de vert, ils viraient de bord comme s'ils eussent aperçu le vaisseau fantôme. Quelques-uns d'entre eux lancèrent au porte-voix des appels de détresse si convaincants que je décidai de jeter l'ancre dans le petit village de Pugwash.

Pugwash, qui n'était jadis qu'une insignifiante bourgade habitée par des pêcheurs de homards, est aujourd'hui célèbre par ses « conférences de penseurs ». Cyrus C. Eaton, un capitaliste américain, y accueille les plus grands cerveaux du monde entier. J'avais entendu parler de ce mécène, c'est pourquoi j'engageai *L'Immortelle* sur le chemin privé qui mène à sa propriété. M. Eaton n'était pas chez lui. En dépit des titres ronflants que je déclinai, le secrétaire de service ne montra aucune bonne volonté à m'offrir l'hospitalité ainsi qu'à Wilbur. Je mets cette rebuffade au compte du fait que je ne suis pas un capitaliste. N'être qu'un penseur ne suffisait évidemment pas.

Nous échouâmes en fin de compte dans la cour d'un pêcheur de homards nommé Angus Mackay, homme charmant dont l'accent fleurait bon le gaélique. Il nous accueillit chez lui où sa femme nous gava jusqu'à satiété de maquereaux grillés. Angus entreprit de réparer nos phares mais la direction se révéla hors de sa compétence.

Le second jour du voyage se déroula sans incident. Avant midi, nous avions gagné Port Hawkesbury, dans l'île de Cap-Breton. J'y trouvai un vieux compagnon de croisière, Harry Langley, qui me céda cinquante brasses de chaîne pour nos ancres (leur poids écrasa la plage arrière de *L'Immortelle*, qui, à cinq centimètres près, aurait presque traîné par terre). Je lui achetai également une caisse de savon moussant à l'eau de mer.

Ce savon était arrivé d'Angleterre en 1887 à bord du cuirassé de Sa Majesté le *Centurion*. Le *Centurion* n'est plus de nos jours qu'un tas de ferraille rouillé dans la vase du port de Sydney, mais son savon est un matériau autrement solide que le chêne d'Angleterre et l'acier de Suède. Harry m'avait affirmé que je ne trouverais pas au monde un savon aussi résistant. Il avait raison. Après une décennie, j'en suis encore au premier morceau et il s'écoulera probablement dix autres bonnes années avant qu'il ramollisse assez pour donner un peu de mousse.

Tard dans la soirée, nous fûmes à North Sydney, à la pointe nord-est de Cap-Breton. C'est le port d'attache du car-ferry qui le relie à Terre-Neuve en traversant le détroit de Cabot, cent quatre-vingts kilomètres de la mer la plus mauvaise du monde.

Il me faut interrompre le journal de bord de *L'Immortelle* afin de dire quelques mots de la grande île qui devait tenir une place importante dans ma vie au cours des mois et des années à venir. Je n'essaierai pas d'en donner une nouvelle description car il en existe déjà une et je doute que l'on puisse faire mieux. Je la plagierai donc sans aucune vergogne. Elle est extraite d'un livre intitulé *Ce rocher au milieu de la mer*, dont les auteurs sont John DeVisser et votre serviteur, Farley Mowat.

Terre-Neuve est née de la mer. Plantée comme un brise-lames de granit à l'embouchure écumante du golfe du Saint-Laurent, elle tourne le dos au vaste continent et le barricade contre l'océan grâce au rempart montagneux, long de cinq cents kilomètres, qui constitue son hostile rivage occidental.

Ses autres flancs font face à la haute mer. Déchiquetés, torturés, ses fjords, ses îlots, ses criques et ses baies offrent plus de cinq mille kilomètres de côtes au ressac de l'Atlantique. Partout, les hauts-fonds cachés et les récifs que l'on appelle avec une effrayante exactitude des « naufrageurs » attendent l'instant de défoncer les carènes des vaisseaux imprudents. Néanmoins, ces rivages sont le vrai monde des marins car ils leur offrent d'innombrables havres et ports.

Il y a quelques générations, on ne s'intéressait qu'aux régions côtières de Terre-Neuve. Le haut plateau vallonné de l'intérieur, avec ses sombres forêts de conifères au nord, mais dénudé au sud, restait un arrière-pays presque inexploré. Terre-Neuve était alors, et le reste encore, une véritable province maritime. Elle ressemblait peut-être à l'Atlantide. Mais Terre-Neuve, au lieu de s'immerger dans les vertes profondeurs, a été, on ne sait comment, poussée vers nos rivages pour y rester dans un exil involontaire, toujours luttant pour retourner à l'est. Mais cela n'est pas qu'imagination pure, car Terre-Neuve est le territoire le plus oriental de l'Amérique du Nord. Elle cingle si loin dans les eaux atlantiques que sa capitale, Saint-Jean, est à mille deux cents milles de New York…

La prose de Mowat est peut-être quelque peu ampoulée, mais pour l'essentiel cette description est juste.

La traversée du détroit de Cabot fut le premier contact de *L'Immortelle* avec l'eau salée. Peu avant minuit, je la conduisis à bord d'une sorte de monstre affreux aux flancs carrés et aussi peu marin que possible, construit par le gouvernement canadien pour franchir le détroit et relier Terre-Neuve au reste de la nation. Cette chose (que véritablement on ne saurait appeler un navire) est à peu près aussi attrayante qu'une vieille qui aurait des acidités stomacales. Ses cales énormes peuvent transporter plusieurs centaines de voitures et de camions. Ce soir-là, elles étaient pleines à déborder. Chaque véhicule était arrimé à des anneaux de fer soudés aux ponts, encore qu'« arrimé » ne soit pas le terme qui convienne.

Nous appareillâmes à minuit. Vers deux heures, le *Carson* roulait dans une forte mer de travers et gîtait sous l'impact d'un coup de noroît qui soufflait à près de quatre-vingt-dix kilomètres à l'heure. Ses passagers humains s'accrochaient à tout ce qu'ils pouvaient trouver ou roulaient dans leurs couchettes en couvrant de leurs gémissements les hurlements du vent. En bas, dans la cale aux véhicules, tous les démons de l'enfer étaient déchaînés.

Le soi-disant marin qui avait prétendument arrimé *L'Immortelle* aux anneaux de pont devait être garçon vacher à Saskatoon dans le Saskatchewan. Autrement, il aurait compris que si quatre longueurs de touline d'un demi-centimètre suffisent pour fixer les coquilles d'œuf que sont nos habituelles voitures américaines, un tel amarrage n'est plus qu'un cheveu lorsqu'il s'agit d'une Jeep de deux tonnes, chargée de près de trois mille kilos de ferrailles diverses.

L'Immortelle rompit ses aussières et partit à la dérive. Les voitures étaient si serrées les unes contre les autres qu'au début elle n'eut guère de place pour manœuvrer. Mais, après une heure et demie d'efforts, elle était déjà parvenue à se faire un peu de place. Chaque fois que la lourde étrave du *Carson* plongeait dans un creux, mon *Immortelle* fonçait en avant dans le tableau arrière d'une Pontiac appartenant à un capitaine de l'US Air Force en garnison à Stephenville. Chaque fois que le *Carson* montait à la lame avant de retomber lourdement sur le ventre, *L'Immortelle* chargeait à reculons et fourrageait avec son crochet de remorquage dans la calandre chromée d'une Cadillac, propriété d'un des entreprenants industriels qui, à l'appel du Premier ministre Joey Smallwood, commençaient à transformer Terre-Neuve en terrain de chasse aux capitaux.

Ayant quelque peu raccourci ces deux véhicules, *L'Immortelle* joua des coudes avec une énergie suffisante pour leur faire rompre leurs attaches. Alors les trois voitures se mirent à foncer de concert en avant et en arrière. La réaction en chaîne qui suivit transforma la cale en un lieu de carnage comme on n'en avait pas vu depuis que Claudius Tibère avait lâché dans l'arène du Colisée quarante lions de Nubie contre trois cents éléphants.

L'opération du débarquement à Port-aux-Basques fut intéressante et animée. Les commentaires des propriétaires lorsqu'ils récupérèrent leurs voitures mutilées sur le quai avant de les charger sur des dépanneuses furent empreints d'une certaine vivacité.

Bien qu'elle parût avoir rempli durant plusieurs mois des fonctions de brise-glace, *L'Immortelle* sortit du ferry par ses propres moyens. Elle n'avait apparemment pas de contusions internes. Comme

Wilbur le fit remarquer, non sans une certaine terreur religieuse, elle « continuait à étaler ».

Pour accomplir le trajet de cinq cent cinquante milles à travers Terre-Neuve, il fallait être un masochiste confirmé. En ce temps-là, la route nationale transcanadienne n'était encore qu'un rêve matérialisé, si l'on peut dire, dans l'esprit des politiciens d'Ottawa et de Saint-Jean. La réalité était si épouvantable que seuls une Jeep, un tank ou un méhari auraient pu l'affronter. Peu de voyageurs avaient la ténacité de tenter l'expérience. La plupart chargeaient leur voiture sur wagon et l'expédiaient par chemin de fer à Saint-Jean. J'en aurais peut-être fait autant si Wilbur ne m'avait assuré qu'il avait fait le trajet cent fois et que « ce n'était rien du tout ».

Il avait raison. Ce n'était rien du tout que l'on pût appeler une route. Il nous fallut cinq jours pour atteindre Saint-Jean et *L'Immortelle* y parvint sur les boulets. Elle avait crevé sept pneus, cassé ses derniers ressorts (il y avait belle lurette que les amortisseurs avaient terminé leur carrière), perdu son pot d'échappement et le tuyau dudit, ainsi que toute confiance en elle-même et en son propriétaire.

Wilbur me quitta à Saint-Jean. Lorsque je lui demandai où il désirait que je le débarque, il m'emmena vers la masse grise d'un grand bâtiment dans les faubourgs. Cet endroit avait un aspect rébarbatif impossible à décrire.

« Es-tu sûr que c'est là que tu veux aller ? demandai-je à mon compagnon.

— Oui, fiston, répliqua-t-il d'un ton joyeux. C'est l'asile de fous et c'est de là que je sors ! »

Ce l'était en vérité. Les infirmiers attendaient Wilbur à la porte et ils parurent aussi enchantés que lui de ces retrouvailles. L'un d'eux m'expliqua l'histoire. Il me dit que Wilbur était interné à l'asile d'aliénés de Saint-Jean depuis près de vingt ans. Il ne causait jamais d'ennuis, mais de temps à autre il s'échappait « pour tirer une bordée ». À ce moment-là, il se prenait pour un loup de mer, un coureur d'océans. Mais, après quelques mois de liberté, il se dégoûtait de la solitude et il rentrait au bercail.

Wilbur me serra cordialement la main et me remercia gentiment.

« Si un jour vous avez besoin d'un second, faites-moi signe, patron ! »

Ce furent ses dernières paroles avant de me quitter.

Et je le ferai peut-être, car j'ai eu d'autres seconds depuis, que j'ai beaucoup moins aimés que Wilbur.

3

La fiancée de la mer

Encore que j'aime infiniment Terre-Neuve, Saint-Jean n'est pas une des villes que je préfère. Il n'y a rien qui me déplaise dans l'aspect de la cité. Elle est vieille, agréablement décrépite et elle escalade des pentes abruptes qui dominent un merveilleux port. Je n'ai pas non plus d'antipathie à l'égard de la majorité de ses habitants, particulièrement de ceux qui grattent les carènes des navires sur le front de mer ou de ceux qui continuent de vivre et de pêcher comme de vrais marins et qui habitent les bicoques accrochées à flanc de falaise sur le Goulet, à l'entrée du port.

Mon aversion pour Saint-Jean vient de ce qu'elle est une ville parasite. Depuis au moins trois siècles, elle a été une sangsue embusquée derrière son haut portail rocheux pour sucer le sang des marins-pêcheurs et s'en gorger insolemment.

Dans les années 1960, Saint-Jean avait plus de milliardaires par habitant que n'importe quelle ville d'Amérique du Nord, y compris Dallas (Texas). Ces fortunes avaient été édifiées en saignant à blanc les pêcheurs de l'avant-port. Jusqu'à l'intégration à la Confédération canadienne en 1949, ils avaient été exploités par les mercantis de Saint-Jean d'une façon moyenâgeuse. Ces trafiquants dont les magasins et les comptoirs d'usuriers se dressaient le long de la rue de la Mer justifiaient leur sobriquet de « pirates de la rue de la Mer ». Ils étaient l'objet d'une haine passive mais durable à laquelle ils n'opposaient qu'un mépris souverain pour les gens du peuple. Entièrement anglicisés, ils parlaient avec l'accent d'Oxford, envoyaient leurs enfants étudier en Grande-Bretagne et n'étaient Terre-Neuviens que de nom.

L'arôme particulier qu'ils ont donné à la ville subsiste encore et on le reconnaît à un relent de corruption qui, s'il n'est pas unique en son genre, ne le cède en rien à bien d'autres. Les mœurs politiques à Terre-Neuve ont toujours été celles de la république de Malikoko ou, si l'on préfère être précis, de Moruecoco. La dictature s'y est toujours assez mal dissimulée sous le manteau loqueteux d'une démocratie poussiéreuse. Quelques-uns des personnages les plus répugnants de l'histoire d'Amérique ont chapardé le pouvoir à Saint-Jean et rien ne laisse penser que cela puisse changer un jour.

Je ne m'attardai pas en ville et je pris le sentier du Caribou le long de la côte Sud le même soir. Cahotante et comme atteinte de la danse de Saint-Guy, mais toujours vaillante, *L'Immortelle* tailla de la route vers le sud pendant toute une interminable nuit. À l'aube, elle escalada la dernière colline avant Muddy Hole et dégringola la rampe caillouteuse en direction du village. Je lui laissai choisir son cap parmi les galets et je contemplai le paysage au-dessous de moi.

Le petit port, échancrure à peine perceptible dans les falaises déchiquetées, s'étendait, calme, dans la lumière opaline du petit matin. Trente ou quarante canots de pêche somnolaient au mouillage comme une compagnie de mouettes endormies. Les treillages et les filets à sécher le poisson formaient un filigrane derrière lequel se profilaient les appontements, les magasins gris et argent du rivage. Les maisons à un étage, peintes de couleurs éclatantes, s'étageaient sur les pentes raides. Juste au-dessous de moi, l'usine à poisson brandissait sa cheminée de fer qui crachait une épaisse fumée.

C'était un tableau de calme et de tranquillité, semblable à celui offert au même instant par les treize cents petits ports de Terre-Neuve, collés depuis des siècles aux rivages tourmentés de la grande île. Je goûtai la scène avec un plaisir qui se changea peu à peu en inquiétude.

Il y manquait quelque chose, et ce quelque chose était ma goélette. Elle aurait dû être ancrée dans le port, à mes pieds, roulant doucement sur son mouillage, alerte et pimpante, attendant comme une fiancée l'arrivée de l'élu. L'élu était là, mais il n'y avait pas trace de la fiancée.

L'Immortelle se fraya un chemin à travers les dernières barricades de galets sur le sentier à chèvres qui descendait vers l'usine à poisson ; elle eut deux ou trois affreux hoquets et rendit le dernier soupir. Lorsque je tentai de la remettre en marche, elle émit un pitoyable gémissement et ce fut tout. Je me tirai de mon siège et me trouvai nez à nez avec un tout petit garçon surgi des rochers comme un des sept nains de Blanche-Neige. Il était haut comme deux pommes et un beignet dans des bottes de caoutchouc trois tailles trop grandes. Il avait le nez morveux et le sourire timide. Je lui demandai où je pourrais trouver oncle Enos Coffin. Le petit garçon me montra sur le haut de la colline une grande maison peinte de larges bandes horizontales où alternaient le brun puce, le jaune canari et le rouge pompéien.

J'ouvre une digression à ce sujet pour noter qu'avant d'être citoyens de la Confédération peu de Terre-Neuviens pouvaient s'offrir le luxe de la peinture. Ils la fabriquaient eux-mêmes en mêlant de l'argile brune à de l'huile de foie de morue et à de l'eau de mer. Lorsque ce mélange était sec (ce qui pouvait demander une année) son aspect était celui du vieux sang séché. Il faut reconnaître que c'était un environnement assez peu roboratif, de sorte que depuis des siècles les insulaires souffraient d'une véritable carence de couleurs. Peu après l'annexion, l'île fut submergée par un raz de marée de mercantis venus du continent. Parmi ces profiteurs, il y avait un bon nombre de marchands de peinture. Comme au même instant les lois sociales inondaient le pays d'allocations familiales, il y eut également un raz de marée de papier-monnaie. Une grande partie de ce pactole fut échangée contre de la peinture. Ivres de couleurs, les nouveaux riches de l'île ne se contentèrent pas de barbouiller leurs habitations en rouge, vert gazon, rose pompadour, ils les ornèrent de bandes multicolores, horizontales, verticales, diagonales même. Vu de quelques milles en mer, un jour de brume, l'effet était assez plaisant, mais, de près et sous le soleil, il y avait de quoi faire avorter une femme enceinte.

« Merci, dis-je, maintenant, pourrais-tu me dire où est l'ancienne goélette des Hallohan ? »

Mon farfadet sourit. Il tourna les talons et disparut entre deux hangars en ruine. Je le suivis et nous émergeâmes ensemble sur un appontement branlant, incroyablement glissant, fait de troncs de sapins bruts.

Le long de cet assemblage de charpente, il y avait un navire.

La marée était basse et il était couché sur le côté, moitié dans l'eau, moitié sur la vase, au milieu d'une somptueuse collection de bouteilles cassées, de ferrailles rouillées, de cadavres de poissons et d'objets innommables recouverts de boue. Je m'engageai sur les poutres imbibées d'huile de foie de morue et je m'arrêtai à la hauteur du navire de mes rêves.

Sa coque n'avait pas été touchée depuis la dernière fois que je l'avais vue. Les restes de sa peinture verte pendaient en scrofuleux lambeaux du bordé mis à nu. La carène, où la moindre trace de tout antifouling avait disparu, était souillée de mazout et brillait d'une noire couche graisseuse. Le pont était une mosaïque de trous béants, de joints ouverts, de morceaux de planches non rabotées, sillonnée de longs ruisseaux de brai noir, là où quelque maladroit s'était essayé au métier de calfat. Le grand mât était brisé à trois mètres au-dessus du pont et la misaine, privée de haubans, penchée à un angle inquiétant, semblait implorer des cieux incléments.

La chose la plus horrible à voir était une sorte d'énorme boîte de bois blanc fixée grossièrement sur le pont. C'était gigantesque et cela s'étendait du cockpit au pied de la misaine. Cela ressemblait à un sarcophage démesuré. Comme si le petit navire, se sentant condamné par une maladie incurable, avait chargé son propre cercueil sur son dos et rampé vers le cimetière sans pouvoir l'atteindre avant de mourir, là où je l'avais trouvé.

À cette vue, je restai sans voix mais l'effet contraire se produisit chez mon petit guide au nez morveux. Il parla pour la première fois :

« Doux Jésus, m'sieur, fit-il, voilà-t-y pas une chouette goélette ! »

Je ne me mis pas immédiatement à la recherche d'Enos car, bien que je sois un être pacifique, j'avais des idées meurtrières en tête. Au contraire, je montai à bord de *L'Immortelle* et, selon une vieille habitude, comme chaque fois que je dois faire face à une situation difficile, je débouchai une bouteille. Le principal objet de mes préoccupations concernait Jack McClelland. Son arrivée à Muddy Hole était prévue sous quinzaine pour notre départ en croisière. Jack est un de ces hommes d'acier qui ont fort peu de compréhension pour les faiblesses des mortels ordinaires. Il est un « homme-qui-mène-les-choses-jusqu'au-bout-et-vite » et il attend de ceux auxquels il a affaire une efficacité équivalente. Il ne supplie pas le destin, il lui donne des ordres. Il donne d'ailleurs des ordres à tout le monde, c'est pourquoi j'avais reçu les miens.

« Le 15 juillet à sept heures et demie, nous appareillerons de Terre-Neuve à destination du plus proche îlot à palmiers, où nous passerons l'été en nous adonnant aux plaisirs d'une existence hédoniste. »

Telles avaient été ses paroles quand nous nous étions séparés. On pouvait sans grand effort d'imagination penser qu'il ne serait pas content de passer l'été à Muddy Hole.

Après la première gorgée prise au goulot de ma bouteille, je pensai encore que le mieux à faire serait de casser la tête d'Enos Coffin, de plaider l'irresponsabilité et de me faire enfermer à l'asile psychiatrique de Saint-Jean, où Wilbur me tiendrait compagnie jusqu'au jour où Jack m'aurait oublié.

Après deux autres gorgées, je décidai de remettre *L'Immortelle* sur la route et de faire voile dans un endroit de l'Alaska, sur les bords du Yukon, où il y a un formidable travail de paléontologie à faire sur l'ancienneté de l'homme primitif nord-américain. Mais *L'Immortelle* refusa absolument de démarrer.

Après trois autres gorgées, je conclus que j'allais rester où je me trouvais pour le moment et chercher dans les gorgées suivantes le moyen le plus rapide de plonger dans les nirvanas de l'oubli.

C'est ainsi que me trouvèrent les sept braves et tendres filles d'Enos Coffin lorsqu'elles arrivèrent, galopantes, pour prendre leur service à l'usine de poisson. L'une d'elles m'offrit son large et confortable giron pour y reposer ma tête tandis qu'une autre courait chercher Enos. Un peu plus tard, elles m'escortèrent, ou plutôt me transportèrent, jusqu'à leur maison où elles me mirent au lit.

Je me réveillai tard dans la soirée et de fort méchante humeur. Mais les filles d'Enos étaient si hospitalières, elles déployèrent tant d'attentions pour me plaire (y compris une énorme platée de langues de morue frites) que je ne parlai pas à Enos avec toute la sévérité qu'il méritait. Lorsque je me plaignis de sa trahison, il me répondit avec les accents de l'innocence méconnue :

« Pourquoi ne m'avez-vous point dit que vous étiez pressé ? Si je l'avais su, tout serait terminé depuis des mois. Mais ne vous en faites pas, mon cher monsieur, je vais prendre Obie Murphy avec moi et, à nous deux, nous vous livrerons le bateau fin prêt avant la fin de la semaine et… dites-moi, patron, vous auriez point d'hasard une aut' bouteille… Ces jours-ci, j'ai bougrement mal à l'estomac… »

Il se trouva que j'avais moi aussi « bougrement mal à l'estomac ». Je sortis une autre bouteille et, avant l'aube, j'étais moi aussi rempli d'optimisme.

Sur ce point, s'il est une vertu caractéristique des pêcheurs côtiers de Terre-Neuve, c'est bien l'optimisme. Ils en ont réellement besoin. Sans lui ils auraient depuis longtemps rendu leur île aux mouettes et aux pieuvres. Avec lui, ils accomplissent des miracles. Lorsqu'on leur donne de l'optimisme en suffisance, ils sont les gens les plus capables, les plus endurants et les plus gais de la terre.

Lorsque, le lendemain, Enos et Obie Murphy (un aimable pêcheur gargantuesque autant qu'herculéen) attaquèrent le travail, ma tâche principale fut de les approvisionner en optimisme. Je dus établir un service régulier entre Muddy Hole et Saint-Jean, endroit le plus proche où l'on pût se procurer de l'optimisme. Je partais chaque matin à l'aube, j'arrivais tard dans l'après-midi en ville, je faisais réparer la Jeep et je tentais d'acheter diverses fournitures vitales pour le bateau, telles que voiles, pompes (nous en reparlerons), etc. Ensuite, j'essayais d'acquérir une ou deux bonbonnes d'optimisme chez les bootleggers qui vendaient un produit meilleur et moins cher que les débits appartenant au gouvernement. Enfin, je conduisais toute la nuit pour arriver à Muddy Hole à temps pour préparer Enos et Obie à leur tâche quotidienne.

À mesure que le temps passait, la piste à caribou se faisait carrossable. *L'Immortelle* en écrasait peu à peu les bosses et mâchait les galets les uns après les autres. Lorsqu'elle accomplit son dernier trajet, le sentier ressemblait suffisamment à une route pour que les résidents de la côte Sud eussent envie de manifester leur gratitude. Ils adressèrent une pétition au gouvernement dans le but de faire nommer la piste « passage de *L'Immortelle* ». Le gouvernement l'aurait probablement fait si le Premier ministre, M. Joey Smallwood, ne s'était avisé qu'après avoir reconnu l'existence d'une route il lui faudrait l'entretenir en bon état.

L'une des raisons pour lesquelles j'acceptais de bon cœur ces épuisants allers et retours est que la perspective d'aider Enos et Obie dans leur travail était trop effrayante à envisager.

J'évitai de l'envisager effectivement durant plusieurs jours, jusqu'au moment où Enos commença de mettre en place la fausse quille et une tonne de lest. Il fallait une paire de bras supplémentaire et je fus contraint de la fournir.

Le bateau était monté sur un petit slip dominé par l'usine à poisson. Toutes les évacuations, humaines et animales, de cette usine qui employait cent quarante-sept hommes, femmes et enfants, et qui traitait cent tonnes de poisson par jour, étaient déversées sur notre slip par un tuyau de vingt-cinq centimètres de diamètre qui vomissait sur nous à intervalles réguliers. À marée basse, les blafardes tripailles des défuntes morues formaient des décorations glissantes tout autour de la goélette et pendouillaient en festons visqueux sur ses amarres. L'air, déjà passablement nocif, était définitivement empoisonné par les gaz émis par l'usine de farine de poisson. Tous les déchets qui n'étaient pas jetés à la mer étaient transformés en une sorte de poudre jaune et puante qui tombait du ciel sur nos têtes nues comme les cendres d'un four crématoire. La puanteur était si horrible que les quatre barils dressés à l'extrémité de l'appontement et où Obie jetait les foies de morue (pour qu'ils pourrissent et se réduisent en huile sous l'action du soleil) répandaient par comparaison un parfum presque agréable. Nos vêtements, nos corps, nos cheveux étaient imbibés des effluves des cadavres de morues et, bien entendu, chaque centimètre carré du navire était recouvert d'une épaisse couche de…

C'était là une situation où l'on avait besoin de tout l'optimisme disponible. Néanmoins, tout l'optimisme disponible de Terre-Neuve n'aurait pu nous rendre capables d'accomplir l'impossible. À mesure que la date d'arrivée de Jack se rapprochait, j'étais bien forcé d'admettre que le bateau ne serait pas en état de prendre la mer.

Vers le 10 juillet, il lui manquait encore des espars, le gréement, des voiles, une hélice et quantité d'autres éléments vitaux. Il lui manquait également des pompes suffisantes. Tard dans la soirée du 10, nous avions fini de calfater les coutures et de peindre les fonds. À marée haute nous l'amarrâmes au bout de l'appontement.

Instantanément, il manifesta ce qui devait se révéler sa caractéristique la plus marquante. Il se mit à faire eau comme jamais, ni avant ni après lui, je n'ai vu un navire capable de le faire.

L'eau ne semblait pas entrer par un endroit déterminé, mais plutôt en vertu d'un mystérieux processus d'osmose à travers tous les pores du bois. Il fallait pomper pendant une heure toutes les heures et entre les heures pour endiguer le flot. Il n'était pas question de maîtriser et d'épuiser la voie d'eau parce que nous n'étions que trois et qu'il n'y avait que trois pompes.

L'évidente propension de la petite goélette à se faire hara-kiri ne tourmentait guère Enos et Obie. J'entendis de la bouche d'Enos une phrase qui devait hanter mon oreille comme un chuchotement éternel durant les années à venir : « Les bateaux de la côte Sud font toujours de l'eau quand on les lance, me dit-il pour me rassurer. Une fois qu'ils sont à flot depuis un jour ou deux, ils se font… »

Comme dans la plupart des mensonges que me dit Enos, il y avait une part de vérité dans celui-ci. Les bateaux de la côte Sud « se font ». Ils se font à faire d'incroyables quantités d'eau et les hommes qui les montent « se font » à passer la majeure partie de leur temps à travailler aux pompes.

4
Farillon et Ferryland

L'enfer de Muddy Hole et de Saint-Jean aurait été insupportable pour moi s'il n'avait pas existé à Ferryland la famille Morry.

Ferryland est proche de Muddy Hole, mais, à la différence de ce port, reste habitable parce qu'elle est privée des bénédictions d'une usine à poisson.

Ma présence à Muddy Hole ainsi que mes intentions furent rapidement connues à Ferryland, de même d'ailleurs que sur toute la côte Sud. Un jour qu'elle cinglait vers Saint-Jean, *L'Immortelle* eut des ennuis d'allumage, émit quelques horribles grognements avant de tourner de l'œil, devant la barrière blanche d'une grande maison près de Ferryland.

Je me dirigeai vers l'habitation pour demander du secours et je fus accueilli à la porte par Howard Morry. Avant que je n'aie ouvert la bouche, il me devança :

« Entrez donc, M. Mowat, entrez prendre une tasse de thé. »

Howard était âgé de plus de quatre-vingts ans mais je ne lui en donnai que cinquante. Grand et solidement bâti avec un visage rubicond sans une ride, il résumait le portrait que l'on peut imaginer d'un fermier pêcheur du temps de Drake.

Il était veuf et vivait avec son fils Bill, qui était aussi tranquille et taciturne que sa belle-fille, Pat, était agitée et volubile. Bill et Pat dirigeaient un petit magasin et une affaire de salaisons. Ils avaient deux charmants enfants, un garçon et une fille.

Les Morry semblaient savoir ce que je subissais à Muddy Hole et ils avaient pris sur eux de me fournir un contrepoison. Depuis cette première rencontre jusqu'à mon départ, leur foyer devint le mien. Pat me cuisinait de fantastiques repas qui chassaient mes idées noires et elle veillait à ne m'envoyer au lit que lorsque j'étais plutôt pompette. Bill m'introduisit parmi les pêcheurs du port. Il me fit sortir avec les équipages des pêcheurs à la senne. Il m'apprit les secrets de l'art de saler le poisson. Il m'apprit aussi à me soumettre à sa foi dans l'importance de la continuité humaine en toute chose. Le jeune Peter Morry, âgé de dix ans, m'emmena dans de longs et secrets périples dans la « campagne », sur des pistes tracées par les « hommes sans maîtres » et jusqu'à des sommets comme le Gaze, une longue suite de crêtes d'où, aux siècles précédents, les femmes observaient le retour des navires, où les hommes montaient la garde, prêts à lancer l'alarme quand les voiles des pirates montaient sur l'horizon.

Mais ce fut Howard Morry qui me fit comprendre le cœur et l'âme de Terre-Neuve et des

Terre-Neuviens. Howard était de ces êtres rares dont la compréhension du passé atteint le niveau d'une intense et presque amoureuse intimité. Son bisaïeul avait été le premier Morry à s'installer sur la côte Sud. Tous les récits accumulés au cours des générations s'étaient concentrés dans l'esprit et le cœur de Howard.

Durant son âge mûr, il avait dû rester au lit pendant vingt mois, victime d'un grave accident. Il tua le temps en relatant dans trente cahiers d'écolier tous les souvenirs qu'il connaissait sur Ferryland. Lorsqu'il fut rétabli, de retour à la mer et à ses affaires, il abandonna ce trésor sans prix négligemment dans un coin où quelques enfants le trouvèrent et en firent un feu de joie. Quand Howard me raconta l'incident je fus horrifié, mais il se contenta de hausser les épaules.

« Pas d'importance, j'ai tout cela écrit dans mon crâne. »

Howard ne connaissait pas seulement l'histoire de Ferryland pendant la période où sa famille l'avait vécue, il la connaissait ou, pour mieux dire, il la « sentait » aussi loin que l'histoire peut remonter. Et cela remontait loin en vérité, car Ferryland est un des endroits de Terre-Neuve où la patine des travaux humains est assez épaisse pour adoucir sensiblement le visage osseux du vieux rocher.

Le grand havre, bien abrité au pied de basses collines ondulées, bordé de larges prés herbeux, accueillit quelques-uns des tout premiers découvreurs de l'Amérique du Nord. Les baleiniers et les pêcheurs de morue basques s'abritaient dans le port de Ferryland longtemps avant la fin du XVe siècle. Durant les premières décennies du XVIe siècle, les Bretons et les Normands établirent des stations de pêcheries le long de ses plages. On le trouve déjà inscrit sur une vieille carte française de 1537 sous le nom de Farillon. Pourtant, les Français semblent être apparus tardivement dans l'affaire car ce nom n'a pas été donné par eux. Dès cette époque, il devait être déjà une corruption d'un nom plus ancien.

Les Français conservèrent Farillon comme établissement permanent jusque vers 1600, date à laquelle des pirates anglais le leur prirent. En 1621, lord Baltimore le choisit comme emplacement d'un grandiose projet de plantation qu'il avait envisagé à Terre-Neuve. Mais le lord était marié à une enquiquineuse. Sa femme ne pouvait souffrir Firiland, comme on appelait alors l'endroit. Deux ans plus tard, elle convainquit son maître et seigneur de filer vers le sud dans ce qui devint l'État de Maryland.

Au cours des siècles suivants, d'autres seigneurs abusifs usurpèrent le pouvoir et opprimèrent les habitants. Mais ces derniers, un mélange de Français, d'Anglais des provinces occidentales, de gens de Jersey et d'Irlandais, continuèrent à racler la mer en prêtant peu d'attention à ceux qui les exploitaient comme le cavalier son cheval.

Robustes, obstinés, d'une endurance infinie, ils survécurent aux années noires des « amiraux de la pêche », lorsque les rois d'Angleterre, cédant aux pressions des trusts de la pêcherie dans la métropole, décrétèrent que personne ne pourrait s'installer dans le nouveau territoire, qu'il n'aurait pas d'habitants permanents et qu'il ne saurait être utilisé que comme base de pêche saisonnière par les équipages de navires anglais.

Mais les gens de Ferryland tenaient à leurs foyers. Ils s'y maintinrent en dépit des raids incessants des Français, des Anglais d'Amérique, des Portugais et des vulgaires pirates. Ils s'y cramponnèrent avec la ténacité des bernacles. À plusieurs reprises, Ferryland dut lutter pour sa vie contre des attaques massives. Elle survécut. Elle survécut avec ses habitants durant plus de quatre siècles. Lorsque je la découvris au début de 1960, sa nature profonde n'avait pas dû changer beaucoup depuis sa fondation.

Howard connaissait d'innombrables histoires qui illustraient le genre d'épreuves où s'était forgé ce petit peuple. Il y avait par exemple celle des « hommes sans maîtres ».

Au cours du XVIIIe siècle, la flotte de pêche britannique était en majorité équipée par des hommes que la famine avait contraints au métier de la mer ou qui avaient été « shangaillés » par des recruteurs pour accomplir le long et pénible voyage à travers l'océan. Après avoir atteint Terre-Neuve, beaucoup de ces gens refusèrent de revenir en métropole. Traités comme des esclaves par les « planteurs » locaux, ils réagirent comme les esclaves de Sparte et, fuyant le petit port, ils se réfugièrent dans l'arrière-pays quasi désertique. Ils formèrent là une société bien à eux qui dura près d'une centaine d'années. Ils devinrent des hors-la-loi dans la tradition romantique de Robin des Bois. Ils vivaient la vie de la forêt, volaient les riches, non seulement à leur profit, mais à celui aussi des pêcheurs et des habitants opprimés de la côte.

L'arrière-pays de la péninsule devint la patrie des « hommes sans maîtres ». Seules les unités royales les mieux armées se risquaient à pénétrer dans leur domaine. Des sentiers secrets le parcouraient en tous sens, les villages étaient cachés au creux de profondes vallées. L'un d'eux n'était qu'à cinq milles de Ferryland, à l'ombre d'une massive colline, le Butter Pot.

Les « hommes sans maîtres » ne furent jamais conquis et ne se soumirent jamais. Ils se mêlèrent peu à peu aux habitants de la côte et leur sang coule toujours dans les veines de la population de la côte Sud.

Howard Morry faisait revivre pour moi ces hommes et bien d'autres, lorsqu'il m'emmenait en de courtes promenades vers de petits ports comme Bear Cove, La Manche, Admiral Cove, Cappahayden, Aquaforte, Fermeuse, Bauline. Endroits aux noms aussi pittoresques que leur site. Cependant Ferryland restait au cœur de ses amours.

Un après-midi, il m'emmena à Bois Island, qui se trouve à l'embouchure du large fjord de Ferryland. Autrefois l'endroit était boisé, mais il y a bien longtemps qu'il ne pousse plus d'arbres dans ce séjour fantastique.

Oubliée ou ignorée par les historiens, connue seulement de quelques hommes comme Howard, c'est une énorme forteresse. Elle est presque complètement entourée par un ouvrage de terre. Cinq batteries d'artillerie lourde s'y espacent à intervalles réguliers, les canons recouverts de mousse et de guano braquent leurs gueules noires à travers les créneaux. Des magasins, des ruines d'habitations, un ancien puits sont encore reconnaissables. Selon Howard, l'endroit avait été pour la première fois transformé en place forte avant 1600, par les Français. En 1610, le fameux pirate anglais Peter Easton s'en empara. Ensuite, l'ouvrage fut perfectionné peu à peu jusqu'à devenir à peu près imprenable, ce qui explique que Ferryland ait survécu à tout depuis lors.

Dans le ressac, au pied d'une grande crevasse, gisent encore quatre canons de vingt du XVIIe qui rouillent lentement. Ils furent abandonnés là par un corsaire qui avait tenté de les dérober dans le fort à une époque où il était inoccupé. Rien d'autre ne semblait avoir changé depuis que la place forte avait cessé de vivre. Il n'y avait pas de guide, pas de sentier sablé, pas de reconstructions fantaisistes. C'était la véritable réalité du passé, usée, mais non détruite par le passage des siècles.

Lorsque des hommes comme Howard Morry disparaîtront (et ils sont trop peu nombreux dans tous les pays du monde), la quasi-totalité de l'histoire humaine de Terre-Neuve disparaîtra sans espoir de retour. Un mode de vie, vieux de quatre siècles, s'éteindra sans rémission.

J'ai eu la très grande chance de pouvoir apprécier cette façon de vivre, celle des pêcheurs de morue. Un matin, sur le coup de quatre heures, Howard me tira de mon lit de plume, me bourra d'un petit-déjeuner revigorant et m'emmena jusqu'au bout de l'appontement pour me joindre à l'équipage d'un bateau de pêche à la nasse.

C'était une grosse barque trapue, équipée d'un moteur monocylindre de cinq chevaux. Le temps était calme et froid lorsque nous sortîmes du port, accompagnés dans l'obscurité par l'écho amorti des teuf-teuf de quelques autres embarcations qui cinglaient vers le large.

Notre équipage devait relever deux nasses. Elles sont généralement faites comme de grandes boîtes de filet de près de quinze mètres de côté. La boîte a un fond, mais pas de couvercle. L'un des côtés comporte une « porte » vers laquelle deux autres filets dirigent les morues qui nagent lentement. Toute cette installation est fixée au fond de la mer par d'énormes ancres de fonte, derniers vestiges de navires anciens oubliés depuis longtemps.

Notre première nasse était mouillée par neuf brasses de fond au large de Bois Island et nous y fûmes à l'aube. Tandis que nous nous penchions par-dessus le plat-bord et scrutions l'eau sombre, notre patron essaya la nasse avec une dandinette. C'est un leurre de plomb de six pouces, garni de deux forts crochets et suspendu à l'extrémité d'une grosse ligne. Il plongea la dandinette dans la nasse et la releva d'un coup sec. Au troisième essai, il accrocha une belle morue bien grasse, qu'il hissa toute brillante à bord.

« Ça peut aller, dit-il, remontons le filet, les gars ! »

Ce que nous fîmes. Il fallut d'abord fermer la porte puis hisser à la main l'énorme poids de filin, de câbles et de filets de l'engin. À cinq, en donnant toute notre force, il nous fallut plus d'une demi-heure avant que la nasse avec ses flotteurs n'apparût à la surface. À mesure que nous rentrions à bord de pleines brassées de filin goudronné, râpeux et glacé, la poche de la nasse se rétrécissait et l'eau à l'intérieur commença de bouillonner. Nous avions une belle prise. La nasse contenait une tonne à une tonne et demie de morues superbes qui tentaient désespérément de forcer les mailles du filet.

L'un d'entre nous, un jeune homme d'une vingtaine d'années, travaillait à bord d'un doris qui tanguait bord à bord avec notre barque. Il avait beaucoup de mal à conserver son équilibre en raison de la forte houle qui venait du large. Un effort inattendu sur les filins le fit tomber et son bras droit se trouva pris entre le doris et la barque à l'instant même où les deux embarcations roulaient l'une contre l'autre. On entendit nettement le craquement des os brisés. Le garçon s'assit lourdement sur le pontage de son doris et leva son bras pour l'examiner. Le membre ruisselait de sang. La montre-bracelet longuement désirée et qu'il venait d'acheter avait été complètement écrasée et incrustée dans la chair.

Le blessé avait lâché le filet et le doris, à la dérive, s'éloignait rapidement de nous, entraîné par le jusant. Notre patron nous cria de lâcher la nasse tandis qu'il mettait le moteur en marche. Mais le jeune homme, de son doris, le héla pour l'en empêcher.

« Ne faites pas l'idiot, cria-t-il, je peux m'en tirer tout seul. Ne laissez pas filer le poisson. »

De son bras valide, il saisit un aviron grâce auquel il put attraper l'extrémité d'un des filins. Puis, avec une main et ses dents, il déhala le doris le long du filin jusqu'à la barque. Nous le prîmes à bord, mais il ne voulut pas que nous abandonnions la nasse avant que la dernière morue n'ait été sortie du filet et la barque chargée à couler bas. Durant tout ce temps, près de vingt minutes, il s'assit sur le coffre du moteur et nous regarda en souriant tandis que le sang imbibait la manche de son épais tricot et teintait de rouge son pantalon de toile huilée.

Lorsque nous accostâmes l'appontement, il était dix heures et le soleil déjà haut réchauffait l'atmosphère. Pat Morry vint à notre rencontre avec un camion. Nous emmenâmes le garçon chez le médecin, qui réduisit la fracture et pratiqua seize points de suture pour refermer la plaie. Lorsque nous sortîmes de la petite salle d'opération du médecin, le jeune homme se tourna vers moi.

« Dites, patron, j'espère que je ne vous ai pas gâché votre matinée. »

Non certes, il n'avait pas gâché ma matinée.

Mais comment aurais-je trouvé les mots qui lui auraient fait comprendre mon estime ? Il aurait été terriblement gêné si je l'avais fait.

Chaque fois que je passais la nuit chez les Morry, j'allais le lendemain matin accueillir les canots revenant des nasses. J'étais immanquablement rejoint sur l'appontement par l'oncle Jim Welch et l'oncle John Hawkins. Ils étaient âgés respectivement de quatre-vingt-huit et quatre-vingt-dix ans. Tous deux avaient consacré leur vie à la pêche mais, comme oncle John le disait :

« Nous sommes juste un petit peu trop vieux pour le boulot, nous ne sommes plus à la hauteur maintenant. »

Néanmoins, ils étaient encore à la hauteur pour apprécier le travail de chaque bateau, pour faire des commentaires caustiques sur la qualité et la quantité du poisson ainsi que pour remettre à leur place les « jeunots » (hommes de quarante à cinquante ans).

Les histoires que Morry racontait sur les gens de Terre-Neuve étaient innombrables. Le tragique et le comique s'y mêlaient étroitement car c'est le lot de la vie quotidienne. Un soir, comme nous parlions des prêtres de la côte, Howard me raconta l'aventure de Billard et de la chèvre.

Tout le monde, sur la côte Sud, plante des pommes de terre et Billard était particulièrement fier de ses plates-bandes. Malheureusement, l'un de ses voisins possédait des chèvres, lesquelles aimaient également les patates. Un matin, comme

Billard récoltait ses plantations, le dos courbé et l'œil à la recherche des tubercules, le curé vint à passer et s'arrêta, accoudé à la clôture.

« Vous les déterrez, Billard ? »

Billard leva les yeux sous ses sourcils broussailleux. Il ne vit pas le prêtre mais le regard jaune, plein d'insolence, d'une chèvre qui passait la tête à travers un trou de la haie.

« Oui, espèce de p…, fit Billard, et si tu n'étais pas là, j'en aurais plus ! »

Ce même soir, Howard me raconta une histoire d'un genre tout à fait différent. Cent soixante-dix ans auparavant, un homme dans la force de l'âge apparut à Ferryland. C'était un déserteur d'un bateau de pêche, un « gars d'Irlande ».

Les gens de Ferryland l'accueillirent et l'hébergèrent avec leur bonté coutumière, mais c'était un homme hanté par la peur. Il resta quelques mois dans la colonie, prit pour femme une jeune fille du cru et se mit à pêcher à son compte. Cependant la peur ne le quittait pas. Un automne, il emmena sa femme et ses deux bébés dans un canot à l'aviron jusqu'à une crique cachée, inaccessible aux gros navires et où les petits eux-mêmes ne se risquaient pas à pénétrer. Il construisit une cabane et se mit à vivre en proscrit.

Une ou deux fois par an, il se rendait en canot à Ferryland et échangeait son poisson salé contre quelques denrées de première nécessité. Hormis ces rares voyages, sa femme et ses deux fils vivaient avec lui comme s'ils eussent été les seuls humains du monde. Ils vivaient de pêche et de chasse, tuant des caribous et des canards pour la viande. Un carré de jardin, gagné sur la mousse au pied de la falaise, leur procurait quelques pommes de terre.

Un matin de février, l'homme fut frappé de paralysie. Durant deux semaines sa femme le soigna, mais son état empira. Elle décida finalement d'aller chercher du secours. Après avoir chargé les deux garçons, âgés de neuf et dix ans, de prendre soin de leur père, elle partit en canot pour couvrir seule, aux avirons, les quelque trente à quarante milles qui la séparaient de Ferryland. Elle avait parcouru une quinzaine de milles lorsqu'une tempête éclata. Les glaces poussées vers la côte prirent le canot au piège et l'écrasèrent. La femme gagna la côte en sautant d'un glaçon sur l'autre. Elle escalada les falaises couvertes de verglas, traversa à gué et à la nage plusieurs petites rivières et réussit à se frayer un chemin à travers la forêt couverte de neige jusqu'à Ferryland.

Il lui fallut quelque temps pour récupérer assez de forces pour raconter son histoire. La tempête, un rugissant ouragan du nord-est, mit sept jours avant de mollir assez pour qu'une équipe de pêcheurs puisse aller le long de la banquise jusqu'à la crique.

Ils furent accueillis par les deux garçons que la crainte rendait muets devant cette invasion de visages étrangers. Les hommes allèrent jusqu'à la cabane et la trouvèrent propre, chauffée, confortable. Mais le lit était vide. Ils demandèrent aux enfants où était leur père. L'aîné les conduisit à un appentis adossé au rocher non loin de la cabane. Ils ouvrirent la porte et trouvèrent l'homme.

Il était suspendu par les pieds au plafond et fort proprement écorché et vidé.

« Voyez-vous, m'expliqua Howard, ces pauvres gosses n'avaient jamais vu un mort humain auparavant. Mais ils avaient vu beaucoup de daims tués à la chasse. Ils avaient vu leur père les vider et les écorcher. Ainsi les malheureux pensaient que c'était là la façon dont on devait en user avec les morts, qu'ils fussent hommes ou bêtes. Ils avaient fait de leur mieux. »

5

Corsets, morue et constipation

Le temps que je passais chez les Morry était toujours trop court à mon gré. Je continuais à consacrer presque toutes les heures du jour et de la nuit à un combat dément pour transformer un cauchemar en une réalité supportable. Plus les jours s'écoulaient, moins le travail semblait avancer. Je commençais à comprendre qu'Enos, Obie et moi-même étions condamnés à finir nos jours à genoux dans l'abomination de la désolation. Les jours fondaient, c'était le mot, puis un matin ce fut la minute de vérité.

Le jour de l'arrivée de Jack à l'aéroport de Saint-Jean, j'étais dans un état d'esprit voisin de la dépression nerveuse. Mais il arrive parfois que les noirs destins qui gouvernent nos vies prennent en pitié leurs victimes. Ce matin-là, il y avait un épais brouillard sur la côte Sud. Comme c'était là chose habituelle, je n'y prêtai tout d'abord pas d'attention particulière. Lorsque j'eus enfin trouvé, quasiment à tâtons, ma route jusqu'à l'aéroport de Saint-Jean, lorsque j'eus appris là que tous les vols étaient annulés pour cause de brouillard, je compris que j'avais obtenu le sursis.

Je me précipitai au bureau de la météo. Le fonctionnaire de service me réchauffa le cœur et le remplit de joie en m'apprenant que l'aéroport serait bloqué par le brouillard pour un bon moment.

« Combien de temps ? lui demandai-je.

— Difficile à dire, mon brave, mais sûrement pas moins d'une semaine, je crains. »

Avec un soulagement bien compréhensible, je rédigeai une note à l'adresse de Jack. Je lui expliquai comment, vu l'absence de téléphone à Muddy Hole, je n'aurais aucun moyen de connaître l'heure de son arrivée. J'ajoutai que, quelques travaux restant à terminer sur le bateau, je pensais ne pas devoir perdre de temps en vains trajets vers Saint-Jean dans l'espoir douteux que les avions de la Trans-Canada Air Lines parviendraient à découvrir l'aéroport à travers le brouillard et qu'ils prendraient le risque d'atterrir. Je lui conseillai, lors de son arrivée, de louer une camionnette (de préférence avec quatre roues motrices), et d'y charger divers objets commandés chez les shipchandlers dont je lui donnais la liste, puis de se rendre à Muddy Hole. Je laissai ces instructions à une jeune personne du bureau des renseignements de la Trans-Canada Air Lines.

Quelques personnes s'étonneront peut-être que Jack ne soit pas venu tout simplement par le train.

Ces personnes, s'il s'en trouve, ne connaissent rien du réseau ferroviaire terre-neuvien.

Il s'agit d'un chemin de fer à voie étroite qui traverse huit cents kilomètres de sauvage désert entre Port-aux-Basques et Saint-Jean. Quant au matériel roulant, c'est une antiquité venue du fond des âges. Les horaires sont d'une telle imprécision que sous les sièges on trouve de grandes caisses en bois. Elles contiennent des rations de secours que l'on consomme en cas de retard excessif. On sait de la plus authentique façon qu'en certains cas le train a mis quatre semaines pour traverser l'île.

Les retards les plus importants apparaissent généralement en hiver. Mais ils peuvent se produire en n'importe quelle saison pour des raisons infiniment variées : brouillard si épais que le mécanicien ne peut voir où il va, orignal mâle en rut défiant la locomotive en une lutte inégale (inégale parce que l'orignal gagne rarement), explosion de la chaudière, tempête renversant les wagons sur la voie, perte temporaire de passagers occupés à cueillir des mûres tandis que le train grimpe une côte. Ce n'est pas pour rien que les soldats canadiens en garnison à Saint-Jean pendant la guerre ont donné à ce train le sobriquet qu'il conserve : « le Boulet de Terre-Neuve ».

Il s'est passé bien des drames à bord du « Boulet » mais aucun n'égale la pathétique histoire d'une jeune femme qui voyageait vers Port-aux-Basques. À mesure que les jours passaient, elle semblait de plus en plus nerveuse.

Chaque fois que le contrôleur passait dans son compartiment, elle lui demandait avec une anxiété croissante combien de temps le voyage allait encore durer. Il n'en savait évidemment rien et elle l'agaçait au point qu'il se fâcha :

« Pourquoi êtes-vous donc si pressée ? »

Les yeux modestement baissés, elle lui avoua qu'elle attendait un enfant.

« On n'a pas idée de prendre le "Boulet" dans cet état, dit-il avec indignation.

— Ah, monsieur, répliqua-t-elle, je n'étais pas dans cet état quand je l'ai pris ! »

Jack McClelland préférait ne pas prendre de risques, aussi vint-il par la voie aérienne.

J'aurais dû me douter que les noirs destins se gaussaient de moi en me promettant une semaine de répit. Le matin suivant mon retour à Muddy Hole, je partis avec Obie sur *L'Immortelle* pour Shoe Cove, dans l'espoir de trouver des espars pour le bateau. Juste avant midi, nous fûmes soudain presque aveuglés par l'apparition inattendue d'un resplendissant soleil tandis que le brouillard s'éloignait vers la haute mer. À Saint-Jean, loin de là, les gens s'arrêtaient dans la rue pour parler à des amis que le brouillard les avait empêchés de voir depuis bien longtemps… et pour regarder en l'air au bruit inaccoutumé et tonitruant d'un moteur d'avion…

Je suis incapable de dire si je suis heureux d'avoir été absent de Muddy Hole lors de l'arrivée de Jack ou si je dois le regretter. J'ai manqué le spectacle d'un événement qui, depuis lors, fait partie du folklore de la côte Sud.

L'avion de Jack atterrit à Saint-Jean à une heure moins le quart. Il débarqua, reçut ma note et se rua à l'action. Il est comme ça. Il se rue à l'action. En l'occurrence, il ne se rua pas avec autant de souplesse que d'habitude parce qu'il s'était récemment déplacé quelques vertèbres et, en conséquence, portait, sous son costume tout droit sorti d'un maître tailleur de Savile Row avec les mocassins en peau de requin assortis, un effroyable machin fabriqué avec du caoutchouc, de l'acier et des baleines, propre à exciter la concupiscence des dames à corsets taille de guêpe de l'ère victorienne.

Il se rua néanmoins avec une telle efficacité qu'en moins de deux heures il avait déjà mis le cap sur Muddy Hole. Il perdit en route quelques-uns des ressorts de son corset et la totalité de ceux de la Buick Roadmasterchosematic resplendissante de chromes, rutilante de couleur avec capote amovible électrique télécommandée (unique en son genre dans l'île), qu'avec son aptitude habituelle à faire perdre tout bon sens aux gens avec qui il traite il avait réussi à louer au meilleur garage de Saint-Jean.

Il arriva à Muddy Hole à sept heures du soir. L'usine de poisson venait de cesser son activité. Des brochettes de filles en tablier blanc et des douzaines d'ouvriers en bleu de travail et bottes de caoutchouc se déversaient hors du bâtiment puant où ils avaient fourni leur servage quotidien.

Ils furent arrêtés sur place par le hurlement terrifiant d'une trompe à trois tons.

Tout d'abord ils crurent que quelque étrange navire était entré dans le port. Puis, une des filles aperçut le reflet éblouissant du soleil couchant sur une masse de chrome poli, plantée sur la crête de la pente dominant la commune.

C'était là une apparition comme aucun des habitants de Muddy Hole n'en avait encore vu. Tandis qu'ils la contemplaient, l'œil fixe, pétrifiés d'étonnement, le monstre couronné de flammes s'engagea dans la descente.

Comme galvanisés, tous entrèrent en action. Une centaine de bras s'agitèrent et les voix rauques de leurs propriétaires s'élevèrent en un grand hurlement.

Jack, au volant du monstre rouge, était positivement ravi.

Il crut que ces gens lui souhaitaient la bienvenue à Muddy Hole. Il crut aussi qu'il était toujours sur la piste rudimentaire qui menait vers la plage de galets de la crique.

Il se trompait doublement. Il n'y avait pas de route et les habitants essayaient désespérément de l'en avertir.

« Mon gars, me dit plus tard un des observateurs de la scène, c'était un spectacle merveilleux ! »

Je ferais bien ici de vous expliquer qu'à Terre-Neuve le mot « merveilleux » a conservé son sens archaïque : plein de merveilles, de féerie, mais aussi terrifiant.

La voiture négocia les premiers mètres sans incident, puis la pente se fit soudain abrupte. Lorsque Jack, soupçonnant que tout n'allait pas pour le mieux, freina à fond, il était déjà trop tard. Le monstre rouge dévala sans se soucier des pierres qui lui barraient le chemin, écrasant les barrières rustiques, bondissant et rebondissant avec la grâce abandonnée d'un hippopotame ivre de haschich.

Des objets s'échappaient de ses flancs. Deux réservoirs de tôle galvanisée de cent vingt litres prévus pour le bateau, imprudemment posés sur le siège arrière, se dressèrent, puis décrivirent des paraboles brillantes dans les rayons du soleil. Le coffre s'ouvrit et le modeste assortiment de vêtements de mer de Jack (cinq valises et divers colis) abandonna le navire.

Soudain, tout fut terminé. La voiture s'arrêta, sa brillante calandre enterrée dans le mur du fond d'une bergerie. Durant une longue minute personne ne bougea parmi les spectateurs. Avant qu'ils aient pu courir à sa rescousse, Jack sortit du nuage de poussière qui montait de la bergerie en ruine.

Comme on peut s'y attendre de la part d'un homme qui, au commandement d'une vedette lance-torpilles, tenta un jour de créer une nouvelle entrée au port de Saint-Jean en fonçant à travers une falaise de granit de cent vingt mètres de hauteur, il n'avait rien perdu de son sang-froid. Il parcourut calmement les quelques mètres restants de la pente. Il était aussi nonchalant que s'il eût été sur le point d'embarquer à bord d'un croiseur de luxe amarré à l'appontement garni de tapis rouge du Royal Yacht Club de Cowes.

Enos, un peu nerveux, fit un pas à sa rencontre. Il était complètement décontenancé par le caractère spectaculaire de l'arrivée de Jack. Au lieu d'emmener le héros chez lui, de lui verser à boire et de le garder jusqu'à mon retour, Enos obtempéra avec discipline à l'impérieuse requête de Jack d'être illico amené à la goélette.

Enos conduisit son aristocratique et resplendissant visiteur directement à l'appontement. Jack fit trois pas sur les rondins imbibés d'huile. Ses semelles entrèrent alors en contact avec un morceau de foie de morue pourri. Ses pieds partirent en avant en oubliant le corps qu'ils portaient. Affolés, Enos et trois ou quatre autres se jetèrent « vers » lui plutôt que « sur » lui et, dans leur tentative désespérée d'empêcher sa chute, ils le jetèrent à l'eau.

Bien que des années aient passé sur l'événement, Jack persiste à le taire. Il prétend n'en garder aucun souvenir. Je soupçonne que l'origine de ce black-out mental doit être imputée aux soins éclairés qu'il reçut d'Enos et de ses sept ogresses de filles. Passer plusieurs heures dans une cuisine surchauffée ligoté dans un corset, plus ou moins pudiquement enveloppé dans une couverture, nourri de force par un escadron de walkyries et, pendant tout ce temps, essayer d'établir un contact humain avec huit personnes qui semblent ne parler aucun langage connu, voilà un effort qui explique à lui seul ce phénomène.

Obie et moi, nous rentrâmes à Muddy Hole vers minuit. Par chance Jack dormait. Le cœur lourd et plein d'inquiétude pour le lendemain, je me glissai dans mon sac de couchage.

Je fus éveillé de bonne heure. Jack, debout près de mon lit, vêtu d'une couverture, fixait sur moi un regard angoissé.

« Hé, fit-il, où diable est donc la salle de bains ? »

Il faut se mettre en tête que Jack est le produit d'une excellente école privée, d'une vieille famille de Toronto et d'une vie de confort, voire de luxe. Il n'a absolument rien d'un pionnier dur à cuire et prêt à tout. Il aime ses aises. Il y est habitué et il souffre lorsqu'il en est privé.

Les maisons de Muddy Hole n'offrent que peu de confort. Il n'y a pas de W.-C. intérieurs et il n'y a pas non plus de W.-C. extérieurs. Les dames possèdent des vases de nuit qu'elles glissent sous leur lit, mais les hommes sont privés de cette facilité. Cela paraît injuste, pour ne pas dire cruel, tant que l'on n'est pas initié au mystère du comportement des mâles humains dans les ports de pêche.

Lors de mon premier séjour à Terre-Neuve, il me fallut plusieurs jours pour pénétrer ce mystère et j'en éprouvai conséquemment toutes les souffrances imaginables. Cependant, comme j'étais devenu un membre de la fraternité terre-neuvienne, j'étais en mesure d'épargner à Jack les heures d'agonie consacrées à résoudre les problèmes par ses seuls moyens.

« Hello, lui dis-je, vous avez bien dormi ?... Oui ?... Eh bien, descendez sur l'appontement, celui qui est fait en rondins. Il y a, au bout, tournée vers la mer, une petite bicoque. Ça s'appelle le magasin à poisson, chaque pêcheur en a un. Vous entrez et, juste à côté de la table à découper le poisson, vous verrez un trou. C'est par là qu'on jette les tripailles de morue à l'eau... Alors... vous feriez bien d'emporter du papier... »

Le visage de Jack reflétait le combat cornélien qui se livrait en lui. Je fus ému par la supplication que je lisais dans son regard, mais il fallait de la fermeté.

« Écoutez, dis-je doucement, vous n'avez pas le choix. À moins que vous n'ayez envie de vous glisser dans la chambre des filles et d'emprunter leur pot... »

Les sept ogresses dormaient dans la même pièce, où elles se partageaient deux lits.

« Quant au grand air, ajoutai-je, n'y pensez pas. Vous croiriez trouver un coin solitaire et vous feriez la joie de cinq ou six gamins et d'autant de chiens qui auraient l'air de sortir de nulle part. »

Jack grogna un peu, me lança un regard éteint puis se dirigea vers la porte. Il resta longtemps dehors et pendant son absence les filles se levèrent et allumèrent le feu. Quand il revint, elles étaient en train de préparer le petit-déjeuner.

J'étais désolé pour Jack, sincèrement désolé. Je

me souvenais de ma première visite à un magasin à poisson. Je me souvenais de mon perchoir instable où j'étais suspendu entre ciel et eau, entouré de caques où les morues trempaient dans la saumure. J'avais commis la folie de regarder en bas pour y découvrir un consortium de godes, seiches, crabes et anguilles qui, remontant des bas-fonds, fixaient sur moi des regards pleins d'espoir. Quelque traumatisante qu'ait pu être cette expérience, Jack fit en sorte de la dominer. Mais il faillit perdre connaissance lorsque le fumet du petit-déjeuner vint chatouiller ses narines. C'est un gourmet, une fine gueule et, de plus, il a un estomac fragile.

Il me serra le bras à le briser et me souffla d'une voix rauque :

« Au nom du ciel, qu'est-ce que c'est que ça ?

— Ça, lui expliquai-je de mon ton le plus encourageant, c'est le plat national de Terre-Neuve. C'est une attention particulière pour les visiteurs de marque. Ça s'appelle la roulade de poisson.

— Je me fiche du nom, qu'est-ce que c'est ?

— Eh bien, à l'origine, c'est une mixture. Vous prenez du pain dur ou du biscuit de mer, vous le mettez à tremper toute la nuit pour le ramollir et tuer les charançons. Ensuite, vous prenez du poisson salé et séché et vous mettez ça aussi à tremper. Ça s'appelle l'humecter. Ensuite, vous mettez à cuire à l'eau bouillante poisson et pain dur mélangés. Quand ça forme une espèce de bouillie bien molle, vous versez dessus une tasse de graisse de lard fondue et alors… »

Je n'eus pas le loisir de terminer mon explication, Jack était déjà reparti rendre visite aux seiches, crabes et anguilles !

Plus tard dans la matinée, à l'aide de la Jeep et de plusieurs chevaux, petits mais robustes, nous parvînmes à extirper la Buick des ruines de la bergerie et à la remorquer en haut de la colline. Quelques traces de loyauté qui subsistent encore en moi me contraignirent à dire à Jack la vérité sur notre situation. Je lui expliquai que même avec de la chance nous ne pouvions espérer armer le navire en moins de deux semaines et j'ajoutai que, même alors, naviguer avec serait une aventure remplie d'incertitudes.

« Si vous voulez abandonner, Jack, je ne saurais vous le reprocher. Surtout après ce que vous venez d'endurer et, j'aime mieux le dire tout de suite, ce qu'il va falloir encore dépenser avant de prendre la mer. Vous n'avez qu'un mot à dire et nous plantons là ce sacré bateau pour filer à Saint-Jean. Il y a un service régulier de cargos mixtes pour les Antilles une fois par semaine et le prochain bateau appareille demain. Nous pouvons être à bord ce soir même. »

Jack resta silencieux un moment. Il regarda le port, les appontements, les magasins à poisson puis les falaises et enfin le large avec le voile de brouillard et la mer sombre. Enfin, et que cela lui soit compté pour sa part de paradis, il répondit :

« Pas question ! Je pense que j'aurai le cas de

constipation le plus funeste connu par les sommités médicales. Mon dos ne se remettra jamais de ce qui est arrivé hier soir. Nous nous noierons probablement quand nous sortirons du port sur l'invraisemblable baille que vous avez achetée. Mais Farley, nous la sortirons, dussions-nous en crever tous les deux. Et maintenant, au travail ! »

6
Une poignée de pirates

Jack prit les choses en main. Il décida que notre problème principal était le manque d'organisation et il organisa aussitôt une conférence dans la cuisine d'Enos. Y assistaient : Obie, Enos, moi-même et un personnage non identifié, de passage, qui ne dit rien mais cracha sans discontinuer de petits geysers de jus de chique qui grésillaient sur la plaque du fourneau.

Dans son style le plus P-DG, Jack exposa que nous avions perdu trop de temps. Il dit que les voyages quasi quotidiens à Saint-Jean n'étaient pas nécessaires. En lieu et place, nous allions établir une liste de tout ce qu'il fallait pour terminer la goélette ; puis, lui et moi, nous irions en ville et en une journée d'achats intensifs nous aurions tout ce que nous désirions.

Dès notre retour, à quatre, en travaillant selon une liste d'urgences soigneusement établie, nous calfaterions et fignolerions le bateau à toute vitesse.

« Eh bien, messieurs, êtes-vous d'accord ? » dit-il en quêtant notre approbation d'un regard candide.

Je regardai Enos qui regarda Obie, qui regarda ses bottes. Personne ne dit un mot. Il aurait été malséant de ma part d'essayer de modérer un enthousiasme aussi rempli d'innocence.

Jack et moi, nous partîmes le lendemain pour Saint-Jean avec *L'Immortelle* remorquant la Buick délabrée. Arrivés en ville, chacun partit de son côté avec la liste d'achats. Nous avions rendez-vous à six heures dans un bar du front de mer. Jack prit la Jeep, quant à moi, instruit des indescriptibles pièges de la circulation à Saint-Jean, je préférai aller à pied.

J'arrivai au bar peu avant six heures. Jack y fit son entrée quelques minutes plus tard et j'eus du mal à le reconnaître. Ses cheveux blonds, habituellement bien coiffés, étaient transformés en tête-de-loup. Ses yeux étaient injectés de sang. Sa joue gauche était affectée d'un tic spasmodique et son souffle était haletant et sifflant comme le sifflet d'une locomotive. Il lui fallut avaler trois doubles rhums avant d'être en état de me raconter sa journée. Encore ne m'en dit-il que les moments culminants. Il me dit qu'il était entré dans tous les magasins les uns après les autres. La plupart étaient vides de tout chaland mais pleins de vendeurs qui disparaissaient à sa vue comme s'il eût été atteint de la peste bubonique.

« C'est parce qu'à Saint-Jean, lui expliquai-je avec commisération, il est considéré comme socialement humiliant pour un vendeur d'attendre le client. On évite de le faire chaque fois qu'on le peut. »

Jack secoua la tête avec fureur.

« Ce n'est pas tout, dit-il. Finalement j'avais réussi à coincer un vendeur dans une quincaillerie juste au moment où il filait vers l'escalier de la cave. Je l'accule à un étalage de fourches et je lui demande, bien poliment je vous prie de croire, cinq livres de clous de cinq centimètres. Bon Dieu, Farley, savez-vous ce qu'il me répond ? »

La voix de Jack atteignait presque le fausset d'un castrat à la chapelle Sixtine.

« Il me dit que je n'avais qu'à passer commande, qu'ils essaieraient de me les procurer et que je pourrais peut-être les prendre la semaine prochaine !

— Vous avez de la chance, lui répondis-je pour le calmer, habituellement ils se contentent de vous dire qu'ils n'ont pas ce que vous voulez mais qu'ils l'auront peut-être l'année prochaine ou la suivante… ou peut-être…

— Mais ce n'est pas tout, fit Jack en m'interrompant. Le tic de sa joue gauche devenait de plus en plus prononcé. Après deux foutues heures de recherches, j'ai finalement trouvé un débit de boissons. Comme exceptionnellement il y avait quelqu'un derrière le comptoir, je lui ai demandé une caisse de rhum. Vous savez ce qu'il a fait ! Il m'a fait remplir un formulaire de demande pour un permis spécial et ensuite il m'a envoyé au bureau principal du Service de contrôle des spiritueux pour obtenir ce permis. Il m'a fallu une heure pour trouver ce bureau. Quand j'y suis arrivé, tout le personnel était parti déjeuner, bien qu'il fût trois heures et demie. J'ai attendu jusqu'à quatre heures et demie et, finalement, un petit personnage rabougri est venu à moi pour me dire que ce sacré bureau ne délivre les permis que le vendredi !

— C'est ainsi, Jack. Voyez-vous, à Saint-Jean tous les commerçants et les fonctionnaires ont besoin d'énormément de repos. C'est parce qu'ils travaillent très dur. Mais il y a aussi un autre problème. Les commerçants ont tellement d'argent qu'ils n'en veulent plus. Ils n'en ont aucun besoin. Ils ne savent qu'en faire et ça les encombre. Vous rendez-vous compte de ce qu'ils ressentent quand un type de votre genre arrive et sort des paquets d'argent sous leur nez ? S'ils ne réfléchissent pas très vite, ils pourraient être forcés de le prendre. Mais à part ça, qu'est-ce que vous avez réussi à acheter ? »

Jack grinça des dents, plongea une main dans la poche de son veston et en tira un morceau de papier qu'il jeta sur la table.

C'était un ticket de parking.

Quant à moi, je me félicitai d'avoir eu une journée de modeste succès. Parmi les quelque quatre-vingts objets de ma liste, j'avais réussi à en acquérir six. Ils étaient dans un sac à mes pieds. Six bouteilles de rhum. J'avais trouvé un contrebandier qui n'était pas encore riche et qui se souciait peu d'être socialement humilié en traitant avec le public. Il y avait peu d'hommes d'affaires de son espèce à Saint-Jean.

Comme presque tout ce dont nous avions besoin pour le bateau était introuvable à Saint-Jean, ou impossible à arracher aux griffes des marchands, nous apprîmes à faire ce que font les pêcheurs de Terre-Neuve, nous improvisâmes. En cette matière, Enos était un maître. Lorsqu'il nous fallut des cadènes pour les haubans, il se procura quelques plaques de fer sur une vieille épave de vapeur. Il forgea à froid le métal rouillé sur un rocher en guise d'enclume jusqu'à ce que ses coups de marteau en fissent de très convenables cadènes. Il exécuta de petites pièces d'accastillage avec tout ce qu'il put trouver dans les innombrables boîtes graisseuses qui encombrent les réserves de tout pêcheur et dans lesquelles on conserve précieusement tout ce que l'on trouve pour le réutiliser un jour en cas de nécessité.

Il nous fallut livrer d'autres batailles. L'espèce de cercueil qu'Enos avait construit sur le pont était censé représenter le rouf de la cabine. Mais ce séjour caverneux manquait de tout orifice destiné à laisser passer la lumière, de sorte que le carré était aussi obscur que l'intérieur d'un baril de mélasse. Après de longues recherches, je trouvai à Saint-Jean un shipchandler qui, bien à contrecœur, consentit à me vendre des hublots — à soixante-quinze dollars pièce — à condition que je fusse disposé à attendre la livraison durant six mois. Comme je n'y étais pas du tout disposé, Obie vint à mon secours.

Il avait des parents dans la péninsule du cap Pine, loin dans le Sud. Cap Pine est une pointe de rochers rébarbative, sombre et menaçante, qui s'avance dans la mer et coupe exactement la route des cargos. Il est entouré de hauts-fonds, de bancs rocheux, et défendu contre la mer par d'abruptes falaises granitiques. La façon dont ses habitants parviennent à vivre dans les deux villages ou plutôt les deux grappes d'humanité accrochées au roc est à première vue un mystère. Ils n'ont aucun port et il est rare qu'ils puissent lancer leurs canots sur la plage tant la mer qui bat la côte est agitée. Mais les gens de Saint-Shotts et Saint-Shores (à l'origine Saint-Jacques et Saint-Georges) se tirent très bien d'affaire. Ils ont des occupations très lucratives dont ils parlent peu devant les étrangers. En fait, les personnes étrangères à ces criques sont non seulement malvenues, mais peuvent courir quelques risques personnels.

La vérité est que les habitants de Saint-Shotts et Saint-Shores ont exercé depuis de longues générations la profession de naufrageurs. En des temps où la contrainte régnait moins sur le monde, ils pratiquaient l'art du naufrageur à plein-temps. Un grand nombre de navires se perdirent sur leur côte en raison de la lamentable incapacité de leurs capitaines à comprendre que le feu sur lequel ils faisaient route n'était pas celui du cap Race (à vingt-cinq milles à l'ouest) mais une excellente imitation de ce phare.

« Dans la mort, il y a la vie. » Ainsi chantait

un curé de l'endroit, debout sur la falaise, tout en dirigeant le travail de ses paroissiens, lesquels sauvaient la cargaison d'un vapeur dont tout l'équipage avait péri dans le naufrage au milieu des récifs.

De nos jours, naturellement, la pratique de la glorieuse entreprise consistant à utiliser des feux truqués a été interdite. Néanmoins, il y a toujours des navires qui payent leurs fatales erreurs de navigation sur les récifs et les falaises du cap Pine. Ces navires et leurs cargaisons appartiennent de par la loi aux souscripteurs des compagnies d'assurances. Mais les gens de Saint-Shotts et Saint-Shores, eux, ne souscrivent pas à cette loi, ni, je le crains, à aucune autre loi au monde.

Obie et moi, nous nous rendîmes sur place à bord de *L'Immortelle* et nous n'y serions probablement jamais parvenus avec un véhicule autre, car il n'y a pas de route sur la presque totalité du trajet. Notre arrivée créa une sensation. Non seulement les habitants nous observaient derrière les rideaux de chaque maison, mais les yeux ronds et noirs de leurs fusils de chasse à deux coups en faisaient autant. Ce sont des fusils destinés en principe à la chasse aux phoques, mais ils peuvent s'adapter à de multiples autres gibiers…

Obie descendit le premier de la voiture et se fit reconnaître. Nous fûmes aussitôt entourés par les masses imposantes d'énormes types qui parlaient une langue à laquelle je ne compris goutte. Et pourtant, même à cette époque, j'avais déjà montré quelques réelles aptitudes concernant les dialectes terre-neuviens.

De toute façon, le langage n'est pas toujours important. Lorsque nous débarquâmes quelques bouteilles de rhum, nous découvrîmes que nous parlions tous une langue universelle. Nous passâmes la nuit à Saint-Shotts après une brève excursion à Saint-Shores. Ce fut un rêve, un retour à travers le temps, vers un âge brutal et sauvage. Une vieille femme me montra un petit coffre d'acajou bourré de pièces d'or dont certaines étaient d'origine espagnole. On me dit que presque tout le monde gardait un trésor analogue caché quelque part dans les landes caillouteuses. Assurance pour les jours où les moyens modernes de navigation priveront ces gens de leur traditionnel moyen de gagner honnêtement leur vie.

Lorsque nous prîmes le chemin du retour, *L'Immortelle* était lourdement chargée. Nous avions huit hublots. L'un d'eux avait presque cinquante centimètres de diamètre et, avec son armature de bronze, il devait bien peser dans les cinquante kilos. Nous avions également assez d'accastillage de bronze et de laiton pour parer à tous nos besoins.

Il y a des gens qui considèrent les habitants de Saint-Shotts et Saint-Shores comme des pirates. Ils en sont peut-être, mais, s'il me faut choisir entre les pirates de Saint-Shotts et ceux de Saint-Jean, mon choix est fait.

La plupart des habitants de la côte Sud montraient la même serviabilité. Comme leurs ancêtres, ils avaient vécu durant des siècles à la merci des mercantis, aussi savaient-ils exactement contre quoi nous devions lutter et, dans nos difficultés quasi permanentes, ils se sentaient solidaires de nous.

Celui qui parmi eux l'était le plus, c'était assurément Monty Windsor. Pensif, peu loquace, il vivait dans une maison biscornue sur une petite presqu'île d'Aquaforte. La maison avait été imposante, élégante même lorsque les Windsor l'avaient bâtie deux cents ans auparavant. Mais, depuis lors, elle était devenue grise et triste. Monty Windsor était le dernier du nom à Aquaforte. Il me montra la Bible de la famille où les naissances et les décès étaient enregistrés depuis 1774. Peu des hommes étaient morts dans leur lit. Presque tous avaient « péri en mer » comme pêcheurs, marins, baleiniers ou corsaires. C'était un étrange vieux bouquin où les marges avaient été utilisées à quantité d'annotations sans rapport avec la religion, mais tout aussi significatives.

À la fin du Deutéronome, écrit avec des fioritures dans une encre pâlie, on trouvait une recette pour soigner le croup. Le malade devait fumer une pipe en terre bourrée avec de l'étoupe, imbibée de soufre. Après avoir fumé ce mélange, il devait ingurgiter un demi-litre de rhum coloré, juste tiré du baril.

Les médecins modernes peuvent bondir, mais il me paraît évident que le virus ou le bacille capable de supporter un tel traitement devrait être superrésistant. En outre, n'importe quel être humain pouvant survivre à ce remède n'a certainement rien à redouter des microbes.

Pendant des générations, les Windsor avaient dirigé une station baleinière, une usine de salaison et une flotte de grandes goélettes de pêche. Tout cela était fini maintenant et il n'en restait qu'une sorte de terrain vague plein de bâtiments branlants du côté du port. Ils contenaient une quantité de souvenirs d'un autre âge mais aussi des trésors pour nous. Nous y dénichâmes une hélice de bronze à deux pales qui datait bien d'une cinquantaine d'années, mais qui s'adapta parfaitement à l'arbre de notre moteur.

Nous trouvâmes des centaines de poulies destinées aux goélettes à trois mâts et suffisamment de plus petites pour compléter notre gréement courant. Des manilles, des réas, des frettes, des organeaux, en fait tout ce dont nous avions besoin se trouvait quelque part dans les coins poussiéreux des hangars Windsor.

Il nous fallait deux nouveaux mâts et c'était la seule chose que nous n'avions pas trouvée. Les vieux mâts abondaient sur la plage et dans les coques pourrissantes des goélettes. Mais ils étaient tous ou trop grands ou trop vieux. Après quatre siècles de construction navale, de gaspillage de bois et d'incendies de forêt, il eût été difficile de trouver un tronc d'arbre sur toute la côte Sud. Il ne restait que des spruces noirs complètement tordus — à une exception près.

De l'autre côté du petit port de la maison de Monty, il y avait un bosquet de spruces vierges. C'était, en un certain sens, un bois sacré. Il avait appartenu à la famille depuis l'implantation du premier Windsor et il avait été jalousement préservé par tous ses successeurs, car il assurait l'approvisionnement de la flottille Windsor. Bien que cette flottille eût disparu depuis de nombreuses années, le bois restait intouchable et intouché. Aussi longtemps que ses arbres se dresseraient intacts et fiers, quelque chose subsisterait de la tradition des Windsor. C'était en tout cas ce que Monty ressentait. Néanmoins, quand il sut que nous avions du mal à trouver des mâts, il envoya un message à Muddy Hole pour nous inviter à lui rendre visite.

Je m'y rendis avec Jack, Obie et Enos. Monty nous conduisit à un vieux doris dépenaillé, halé sur la grève. C'était le dernier navire que les Windsor possédaient. Au fond du doris, il y avait deux haches et une glène de filin.

« Traversez la baie, garçons, nous dit Monty de sa voix tranquille, ensuite grimpez la pente jusqu'à ce que vous trouviez une grosse roche blanche. Juste derrière, vous trouverez les spruces les plus droits et les plus solides de tout Terre-Neuve. Prenez ce qu'il vous faut et assurez-vous de choisir les meilleurs. »

Quelques heures plus tard, quand nous eûmes coupé deux arbres, je retournai chez Monty pour les payer. Il ne voulut pas de mon argent.

« Ne parlons pas de ça, patron. Il n'y aura plus, désormais, de Windsor à la mer et je suis trop content de savoir que votre petite goélette est mâtée avec des bois de chez moi. »

La mise en place des mâts fut un grand jour à Muddy Hole.

Pour célébrer l'événement, Jack fit un rapide voyage à Saint-Jean et, ayant trouvé les gabelous en état de moindre résistance, il réussit à acheter une caisse de rhum.

La plupart des Terre-Neuviens de la côte Sud passent du sein maternel sans transition au goulot de la bouteille de rhum, de sorte qu'en arrivant à l'âge d'homme ils ont acquis une grande immunité contre l'alcool. Mais cette mithridatisation n'est pas parfaite.

Jusqu'à ce jour fameux, j'avais toujours été le maître de la situation en matière de rhum. J'avais réglé la distribution des rations suivant les trois principes cardinaux de la dégustation de cet alcool à Terre-Neuve.

Le premier est que, dès qu'une bouteille est sur la table, elle doit être débouchée. Cela « pour laisser entrer l'air dedans et chasser les vapeurs noires ».

Le deuxième est qu'une bouteille débouchée ne doit jamais être rebouchée car, selon la croyance, « le contenu se gâterait ». Aucune bouteille de rhum ne s'est jamais gâtée à Terre-Neuve, mais aucune n'ayant jamais été rebouchée, il n'y a donc aucun moyen de vérifier l'exactitude de cette croyance.

Le troisième et dernier principe est qu'une bouteille ouverte doit être bue aussi vite que possible « avant que tout le bon ne s'évapore ».

M'étant pénétré de ces trois axiomes, j'avais toujours eu pour règle de conduite de ne jamais sortir plus d'une bouteille à la fois.

Malheureusement Jack ne connaissait pas les principes et j'avais été assez imprévoyant pour ne pas le mettre au courant. Lorsqu'il revint de Saint-Jean, j'étais à l'autre bout du port. Il embarqua la caisse de rhum à bord de la goélette et, après avoir ouvert le colis avec amour, il plaça les douze bouteilles sur la table du carré, en ligne, comme douze braves petits soldats.

Enos et Obie vinrent en bas et assistèrent à l'opération. Jack m'a raconté plus tard que la lueur rutilante des bouteilles dans le rayon de soleil qui passait par un hublot se reflétait de la plus curieuse manière dans les yeux de ses deux compagnons.

Jack retourna à la Jeep pour en décharger d'autres provisions. Lorsqu'il remonta à bord, les douze bouteilles étaient ouvertes et les bouchons avaient disparu. Il monta sur le pont et questionna Obie sur ce phénomène inexplicable. Obie, laconique comme d'habitude, lui montra l'eau de la baie où douze bouchons, comme une flottille enfantine, dérivaient avec le jusant vers la haute mer.

En cet instant je revenais et je compris aussitôt que nous allions vers une crise. Jack était partisan de reboucher les bouteilles avec des boules de papier à cabinet, faute de mieux. Je lui expliquai qu'une telle rupture dans les traditions pourrait nous faire chasser de Muddy Hole. Le sort en était jeté. Impossible de reculer. Il ne restait qu'une chose à faire.

« Réfléchissez, chuchotai-je à Jack, pour ne pas être entendu du pont. Dans l'après-midi, toutes ces bouteilles vont être vidées. C'est aussi sûr que deux et deux font quatre. Si Obie et Enos procèdent seuls à la totalité de l'opération, vous pouvez compter qu'on fera vraiment peu de travail sur ce bateau pendant un laps de temps difficile à prévoir... Il faut nous sacrifier, Jack, commencez à boire ! »

Ni l'un ni l'autre ne sommes des Terre-Neuviens, mais nous fîmes de notre mieux.

Il est difficile de reconstituer le cours des événements peu clairs de ce jour embrumé, mais il y en a un qui ressort nettement. C'est ce qui arriva lorsque nous allâmes à terre chercher le grand mât. Enos l'avait taillé sur deux tréteaux dans la cour de sa maison. Il fallait maintenant le transporter en descendant la pente sur près de six cents mètres, puis lui faire franchir l'appontement-patinoire et enfin le dresser et l'enfoncer dans son emplanture à bord de la goélette. Pour se préparer à l'opération, Obie et Enos vinrent en bas. Lorsqu'ils remontèrent sur le pont, il n'y avait plus que onze petits soldats sur la table du carré.

Ensuite, très raides, ils allèrent chercher le mât et le prirent chacun par une extrémité.

La charge étant trop lourde pour Enos, l'espar pesant près de cent cinquante kilos, Obie se plaça au milieu et enleva le tout sur ses épaules. Ensuite, il descendit la pente en trottinant. Obie est un homme de grande taille, bâti en force, mais le mât le ratatinait au point qu'il avait l'air d'un petit garçon transportant le plus lourd rondin jamais utilisé par un Écossais dans un concours de lancement du tronc.

Jack et moi nous l'observions, tous deux frappés de stupeur. Il prenait de la vitesse à chaque pas dans la descente. Enos courait auprès de lui comme un fox-terrier aboyant des encouragements.

Ils atteignirent l'étroite bande de terrain plat qui bordait la plage et la vitesse d'Obie ne diminua pas. Enos cessa de l'encourager et se prit à lui crier d'une voix de plus en plus plaintive :

« Au nom du ciel, fiston, ralentis ! »

Ce fut inutile. La conjonction de la gravité, de la vitesse et de diverses lois physiques auxquelles je ne comprends rien s'était emparée d'Obie. Il parcourut dans un bruit de tonnerre toute la longueur de l'appontement qui oscillait et vibrait comme une toile d'araignée et il continua de courir en arrivant au bout.

Lui et le mât tombèrent à l'eau dans un fantastique éclaboussement. Le bruit fut tel que les filles et les garçons sortirent en courant de l'usine à poisson et coururent à l'appontement pour voir ce qui arrivait. Ils virent alors Obie à califourchon sur le mât, en train de pagayer vers la rive avec les deux battoirs qui lui servaient de mains et riant à gorge déployée.

Cet incident donna le ton à la journée. Une douzaine d'hommes de l'usine abandonnèrent le travail pour nous prêter main-forte. Ils repêchèrent Obie et le mât qui barbotaient dans la soupe de poisson du port puis, avec un bel ensemble, ils plongèrent dans le carré. Quand ils en émergèrent, les braves petits soldats avaient essuyé un feu mortel. Mais la foule des assaillants était désormais prête à tout. Ils dressèrent le mât en l'air, le levèrent en employant toutes leurs forces et l'enfoncèrent dans son emplanture avec un tel enthousiasme que je craignis de le voir traverser la coque de la goélette pour la planter définitivement sur le fond vaseux du port de Muddy Hole.

Ensuite, ils redescendirent tous au carré où ils passèrent un bon moment. Ils remontèrent, se saisirent du mât de misaine, le mirent en place. Enfin, ils disparurent dans le carré.

Dans l'espoir obstiné d'exécuter notre plan, Jack et moi tentâmes de nous glisser dans le carré, mais une anguille elle-même y aurait renoncé. Lorsque enfin nous parvînmes à nous approcher de la table, il ne restait plus qu'une seule bouteille à peu près vierge. Nous n'avions plus qu'à faire notre devoir.

Après cela, le centre d'activité se déplaça et se manifesta hors du bateau. Un des planteurs de mât fut envoyé à la cachette où il conservait pour Noël un plein jerrican d'alcool pur importé en fraude de Saint-Pierre ou de Miquelon. On m'a raconté que, tard dans la journée, Enos décida que tout le monde devrait dîner de viande fraîche (ce qui dans le langage terre-neuvien signifie gibier). Après avoir épaulé son fusil à deux coups, il disparut derrière la colline pour traquer le caribou. Il y avait bien cinquante ans qu'on n'avait pas vu de caribou dans les environs de Muddy Hole, mais cela n'avait aucune importance. Après tout, il y a des miracles…

Il n'y en eut pas cette fois-ci. Au lieu de miracle et de caribou, Enos perdit quelque part dans les taillis environnants ses précieuses et antiques lunettes cerclées d'acier. Comme sans ses verres il était à peu près aveugle, il lui fallut la nuit et la matinée pour retrouver son chemin jusqu'à Muddy Hole. Nous perdîmes toute la journée. Sans lunettes, Enos ne pouvait travailler et, sans Enos, Obie ne voulait pas.

Jack sauva la situation en engageant toute la marmaille à la chasse aux lunettes. Il persuada le maître d'école (un pâle jeune homme dégoûté de l'enseignement) de donner congé à la classe et il offrit un dollar d'argent à celui des enfants qui retrouverait les lunettes d'Enos.

Les mouflets se mirent au travail avec un merveilleux enthousiasme. Ils passèrent la campagne au peigne fin sur des kilomètres à la ronde et, contre toute attente, ils retrouvèrent les lunettes !

Elles étaient accrochées dans les branches d'un sapin à quelque trois mètres au-dessus du sol. Jusqu'à présent, personne n'a encore pu trouver par quel moyen elles étaient arrivées là-haut. On ne saurait accorder une aveugle créance à l'histoire selon laquelle elles auraient été projetées dans l'arbre par le sabot d'un caribou furibond. Mais on ne saurait non plus rejeter catégoriquement cette éventualité.

7
En arrière toute !

Après avoir passé une seule et unique nuit sous le toit d'Enos, Jack insista pour que nous nous installions à bord de la goélette. Il se montra réticent sur les raisons de ce désir, mais la présence de sept représentantes nubiles du sexe dit faible semblait le rendre nerveux. Son dos était toujours d'une qualité douteuse. Pour parer à tout événement, nous installâmes nos pénates à bord de notre petit bateau.

À l'origine, lorsque j'avais donné mes instructions à Enos pour transformer le bateau en yacht de croisière, il avait paru me comprendre assez clairement. Mais lorsqu'il commença le travail, mes désirs se trouvèrent en conflit avec des siècles de tradition. Cette tradition ordonnait que l'espace occupé par les hommes sur un navire fût réduit au strict minimum afin de laisser toute la place possible au poisson, au moteur et aux autres éléments d'importance vitale. La tradition ordonnait également que les aménagements fussent aussi inconfortables que possible, probablement pour que l'équipage n'ait d'autre alternative que de rester sur le pont à s'occuper des engins de pêche, fût-ce au plein d'une tempête d'hiver.

Les tentatives d'Enos pour exécuter mes instructions en opposition avec ses plus profonds instincts conduisirent à un compromis qui n'était pas des plus heureux. Il commença par construire l'immense rouf en forme de cercueil au-dessus du vivier à poisson. Bien qu'il l'eût fait haut comme une grange sur les côtés, il omit de le cambrer, de sorte que la hauteur sous barrots ne dépassait pas un mètre cinquante. Pour se déplacer dans le carré, il fallait plier les genoux ou pencher à bloc la tête sur l'épaule. Quant aux personnes de bonne taille, il leur était conseillé de ramper.

Le carré était d'une bonne longueur, mais Enos trouva le moyen d'y porter remède à sa façon. Il installa une cloison au tiers arrière du carré pour y installer le monstre vert qui nous servait de moteur… et qui se trouva ainsi bénéficier du meilleur logement du bord.

Dans le petit espace qui restait, Enos tortilla les installations pour les êtres humains et le verbe « tortiller » est le seul qui puisse donner une juste idée du résultat. Il construisit deux couchettes complètement à l'avant du bateau, juste contre le puits aux chaînes. Leurs mesures étaient conformes aux spécifications traditionnelles. Soixante centimètres de largeur à la tête et trente aux pieds, un mètre soixante-dix de longueur. Il se débrouilla aussi pour que les pieds de l'occupant fussent placés quinze centimètres plus haut que la tête. Pour apporter la touche finale, il fabriqua les planches à roulis, prévues pour retenir l'occupant par gros temps, dans du sapin non raboté qui passe à juste titre pour être le bois le plus producteur d'abloches et d'échardes du monde.

L'un dans l'autre, ce travail avait une efficacité diabolique car il garantissait que tout homme restant plus de vingt minutes d'affilée dans ces couchettes en ressortait à l'article de la mort.

Selon Enos, l'espace où l'on vit sur un bateau de pêche devait se réduire à un coin pour dormir et un autre pour cuisiner. C'est pourquoi il transforma le reste du carré en cuisine. Il prévit un emplacement pour un fourneau et suffisamment de placards pour y entasser du biscuit, du porc salé, de la farine et des navets pour quarante hommes au moins partant pour la Terre de Feu, aller et retour — sans escale, bien entendu.

Les placards et les coffres étaient les seules choses dont le carré ne manquait pas. Par la suite, ceux des membres de l'équipage qui estimaient avoir subi une mortification suffisante de leur chair dans les couchettes vidaient les placards de leur contenu et s'y glissaient pour trouver un peu de repos.

Lorsque je vis le travail d'Enos pour la première fois, je lui donnai illico l'ordre de tout f… en l'air et de recommencer. Enos en conçut de l'amertume et un Enos amer était un Enos intraitable. Il argua qu'il faudrait deux mois pour refaire le travail, de sorte que je dus m'incliner. Toutefois, j'obtins qu'il ajoutât une table dans le carré. En dépit de sa petite taille, elle occupait presque toute la place restante.

Tel était le logis où Jack et moi prîmes nos quartiers. La peinture n'était pas faite. Tout était encombré d'outils, de pièces d'accastillage, de glènes de filins, de pièces de bois et de fourbis divers. Il y régnait une puanteur puissante, issue tant des fonds que de la soupe de poisson dans laquelle nous flottions. Ce logis était repoussant, mais au moins exempt de femmes au tempérament bouillant et dénuées d'inhibitions — et de plus, il était très bien placé pour ce qui concernait la proximité du magasin à poisson d'Enos.

Durant les dix premiers jours de notre vie à bord, nous ne souffrîmes guère de l'inconfort des couchettes, parce que nous eûmes rarement l'occasion de les utiliser. Nous travaillions jour et nuit. Nous mangions quand nous n'avions rien de mieux à faire. Bien que je me considère comme un cordon-bleu, mes capacités culinaires ne firent guère d'étincelles durant cette période.

Je cuisinais sur un poêle à essence. Notre nourriture de base était la morue. C'était la conséquence de nos efforts désespérés pour empêcher le bateau de retourner à sa vocation initiale et de se remplir de morue jusqu'au plat-bord. Les pêcheurs de Muddy Hole sont tous, sans exception, hospitaliers et généreux. Chaque matin quand ils avaient fini de relever leurs filets, chacun d'eux amenait son canot bord à bord avec nous et le patron nous faisait cadeau d'une belle morue bien grasse pour notre dîner.

Comme le port sert de forum, de place publique à Muddy Hole et comme il y avait toujours des visiteurs à bord, nous ne pouvions nous permettre de jeter par-dessus bord notre surplus de poisson. Si l'on avait raconté que nous avions rejeté un seul cabillaud à la mer, tous les habitants eussent été blessés dans leur amour-propre et nous fussions aussitôt devenus de véritables parias.

Ainsi, nous mangions de la morue en quantité méga-industrielle. Nous la mangions bouillie, frite, sautée, pochée et même, un jour que Jack entreprit de faire le dîner, crue. Néanmoins, nous ne savions que faire du surplus. Obie nous prit en pitié et le convertit en morue salée qu'il stocka dans une énorme caque dans un magasin à poisson.

Dans la dernière semaine de juillet, le bateau commença de ressembler vaguement à un navire. Il était gréé avec un accastillage capable de satisfaire aux besoins d'une unité trois fois plus grosse. Les voiles, taillées dans de la toile épaisse, étaient endraillées, ce qui n'avait pas été une petite affaire car leur matière était aussi lourde et raide que du fer galvanisé.

L'hélice avait été mise en place au cours d'une journée néfaste qui nous vit, Jack et moi, patauger dans la vase qui montait jusqu'à nos genoux. Les réservoirs d'essence et d'eau avaient été installés et

Jack avait fait le plein d'eau. On s'approvisionnait à une source qui, à flanc de coteau, à près d'un kilomètre de l'appontement, débitait à peu près un litre à l'heure. Jack mit deux jours pour remplir le réservoir.

La presque totalité de l'équipement nécessaire était à bord et avait trouvé sa place, au moins temporairement. Il ne restait plus qu'une seule incertitude : le moteur. Comme il tient une grande place dans la suite du récit, il vaut mieux que je le présente tout de suite en détail.

C'était un monocylindre deux temps à essence, déployant sept chevaux effectifs. Construit vers les années 1920 sur des dessins datant de la fin du siècle précédent, il était incroyablement massif et insupportablement capricieux. Pour le mettre en route, il fallait tout d'abord ouvrir un robinet d'amorçage placé sur le haut du cylindre et y verser une demi-tasse d'essence. Ensuite, il fallait lancer le volant du moteur, lequel était aussi lourd que celui d'un camion.

Il n'y avait ni embrayage ni inverseur. Lorsque, ou plutôt si, le moteur partait, le bateau partait aussi, mais pas forcément en avant. C'est en effet une idiosyncrasie des moteurs à deux temps que, au moment de démarrer, ils peuvent choisir de tourner de droite à gauche ou vice versa (c'est-à-dire en avant ou en arrière) et que l'homme n'a aucun pouvoir prophétique pour déterminer quel sens ils choisiront. Une fois le moteur parti, on ne peut inverser la marche qu'en débranchant la bougie d'allumage et en le laissant presque mourir.

À son avant-dernier tour, généralement, il donne un coup d'autoallumage qui le fait partir en arrière. C'est l'instant où il faut rebrancher la bougie et former des vœux pour que le monstre continue à tourner. Il le fait rarement. En tout cas, il le faisait rarement pour Jack et moi. Pour dompter correctement un moteur à deux temps, il faut avoir été élevé avec lui depuis sa plus tendre enfance.

Selon la mythologie des moteurs à deux temps, les principales vertus de ces engins sont : la simplicité et la fiabilité. Bien que ce mythe soit largement répandu, je suis en mesure d'affirmer qu'il est absolument faux. Ces machines sont en réalité des dames vindicatives, viles, vicieuses, viragos sans vertu et toute personne non originaire de Terre-Neuve qui part en mer avec un deux-temps à bord ne peut être que folle ou masochiste, et plus probablement les deux à la fois.

Nous effectuâmes nos premiers essais de moteur un dimanche matin. Par miracle, le soleil brillait sur Muddy Hole et le brouillard avait battu en retraite vers la haute mer. C'était donc une matinée placée sous de bons auspices. Mais c'étaient là des auspices trompeurs. Enos et Obie étaient venus pour nous faire une démonstration de fonctionnement. Bien que tous deux aient vécu toute leur vie avec des deux-temps, il ne leur fallut pas moins d'une heure pour faire partir le monstre. Lorsqu'il démarra, ce fut avec un grondement de tonnerre qui nous rappela que nous n'avions pas réussi à trouver de silencieux.

Il démarra en marche arrière, ce qui n'avait guère d'importance car nous avions amarré la goélette à l'appontement avec des aussières suffisantes pour retenir le *Queen Mary*. L'hélice se mit à tourner et à brasser la vase putride, dans un grand gargouillis et des borborygmes vaseux qui remontaient sous le tableau arrière, histoire de témoigner des horreurs inconnues et de la corruption du fond.

Jack et moi n'eûmes guère le temps d'observer ce phénomène. Au moment même où il démarra, le monstre fut pris de folie. À chaque coup de son énorme piston, il se soulevait de dix bons centimètres au-dessus de son bâti et retombait avec un choc qui ébranlait notre petit navire de la quille à la pomme des mâts. À chaque bond, le carburateur, dont le couvercle était ouvert, pissait un jet d'essence sur le coffre de la batterie et sur le tuyau d'échappement brûlant.

Comme il paraissait évident que le bateau allait exploser, Jack et moi nous précipitâmes sur le pont puis sur l'appontement et nous nous éloignâmes à une allure de sauve-qui-peut. Nous ne nous arrêtâmes qu'une fois à l'abri de la maison d'Enos. Lorsque, au bout de quelques minutes, le grondement du moteur s'arrêta sans qu'il y ait eu de *bang*, nous revînmes prudemment au port. Là, Enos et Obie, parfaitement décontractés, nous attendaient pour nous expliquer ce qui s'était passé.

À l'origine, en construisant le bateau, Enos avait fixé le moteur avec des boulons en fer. Au cours des années passées avec les frères Hallohan, ces boulons avaient été rongés par la rouille. Plutôt que de les remplacer, les Hallohan leur avaient substitué des accores de bastaings qu'ils avaient coincées entre le corps du moteur et la coque, et qui servaient à bloquer le monstre à sa place. Quand il avait fait la transformation, Enos en démontant ces accores n'avait pas cessé de se demander à quoi elles servaient. Maintenant, il le savait.

Remplacer les boulons du moteur fut une tâche pénible. Il fallut mettre le bateau au sec à marée basse, percer de nouveaux trous dans la coque et y glisser des boulons de bronze récupérés sur la chaudière d'un caboteur naufragé. Enos pensait que ces boulons-là tiendraient et, en l'occurrence, il avait raison.

Quand ensuite nous fîmes à nouveau partir le monstre, il resta à sa place. C'était une bénédiction, mais cela ne résolvait pas tous nos problèmes. Le plus crucial d'entre eux était que ni Jack ni moi n'étions fichus de le mettre en marche. Nous n'avions pas trouvé le truc et nous n'avions pas non plus les muscles pour ça. Comme je m'étais, de ma propre autorité, promu capitaine du navire, j'usai de mes prérogatives pour nommer Jack chef mécanicien et je me désintéressai de la question.

Il me faut ici rendre hommage à Jack. Il combattit le monstre durant toute une journée sous l'œil bienveillant d'Obie. Vers le soir, épuisé et suant, muet de fureur mais toujours indomptable, il parvint enfin à le mettre en marche. Le monstre fit immédiatement un retour de manivelle qui attrapa

Jack à l'épaule et le projeta dans le carré où il s'étala de tout son long.

C'était une victoire à la Pyrrhus car les muscles de son dos se mirent en grève et son épaule enfla de telle façon qu'il ne pouvait même plus bouger le bras gauche pour manger normalement. Il lui resta heureusement la main droite pour lever son verre. En outre, c'était une victoire éphémère qu'il fallut gagner à nouveau chaque fois qu'on devait se servir du moteur.

Les Hallohan n'avaient jamais baptisé le bateau. C'était leur affaire. Quant à nous, il n'était pas question de sillonner les mers sur un navire sans nom. De temps à autre nous y pensions, et nous avions presque décidé de l'appeler *Black Joke*[1].

Le vrai *Black Joke* avait été en son temps un affreux navire négrier qui croisait entre l'Afrique occidentale et la Virginie. Sa réputation était pire que détestable. Ses cales à nègres étaient si épouvantables qu'une grande partie du malheureux bois d'ébène en mourait. Il était connu pour puer si fort que les navires détectaient sa présence à plus de cinquante milles quand il leur arrivait au vent. Notre goélette lui ressemblait donc au moins sur ce point, mais nous trouvâmes cependant le parrainage un peu sinistre et finîmes par nous mettre d'accord sur le nom à la fois poétique et, pensions-nous, plein d'heureux présages de *Fleur de Passion*.

1. *Black Joke* correspond en français à « sale blague ».

La cérémonie du baptême ne fut pas dans la tradition habituelle. On ne cassa pas de bouteille sur l'étrave car personne à Muddy Hole n'aurait toléré le gaspillage d'une goutte d'alcool.

Nous nous entassâmes donc dans le carré un soir et portâmes d'innombrables toasts à notre bateau. Après quoi, il fallut dire bonsoir à nos hôtes et pomper le navire (ce qui ne prenait guère qu'une heure) pour assécher les fonds. Nous avions décidé d'essayer nos ailes le lendemain.

Les gens de mer appellent la première sortie d'un bateau ses essais. Les essais de *Fleur de Passion* commencèrent à quatorze heures le jour suivant. Nos essais commencèrent à la même heure.

C'était une « jolie » journée (à Terre-Neuve cet adjectif signifie que le vent ne souffle pas en ouragan). Une brise d'est bien établie soulevait des moutons dans le port. Comme c'était notre premier appareillage et comme la plupart des habitants nous observaient, nous nous sentîmes contraints de quitter l'appontement toutes voiles dehors.

Nous ne nous en tirâmes pas trop mal. Grand-voile, misaine, foc et clinfoc hissés, Jack largua nos amarres. Une fois bordées, les lourdes voiles s'emplirent de vent et *Fleur de Passion* prit lentement de l'erre. En quelques instants, elle se dressa fièrement au milieu du port.

Pour sortir du long chenal portuaire de Muddy Hole contre un vent d'est, un voilier doit louvoyer, c'est-à-dire qu'il doit changer d'allure constamment pour remonter au vent. Nous étions parfaitement conscients de cette nécessité. Nous étions également conscients, en quittant l'appontement, de l'existence, juste devant nous, d'une couvée de deux douzaines de canots et doris mouillés à cinquante mètres du rivage. Lorsque nous nous en approchâmes, je me préparai à virer de bord.

« Paré à virer, lançai-je à Jack. (Puis je mis la lourde barre sous le vent.)

— Vire ! »

L'avant de *Fleur de Passion* monta au vent. Elle se secoua un peu, réfléchit pour savoir si elle allait lofer ou non et décida que ce serait non. Elle abattit et reprit son cap initial.

Jack devait dire beaucoup plus tard que c'était là une des rares choses honnêtes qu'elle ait faites. Il ajouta qu'elle savait parfaitement ce qui arriverait si nous la menions en mer. C'est pourquoi elle avait décidé de se suicider immédiatement en se jetant sur les rochers du port d'attache où ses membrures disloquées reposeraient en paix pour l'éternité.

Je ne suis pas d'accord. Je pense que, n'ayant jamais navigué à la voile, la pauvre petite goélette ne savait tout simplement pas ce qu'on attendait d'elle. Je crois qu'elle était aussi terrifiée que moi en se voyant foncer sur les doris sans défense et sur les rochers qui se dressaient derrière eux.

Ce fut Jack qui nous sauva. Il ne prit même pas le temps de jurer et bondit dans le compartiment du moteur avec une alacrité qui surprit le monstre en plein sommeil. Avant qu'il n'ait flairé la présence de Jack, ce dernier avait lancé le volant sans prendre la peine d'amorcer à l'essence. La bête verte fut tellement surprise qu'elle éternua. Elle n'était pas sur ses gardes mais, réveillée en sursaut, elle rendit coup pour coup et, pour nous faire payer notre traîtrise, elle démarra en marche arrière.

Il y avait un grand concours de spectateurs sur l'appontement de l'usine à poisson. Ils ne pouvaient pas entendre les grondements du monstre car le vacarme de l'usine couvrait le bruit de notre moteur.

Ils n'en crurent pas leurs yeux. Toutes voiles dehors et tossant bravement dans le clapot, *Fleur de Passion* vint à stopper. Puis, toutes voiles dehors et bien gonflées par le vent, elle se mit à culer. Le directeur de l'usine, un homme qui avait voyagé et qui connaissait même le cinéma, dit que c'était comme si l'on avait projeté un film à l'envers. Il raconta qu'il s'était attendu à voir la goélette reculer jusqu'à l'appontement d'Obie, abattre sa toile et retourner à son sommeil.

J'aurais été trop heureux si j'avais pu le lui faire faire. Pour ne rien cacher, j'étais sur le point de passer le commandement à Jack, de sauter dans le petit canot que nous remorquions et d'abandonner la mer pour toujours. Mais l'orgueil est un terrible stimulant, de sorte que je n'osai pas obéir à mon instinct de conservation.

Il était maintenant clair, pour Jack comme pour moi, que nous ne parviendrions pas à sortir du port en louvoyant pour remonter dans le vent. Cela signifiait que nous devrions sortir au moteur si nous voulions gagner le large. Mais ni l'un ni l'autre ne se souciaient de faire passer le moteur en marche avant. Nous savions parfaitement que s'il stoppait et refusait de repartir, nous serions ignominieusement drossés à la côte. En conséquence, *Fleur de Passion* fit tout le chenal de Muddy Hole à la mer en marche arrière et toutes voiles dehors. Je pense que, dans l'histoire des hommes et des navires, on n'a jamais vu appareiller avec autant de répugnance.

Une fois en mer et parées les deux longueurs de terre qui gardent l'entrée du port, Jack essaya d'inverser la marche du moteur. Le monstre réagit comme nous l'avions prévu. Il s'arrêta et refusa de repartir. Cela n'avait plus d'importance. *Fleur de Passion* prit de la gîte et fila le long des falaises comme s'il s'était agi d'une course-croisière.

Pendant les quelques heures qui suivirent, toutes nos misères, nos doutes et nos détresses des semaines passées s'évanouirent. La petite goélette taillait de la route comme une bonne fée. Elle continuait de refuser de lofer mais en pleine mer ce n'était pas un gros problème car nous pouvions border la toile à contre. Ses mâts et son gréement étaient si solides qu'elle ne souffrit pas de cette pratique, parfois dangereuse. Nous l'essayâmes sous toutes les allures, au près serré, au grand et au petit largue, vent arrière, la grand-voile à tribord et la misaine à bâbord comme deux ailes ouvertes, et nous ne découvrîmes aucun vice dans sa tenue à la mer.

Elle avait néanmoins quelques faiblesses. À force de tosser dans de fortes lames avec beaucoup de toile, les bordés travaillant, la graisse de poisson qui les calfatait, pressée par le jeu des bois, sortait des coutures. La goélette se mit à faire de l'eau avec excès, de sorte que Jack dut passer le plus clair de son temps à la pompe. L'énorme compas que j'avais apporté de l'Ontario afficha un incroyable dédain de toutes les conventions en montrant quarante degrés de déviation de ce qui aurait dû être le vrai cap. Il était clair que, jusqu'au moment où nous trouverions quelqu'un pour le régler et compenser le compas, notre navigation se ferait « au pifomètre et à la grâce de Dieu ». Nous n'étions ni l'un ni l'autre des spécialistes du pifomètre et, vu nos péchés, nous ne savions trop si nous pouvions nous en remettre à Dieu.

Dans l'euphorie de cette première sortie, nous eûmes l'audace d'aller reconnaître, à plusieurs milles au large, un iceberg attardé dont nous fîmes le tour à respectable distance car les grands icebergs deviennent instables à la fin de l'été et peuvent se retourner d'un seul coup en soulevant des lames capables d'engloutir un petit navire, quand le soleil commence à les faire fondre.

La brume du Grand Banc arrivait sur les traces du vent d'est. Nous prîmes l'allure de fuite et *Fleur de Passion* nous emporta rapidement jusqu'à l'entrée du port à l'instant même où la brume nous dépassait. Nous entrâmes avec une escorte de grisaille pour venir, en grand style, nous amarrer à l'appontement d'Obie.

En dépit de notre appareillage peu orthodoxe, des voies d'eau et du compas, nous étions plutôt satisfaits de notre petit navire et pas peu fiers de nous-mêmes. Nous étions aussi prêts qu'il est possible de l'être à entamer notre croisière.

8
Le Vieil Homme doit gagner son rhum

Il restait une petite difficulté à vaincre : nous n'avions pas de cartes de la côte est de Terre-Neuve. Le manque de cartes, s'ajoutant à un compas faux et à la certitude absolue de naviguer dans le brouillard, suggérait que nous ferions bien d'embarquer un pilote.

Le choix logique était de prendre Enos comme pilote. Comme la plupart des marins de Terre-Neuve, il possédait une sorte de sixième sens que l'homme moderne a perdu. Il avait navigué dans ces eaux durant sa vie entière, souvent sans compas et généralement sans carte. Si on lui demandait comment il trouvait sa route vers un endroit un peu éloigné, il prenait un air vexé et répondait : « Eh bien, fiston, moi je sais où c'est ! »

C'était un homme comme lui qu'il nous fallait. Cependant, quand nous lui posâmes la question, Enos ne montra aucun enthousiasme. Pour un homme habituellement aussi loquace que toute une portée de politiciens, sa réponse fut particulièrement laconique.

« Non », grogna-t-il, et pour appuyer ces, ou plutôt cette parole, il cracha une solide goulée de jus de tabac sur le rouf fraîchement repeint.

Il n'était pas question de le faire revenir sur sa décision. La persuasion (et Jack est par excellence l'homme qui persuade) ne nous apporta rien. Il continua à dire « non » et à cracher sur le rouf qui commença à se couvrir d'une couche brunâtre et glissante sur presque toute sa surface. Nous étions prêts à abandonner. Moi en tout cas, mais pas Jack, qui est fait d'un bois plus solide que moi.

« Si ce vieux salopard ne veut pas venir de son plein gré, me dit-il, nous allons le shangailler.

— Qu'il aille au diable, Jack, nous nous débrouillerons seuls.

— Pas question ! Si ce sacré bateau coule, je veux avoir la satisfaction au moins de le voir couler avec nous. »

Quand Jack est de cette humeur, inutile de discuter avec lui.

Ce soir-là, il organisa une petite soirée d'adieu. Ce fut une des réceptions les plus moroses que j'aie jamais vues. Six ou sept de nos amis pêcheurs se pressaient dans le carré et ressassaient sans arrêt d'un ton lugubre les innombrables périls de la mer. Quand ils en furent las, ils commencèrent à énumérer les petites goélettes qui avaient quitté les petits ports terre-neuviens et dont on n'avait jamais, jamais plus eu de nouvelles. La liste s'allongeait et Enos finit par s'énerver.

« Eh bien les gars, grogna-t-il, c'étaient des

bateaux mal construits. Pas faits pour la haute mer. Pas capables, on peut le dire. Mais prenez voir un bateau comme celui-ci, bien construit, solide. Cette goélette-là, les gars, elle fera pas de veuves sur la côte. »

C'était l'ouverture que Jack attendait.

« Vous avez raison, Enos, avec un bateau comme celui-ci, un gars irait en enfer et il en reviendrait. »

Enos lança à Jack un regard soudain soupçonneux.

« Oui, répondit-il prudemment, il en serait capable.

— Vous, Enos, vous n'auriez sûrement pas peur de naviguer dessus, pas vrai ? »

Le piège était tendu.

« Eh bien, mon cher monsieur, je ne dis pas que je ne le ferais pas, mais, naturellement…

— Parfait, cria Jack, Farley, passe-moi le rôle d'équipage ! Enos, nous allons vous embarquer comme maître de manœuvre pour le voyage inaugural du plus joli bateau que vous ayez jamais construit. »

Enos essaya en vain de se défendre. Il était sous les yeux de six de ses pairs. L'un d'entre eux se fit notre allié sans s'en rendre compte.

« Signe, Enos, signe, mon vieux. Nous savons que tu n'es pas un trouillard. »

Enos signa d'une croix.

Fleur de Passion appareilla une heure après le lever du soleil. C'était une belle matinée, claire et chaude, avec une jolie brise de noroît pour nous pousser sur notre route et pour contenir les nappes de brouillard au large.

Nous avions prévu de partir juste à l'aube, mais Enos ne se présenta pas. Nous allâmes chez lui et ses filles nous dirent qu'il était sorti pour relever un filet à harengs. Comprenant qu'il s'agissait d'une ruse, nous le cherchâmes à l'endroit le plus probable étant donné l'heure. Il fut terriblement décontenancé d'être découvert et se plaignit amèrement d'une époque où un homme ne pouvait « satisfaire la nature » sans qu'on le poursuivît jusque-là. Petit à petit, nous l'entraînâmes vers l'appontement, nous le fîmes monter à bord, descendre dans le carré et, avant qu'il ait eu le temps de sortir, nous avions déjà largué les amarres.

Fleur de Passion avait belle allure en franchissant les jetées ouvertes sur la mer qui l'attendait. Toutes voiles dehors, légèrement gîtée, elle dépassa quelques canots attardés, en route vers les lieux de pêche. Leurs équipages nous sourirent chaleureusement. C'est tout ce qu'un Terre-Neuvien se permet comme manifestation d'adieu. Il y a de la mauvaise chance dans les adieux, dit-on.

À l'instant où nous parions les jetées, je sacrifiai à un modeste rite que j'ai appris de mon père. Je versai quatre solides verres de rhum. J'en donnai un à Enos, un à Jack et j'en gardai un pour moi. Le quatrième, je le versai par-dessus bord. Le Vieil Homme de la Mer est un marin et il aime bien une goutte de grog. De plus, il vaut mieux être en bons termes avec lui quand on s'aventure sur les eaux grises de son domaine.

Durant toute la matinée, nous fîmes voile cap au sud en nous tenant à deux ou trois milles au large des menaçantes falaises. Après avoir paré le cap Ballard, le vent commença de mollir et de tourner, ce qui faisait présager un changement de temps. Le changement vint, en effet. Le vent tourna carrément sud-est, nous l'avions en plein dans le nez et, de plus, il amenait le brouillard avec lui.

Enos commença de montrer de l'agitation. Nous approchions du cap Race, le « coin » sud-est de Terre-Neuve. C'est l'un des endroits les plus redoutables de l'Atlantique Ouest. La menace réside principalement dans les courants de marée qui rasent la côte. Ils sont totalement imprévisibles. Ils peuvent écarter un bateau imprudent ou aveuglé par la brume à des milles de sa vraie route et l'amener à se détruire sur les récifs de la côte.

Dans notre innocence, Jack et moi n'avions aucune inquiétude et, lorsque Enos insista pour que nous amenions les voiles afin de continuer au moteur, nous eûmes envie de nous moquer de lui. Il n'aima pas cela et se mura dans un silence d'autant plus renfrogné qu'à la mer j'enferme les bouteilles de rhum. Finalement, pour lui faire plaisir, nous mîmes le monstre en route, ou plutôt Jack se dévoua pour le faire. Il y parvint au prix d'une demi-heure de lutte, assortie d'horribles blasphèmes.

C'en était fait de notre joie. De nombreux nuages

commencèrent à s'amonceler dans le ciel. L'air prit une fraîcheur humide annonciatrice de brouillard. Le grondement des explosions du monstre privé de silencieux nous assourdissait et les trépidations de son unique piston secouaient le bateau comme une truite dans la gueule d'une loutre.

Vers quatre heures, nous avions encore une assez bonne visibilité et nous étions par le travers du cap Race. Là, nous restâmes sur place. Le moteur grondait, le sillage bouillonnait derrière notre étambot, mais nous n'avancions plus. Heure après heure, le cap énorme refusait de passer derrière nous. Jack et moi, nous commencions à comprendre un peu la puissance des courants. Bien que la goélette filât cinq nœuds sur la surface de l'eau, le courant contre nous avait à peu près la même vitesse.

Le brouillard venait lentement. Sa muraille grise approchait inexorablement. À six heures trente, Jack descendit au carré pour préparer quelque chose à manger. Un instant plus tard, sa tête apparut au-dessus du panneau de descente. L'air d'insouciance détachée qui fait partie de son équipement nautique de yachtsman avait disparu de son visage.

« Dieu tout-puissant, gémit-il (et c'était peut-être une prière), la foutue baille est en train de couler ! »

Je bondis pour le rejoindre et je vis qu'il avait indiscutablement raison. L'eau suintait déjà à travers les lattes du plancher dans le carré. Bras et jambes écartés au-dessus du moteur pour avoir une meilleure prise, Jack se mit à actionner le levier de la pompe comme si sa vie en dépendait. L'idée commença à poindre dans mon cerveau qu'effectivement elle en dépendait et qu'il en était de même de la mienne.

Ensuite, je sentis qu'Enos me poussait de côté. Il jeta un regard horrifié sur la piscine privée que devenait l'intérieur de *Fleur de Passion*.

« Doux Jésus, gémit-il, nous sommes foutus ! »

Ce n'était guère le genre de remarque propre à rétablir notre confiance en lui ou dans le bateau. Toujours gémissant, il continua à diagnostiquer l'accident.

Il nous dit que le presse-étoupe s'était détaché. Cela signifiait que l'océan tout entier avait toute liberté d'entrer dans le bateau par le trou de l'étambot à travers lequel passait l'arbre de l'hélice. Comme nous ne pouvions pas l'atteindre, nous ne pouvions rien y faire.

Enos se retira alors dans un des recoins de son subconscient, un trou noir rempli de pensées fatalistes. Toutefois, après lui avoir donné une bouteille de rhum à peloter, je réussis à le persuader de prendre la barre (depuis un moment, le bateau tournait en rond) et de mettre le cap sur la baie de Trepassey, à quinze milles à l'est. J'espérais que nous pourrions y échouer le bateau avant qu'il ne coulât.

Il n'était pas question d'abandonner le bord. Le canot était une sorte de boîte en contreplaqué, tout juste bonne à transporter un homme. Quant aux gilets de sauvetage, ils auraient été inutiles. Nous étions dans le courant du Labrador, où l'eau est si froide qu'un homme ne survit pas plus de quelques minutes à l'immersion.

Nous vîmes, Jack et moi, qu'en pompant furieusement nous parvenions à étaler la voie d'eau, mais que nous ne pouvions pas gagner sur l'entrée d'eau. Alors nous pompions. Le moteur grondait. Nous pompions ; le moteur grondait ; nous pompions. Le brouillard se levait, ce qui était une piètre consolation ; nous pompions. Les minutes devenaient des heures. Nous pompions. Le moteur dégageait une telle chaleur que nous rejetions autant de sueur dans la cale que nous y pompions d'eau. Le courant faiblit, se renversa et nous poussa vers notre destination. Nous pompions.

De temps à autre, l'un de nous se traînait sur le pont pour respirer et reposer un instant ses muscles agonisants.

À huit heures, je passai la tête par le panneau de descente et je reconnus Mistaken Point à un mille par le travers. Je regardai Enos. Il regardait devant lui, les yeux mi-clos, la bouche tordue dans un rictus désespéré. Il avait retiré son dentier, ce qui est chez lui signe de détresse absolue. Quand je lui criai que nous arrivions à étaler à peu près la voie d'eau, il ne parut pas m'entendre. Il continua de regarder au-delà de la proue, comme fasciné par une horrible vision dont il ne pouvait détourner les yeux. Pas précisément regonflé par ce spectacle, je replongeai dans le compartiment du moteur.

Et à ce moment-là, la pompe se boucha. Cette

pompe était un engin démentiel qui n'aurait jamais dû se trouver à bord d'un bateau. Ses tripes se composaient d'une complexe masse de ressorts et de valves parfaitement incapables de digérer les fragments d'épaves et les restes de morue qui flottaient dans la sentine. Mais, démentiel ou non, cet engin était notre seul espoir.

La nuit était tombée. Jack m'éclaira avec une torche électrique tandis que je déboulonnais la plaque frontale de la pompe. Elle contenait dix petits ressorts qui, avec un bel ensemble, dès que la plaque fut dévissée, sautèrent tous vers la liberté. Ils ricochèrent sur les parois de la cabine comme un essaim d'abeilles en folie pour plonger ensuite dans l'eau de la sentine.

Cela semble vraiment impossible et cependant nous les retrouvâmes tous. Il fallut vingt-cinq à trente minutes, racler le fond de la sentine, les bras nus plongés dans l'eau huileuse et glacée, mais ils étaient là. Après avoir remis en place et revissé la plaque, il ne restait plus qu'à pomper.

Entre-temps, l'eau avait monté de plus de dix centimètres. Elle noyait la moitié inférieure du volant et il s'en fallait de cinq centimètres qu'elle ne noyât le carburateur. Le volant envoyait un niagara d'écume sur le tuyau d'échappement chauffé au rouge et le compartiment moteur se transformait en un sauna obscur et grondant. Nous pompions.

Jack monta sur le pont pour respirer et poussa un cri de détresse. J'hésitai pendant une seconde. Je croyais que je n'aurais pas la force d'âme d'affronter une nouvelle calamité. Mais un second appel urgent me fit gagner le pont. Enos était pétrifié à la barre. Dans la dernière lueur du jour je vis qu'il gouvernait droit sur un mur de rocher qui, à trois cents mètres devant nous, semblait nous surplomber.

Je me précipitai vers la barre. Enos ne résista pas, il s'écarta d'un air résigné. Son expression avait changé, elle était empreinte d'une sorte de béatitude. C'était peut-être l'effet du rhum. Enos était en paix avec lui-même et avec le destin.

« Nous ferions mieux de la jeter sur les rochers, me dit-il doucement, plutôt que de nous noyer dans l'eau si froide, si froide… si froide… »

Jack retourna à la pompe tandis que je prenais un cap propre à parer la falaise menaçante. Nous n'étions plus trop loin de la baie de Trepassey. Il y avait une petite chance d'atteindre le port et d'échouer le bateau sur une plage moins meurtrière.

Vers onze heures, je vis sur l'avant un feu clignotant et je gouvernai droit dessus. Quand je le doublai Enos me confirma que cela devait être la bouée d'atterrissage à l'entrée du port de Trepassey. Mais avant que nous ne l'eussions atteint, le brouillard nous rattrapa et l'obscurité se fit totale. Nous trouvâmes notre route à tâtons à partir de la bouée, entre les bancs de sable environnants, grâce à notre chance et au Vieil Homme qui nous guidait.

Nous entrâmes dans le port noir comme un pot de goudron. Je n'avais pas besoin de l'avertissement que me cria Jack pour comprendre que notre dernière heure était venue. Le moteur avait commencé à tousser et à éternuer. Le niveau de l'eau avait atteint le carburateur et, malgré sa robustesse, il ne pouvait survivre longtemps au régime d'un mélange d'essence et d'eau salée.

L'intérieur du port était noir comme de l'encre. On ne voyait aucune lumière sur le rivage invisible. Je gouvernai en aveugle, droit devant moi, sachant que d'un moment à l'autre nous allions donner du nez dans la côte. Ensuite, le moteur toussa, stoppa, repartit, toussa encore et stoppa pour de bon. Silencieusement, la petite goélette courut sur son erre.

Jack apparut en titubant sur le pont. Il n'y avait pas de raison qu'il restât en bas quand le bateau coulerait. Il avait, je m'en souviens très clairement, une torche électrique entre les dents et une bouteille de rhum dans chaque main…

… À ce moment précis, l'étrave de *Fleur de Passion* heurta quelque chose. Elle talonna un peu, fit un étrange bruit gargouillant et cessa de bouger.

« J'ai l'impression, dit Enos en débarrassant aimablement Jack d'une de ses bouteilles, j'ai l'impression qu'on accoste ! »

Jack est persuadé que *Fleur de Passion* a une espèce d'instinct spécial pour le *homing*. Il a peut-être raison. Il est certain qu'elle n'est jamais plus heureuse que lorsqu'elle est échouée contre une usine à poisson. Peut-être identifie-t-elle les usines à poisson avec le ventre maternel. Cela n'aurait rien de surprenant car elle a été construite dans la cour d'une telle usine et elle a passé les nombreux mois de sa remise en état collée au flanc de l'usine à poisson de Muddy Hole.

En tout cas, lorsque nous entrâmes dans Trepassey, elle trouva directement son chemin jusqu'à son séjour d'élection. Avant même que nous n'ayons commencé à faire des effets de lumière avec nos torches sur les alentours, elle savait où elle était. La vieille et familière puanteur s'élevait de l'eau qui nous entourait de miasmes humides.

Les torches électriques nous révélèrent que nous avions fait côte sur une plage en pente douce et le long d'un appontement de construction massive. Nous dûmes retarder une inspection plus complète de l'endroit car, la marée baissant, la goélette risquait de s'échouer sur le côté. Jack sauta et réussit à escalader l'appontement. Il attrapa les aussières que je lui lançai et nous établîmes une véritable toile d'araignée de filins entre nos deux mâts et les piliers de l'appontement, de façon que le bateau restât droit quand l'eau se retirerait.

Lorsque la goélette fut en sécurité, je rejoignis Jack sur le quai et, prudemment, nous partîmes en exploration. La brume était si épaisse que nos torches étaient presque sans effet. Nous butâmes littéralement dans le premier être humain rencontré quelques minutes plus tard. C'était le gardien de nuit de l'Industrial Seafood Packers, une énorme société à l'appontement de laquelle nous étions amarrés. Il nous fallut d'abord le convaincre que nous n'avions pas de chargement de poisson à débarquer mais que nous étions des plaisanciers en détresse, après quoi il vint à bord.

Il parut parfaitement incrédule en découvrant que nous n'avions pas de radar. Comment, nous demanda-t-il, avions-nous trouvé notre route pour entrer dans le port ? Comment avions-nous fait pour éviter plusieurs chalutiers ancrés dans l'avant-port ? Et comment, au nom du diable (*sic*), avions-nous trouvé l'usine, comment avions-nous fait pour venir nous amarrer le long du wharf en ne nous jetant pas sur son extrémité en forme de L sur laquelle se dressait l'usine à huile de foie de morue dans sa grandeur solitaire ?

Comme nous ne pouvions pas répondre à ces questions, nous les éludâmes, de sorte qu'il resta sur ses soupçons (lesquels se répandirent dans tout Trepassey) que nous étions détenteurs de pouvoirs occultes. Les sorcières et les kobolds n'ont pas encore disparu des ports terre-neuviens.

Le gardien de nuit était un homme généreux. Il nous dit que nous pouvions rester amarrés au wharf aussi longtemps que nous le souhaiterions. Il pensait néanmoins que nous serions plus confortables en nous amarrant à une trentaine de mètres plus loin, vers la mer.

« C'est le tuyau, vous comprenez, le tuyau qui évacue les déchets de l'usine. Vous êtes amarrés juste dessous ! »

Fleur de Passion avait gardé sa vengeance pour la bonne bouche !

Ce fut une horrible nuit.

Il nous fallut commencer la réparation de la voie d'eau immédiatement en profitant de la marée basse. Nous découvrîmes vite que le diagnostic d'Enos était exact. Le presse-étoupe extérieur s'était détaché quand les deux vis qui le maintenaient sur l'étambot avaient lâché. Ainsi, le presse-étoupe avait glissé sur l'arbre de transmission jusque contre l'hélice.

Pour réparer, il nous fallut emprunter une grosse chignole au gardien de nuit afin d'extirper les restes des deux vis. Ensuite, il fallut nettoyer le passage de l'arbre dans le bois de l'étambot que l'arbre avait endommagé en tournant sans appui. Enfin, revisser le presse-étoupe à sa place. Cela ne semble pas une affaire à première vue, mais il vaut mieux que je décrive l'opération.

Pour atteindre le presse-étoupe, nous dûmes patauger jusqu'aux genoux dans une vase noire et puante, produit composite dont la consistance de base était la vase d'origine, fortifiée et enrichie au cours de plusieurs décennies par la contribution active des déjections de l'usine à poisson.

Nous devions travailler dans l'obscurité et n'avions que la lumière des deux torches électriques, autrement dit deux taches orangées dans le coton glacé du brouillard qui nous enveloppait. Nous passions notre temps à laisser tomber des pièces et des outils, et à farfouiller à leur recherche à pleines mains dans la vase gargouillante, opération qui rappelait les travaux d'Hercule dans les écuries d'Augias.

Vers trois heures du matin, le travail était accompli. Il était temps, car la marée remontait. Nous attendions impatiemment qu'elle fît flotter le bateau de façon que nous puissions le remorquer le long du quai et échapper à l'odieuse présence du tuyau. Une demi-heure avant la reprise du travail de l'usine, la marée battait son plein.

C'était un plein insuffisant. *Fleur de Passion* ne flotta pas.

Nous l'avions échouée à la dernière marée de vive-eau, ce qui revient à dire la plus forte marée du mois. Enos, qui s'y connaissait en la matière, nous fit remarquer qu'il nous faudrait attendre vingt-huit jours le retour d'une marée de même hauteur.

Enos dit également qu'il était temps pour lui de nous quitter. Il ajouta qu'il ne voulait pas nous encombrer. Considérant l'étroitesse des aménagements du bateau et le fait que nous allions faire un séjour prolongé à Trepassey, il pensait préférable de partir dès que le brouillard se dissiperait. Il conclut en disant qu'il sacrifierait volontiers son confort et qu'il s'installerait chez des amis, à terre, en attendant de trouver un moyen de transport pour Muddy Hole.

Je ne fis aucun effort pour le retenir. Son départ déplut cependant à Jack, qui, en sa qualité d'ancien de la Royale, avait une très mauvaise opinion des gens qui abandonnent le navire et mettent sac à terre. Pourtant, après le petit-déjeuner, Jack se sentit capable d'accepter la désertion d'Enos avec indifférence.

C'est moi qui préparai ce petit-déjeuner. Il était consistant car nous mourions de faim. Je coupai et je fis frire près de trois livres de poitrine de porc fumée. C'était du bacon gras, du bacon solide. Sa couenne avait une épaisseur d'un bon demi-centimètre.

Jack et Enos étaient assis à la table du carré tandis que je faisais le service. Avec la couche de vase qui recouvrait nos vêtements et la puanteur poissonnière qui venait de l'extérieur, l'atmosphère n'était pas précisément salubre. Néanmoins, Jack était trop fatigué, trop affamé et trop déprimé pour attacher une importance quelconque aux détails d'ambiance de son petit-déjeuner. Il se mit d'un air sombre à l'ouvrage sur son bacon tandis que je me tournais vers le fourneau pour faire cuire ma propre ration. Soudain, j'entendis Jack émettre un son indéfinissable, à la fois étranglé et désespéré. Je pivotai sur mes talons.

Jack, rigide, était assis sur le banc, ses yeux exorbités sortaient d'un visage qui avait perdu toutes ses joyeuses couleurs pour tourner à un grotesque blanc plâtreux. Il regardait fixement Enos.

Parfaitement inconscient de cette contemplation, Enos était tout entier occupé à la dégustation de son bacon. La viande s'étant révélée trop dure pour être mâchée par son dentier mal fixé dans sa bouche, il avait enlevé ses deux mâchoires. Il les tenait fermement serrées dans l'angle formé par son pouce et les autres doigts de sa main gauche et il leur imprimait un mouvement d'ouverture et de fermeture avec une dextérité qui prouvait un long entraînement à cette pratique. Avec sa main droite, il faisait passer les tranches de bacon dans cette moulinette puis, quand la tranche avait été suffisamment amollie par ce traitement, renversant la tête en arrière, il la posait dans sa bouche et la mâchouillait une dernière fois entre ses gencives édentées avant de la déglutir.

Jack bondit sur ses pieds, me bouscula pour parvenir dehors et disparut par le panneau de la descente. Avant qu'il ne revînt, une heure plus tard, Enos avait bouclé son sac et était descendu à terre. En mon âme et conscience, je ne saurais affirmer que l'un de nous deux ait été profondément chagriné de le rayer du rôle d'équipage.

9
L'endroit où naît la brume

Trepassey s'accroche à la solitude de l'extrême pointe sud-est de Terre-Neuve. C'est un petit village désolé, battu par le vent, dont les maisons de bois gris s'éparpillent en désordre autour d'un grand port. Derrière, les collines dénudées s'étagent jusqu'aux contreforts de la péninsule d'Avalon. Mais ce triste séjour est rarement visible. Trepassey est, selon le dicton de Terre-Neuve, « l'endroit où naît la brume ».

Je le crois volontiers. *Fleur de Passion* est restée une semaine à Trepassey et, durant ces sept jours, nous n'avons jamais su si le soleil brillait quelque part ou s'il avait été éteint par quelque cataclysme cosmique. Nous avons vécu dans un royaume des ombres, aux contours incertains et où rien ne semblait réel, à part l'usine à poisson. Celle-ci était indubitablement réelle.

C'était une usine beaucoup plus active que celle de Muddy Hole. En dépit de son aspect misérable et dépenaillé, Trepassey depuis plus de quatre siècles a toujours été et reste un grand port de pêche pour les chalutiers du Grand Banc. Il a connu les flottilles des premiers pêcheurs basques, des Espagnols, des Portugais, des Français et enfin des Anglais. À longueur de jour et de nuit, le battement assourdi des moteurs d'invisibles navires dans la brume nous révélait les entrées et les sorties d'une flotte de chalutiers et de cordiers ainsi que de petites unités qui se rassemblaient ici pour prendre part à la grande ruée d'été vers la morue.

Rien dans notre séjour à Trepassey ne justifierait de mémoires valables, mais le jour du départ d'Enos fut si horrible que même les notes de mon journal sont incapables d'en donner une juste idée.

Enos part à sept heures du matin. Pour finir, ce que j'aurai entendu de lui est une solide expectoration qui s'abat sur le pont. J'espère que c'est seulement du jus de chique et pas du bacon, Jack ne pourrait en supporter plus…

À huit heures, le réservoir à déchets de l'usine envoie sa première bordée à toute vapeur. La décharge tombe à trois mètres de la bouche du tuyau. Elle ne passe pas complètement au-dessus de Fleur de Passion, *mais frappe le grand mât qui la dévie vers le cockpit. La décharge a lieu environ toutes les heures. Comme la Grosse Bertha tirant sur Paris, mais Paris n'aurait jamais résisté au tir de l'usine à poisson… Plus de rhum. La dernière bouteille semble avoir disparu… La marée baisse, puis remonte. Il manque trente centimètres d'eau pour nous remettre à flot… Jack offre de vendre* Fleur de Passion *pour cinquante dollars*

« dans l'état où elle se trouve ». Offre refusée... Le directeur de l'usine passe nous voir à midi et nous prie de nous en aller... Il dit que nous gênons l'évacuation du tuyau de décharge. Jack fait au directeur une suggestion d'ordre très personnel sur l'endroit où il pourrait mettre le tuyau... Offre refusée... Nous découvrons qu'il n'y a pas de rhum disponible à moins d'aller à Saint-Jean-de-Terre-Neuve... Jack commence à parler avec une insistance de mauvais goût de la vie d'éditeur à Toronto... Un petit garçon monte à bord à quatre heures et demie. Il offre à Jack pour dix cents une boîte de conserve rouillée pleine de langues de morue. Offre refusée... La puanteur dans le carré est telle que Jack ouvre le hublot situé au-dessus de sa couchette, oubliant la proximité du tuyau... Il oublie également de fermer le hublot en temps utile...

Ce fut une journée atroce, mais elle n'atteignit son apogée que le soir. Juste après le souper, devant lequel nos estomacs renâclèrent, Jack décida d'allumer la lampe à vapeur d'essence. Cette lampe était un des ustensiles que nous utilisions rarement. Nous préférions nous contenter de la faible lueur de deux petites lampes à pétrole car nous les pensions moins propres à enflammer les gaz d'essence venus du carburant qui flottait dans la sentine. Pourtant, ce soir-là, nous éprouvions la nécessité d'allumer cette grosse lampe, non seulement parce que son puissant éclairage aurait dissipé la tristesse ambiante, mais aussi parce que la chaleur qu'elle aurait dégagée aurait peut-être chassé dans une certaine mesure la vapeur qui emplissait le carré et qui avait transformé nos sacs de couchage et nos vêtements en linceuls visqueux à la puanteur de cadavres.

Normalement, pour des raisons de sécurité, Jack emportait la lampe sur le pont ou à terre avant de l'allumer. Mais ce soir-là, il n'était pas normal. Et même, encore qu'il le niât, il avait dû avoir dans un coin de son subconscient l'idée que le truc allait exploser et nous sortir ainsi de toutes nos misères. Quoi qu'il en soit, il choisit de l'allumer sur la table du carré. Lorsqu'il ouvrit la valve pour amorcer le générateur de gaz d'essence, il l'ouvrit trop et trop longtemps. Lorsqu'il approcha l'allumette du manchon, une flamme sifflante d'un mètre de hauteur en jaillit.

Quel qu'ait été le désir de s'immoler par le feu, né dans les détours du cerveau de Jack, il n'était pas assez fort pour contrebattre son instinct de conservation. Il saisit une longue cuiller de bois (avec laquelle j'avais mélangé notre margot de morue), il la passa dans l'anse de la lampe et, la tenant devant lui, fonça vers l'échelle qu'il gravit comme l'éclair. Puis il disparut dans la nuit en agitant cette torche enflammée et en hurlant « Au feu ! » de toute la force de ses poumons.

Cette nuit-là, il y avait un grand nombre de bateaux amarrés au wharf. Parmi eux, on comptait trois gros chalutiers tout neufs qui disposaient de toutes sortes d'équipements ultramodernes, y compris d'énormes extincteurs à mousse de carbone. Agissant en supposant qu'il serait plus rapide de porter le feu à l'extincteur plutôt que d'attendre que l'extincteur vînt à lui, Jack fonça droit sur les chalutiers. Il passa à côté de plusieurs rangées de fûts de deux cents litres peints en rouge, remplis d'essence à l'intention des petits bateaux. Ses appels désespérés et l'énorme flamme qui les accompagnait alertèrent tous les équipages des bateaux amarrés et, avant qu'il n'ait atteint les chalutiers, il avait déjà un auditoire nombreux, à la fois attentif et terrifié.

Je laisse chacun imaginer à sa guise *comment* cela *aurait pu* finir. J'aime personnellement me représenter Jack réussissant à monter à bord d'un des chalutiers avec son offrande de lumière et de flamme et accueilli par un ouragan de mousse carbonique sous lequel il eût été enterré vif.

La réalité fut beaucoup moins dramatique. Avant d'arriver au premier chalutier, Jack vit que la cuiller en bois avait pris feu et qu'elle flambait rapidement. Il comprit qu'il ne réussirait pas. Il réagit alors avec les réflexes ultrarapides qui font sa réputation. Obliquant vers le bord du wharf, il lança cuiller et lampe dans l'eau glacée. Il y eut une brève et ultime illumination pendant que le reste de l'essence brûlait à la surface de la mer. Puis l'obscurité se referma sur nous tous.

Tandis que Jack cherchait à tâtons son chemin pour revenir à bord de *Fleur de Passion* (il avait été aveuglé par l'intensité de la lueur), j'allumai les lampes du carré.

Nous étions assis en silence l'un en face de l'autre depuis une demi-heure lorsque le pont retentit du pas de lourdes bottes. Une voix bourrue demanda la permission de descendre.

La permission accordée, quatre très grands, très gros, très musclés patrons de pêche se tassèrent à l'intérieur du carré.

Ils dirent qu'ils avaient appris que nous avions des difficultés pour remettre notre bateau à flot.

Ils dirent qu'ils considéreraient comme un honneur (ces mots ne sont pas exactement ceux dont ils usèrent) de nous prêter une main secourable.

Ils dirent que leurs équipages étaient déjà en train de frapper des câbles aux bittes de notre arrière et de les tourner sur le treuil principal du plus gros des chalutiers.

Voudrions-nous, demandèrent-ils, avoir l'obligeance de monter sur le pont et de nous tenir prêts à déplacer notre navire jusqu'à un appontement inoccupé du gouvernement, sis de l'autre côté du port, aussitôt qu'ils nous auraient arrachés à la vase ?

Je les remerciai, mais j'objectai que je serais bien incapable de trouver cet appontement dans l'obscurité et le brouillard, et qu'en conséquence je préférerais m'amarrer à couple d'un de leurs chalutiers.

Ils dirent qu'ils comprenaient très bien mon sentiment à ce sujet, mais que deux d'entre eux seraient absolument ravis de nous piloter à travers le port. Non, ils ne monteraient pas à bord de *Fleur de Passion* pour accomplir cette tâche, ils nous piloteraient avec un canot à moteur portant un gros fanal et qui se tiendrait très à l'écart de notre route.

Il faut faire l'expérience de l'amabilité des pêcheurs de Terre-Neuve pour l'apprécier à sa juste valeur.

À l'aube du matin suivant, nous étions à nouveau des hommes libres. Nous étions amarrés le long d'un grand wharf du gouvernement construit dans la mauvaise partie du port qui est l'endroit où le gouvernement de Terre-Neuve construit généralement ce genre d'aménagements portuaires. Il n'y avait personne d'autre à ce wharf et aucune maison à proximité. Nous l'avions pour nous tout seuls et, malgré l'arrivée d'un grand nombre de navires à la suite d'un avis de coup de vent, il resta notre seule propriété. L'appontement de l'usine à poisson était si encombré qu'il n'y avait pas de place pour tous et que nombreux furent ceux qui restèrent mouillés au milieu de l'avant-port. Jack avait l'impression que nous étions traités en parias. Mais au soir du troisième jour, nous fûmes rejoints dans notre exil par la *Jeannie Barnes*.

C'était une sorte de monstre de quinze à dix-huit mètres de long, construit en plaques de tôle rivées. Il avait un peu, de loin, l'allure d'un motor-yacht de haute mer, mais cette impression était démentie par son incroyable état de décrépitude. Il semblait tout droit échappé de la mer des Sargasses après y avoir rouillé pendant quelques décennies. Nous étions néanmoins ravis d'avoir de la compagnie et nous nous précipitâmes pour prendre ses amarres. Son armateur et capitaine, un type barbu au pas traînant et un peu canaille, n'avait plus guère de dents dans la bouche mais cela ne l'empêchait pas de sourire. Il nous remercia fort civilement et nous invita à son bord pour faire connaissance avec son équipage : son fils, âgé de douze ans, qui avait des cheveux poil-de-carotte, et un type indescriptible et ronchonnant qui était à la fois coq, matelot de pont et chef mécanicien.

La *Jeannie Barnes* n'était pas un membre de la communauté des pêcheurs. Son capitaine-armateur grappillait ses moyens d'existence en transportant de-ci de-là de petites cargaisons, en projetant des films pour les villageois des petits ports, en vendant des médicaments et en piquant quelques dollars là où il en trouvait. Autour d'une tasse d'un exécrable café, il nous demanda ce que nous faisions dans la mauvaise partie du port.

« Comment en sont-ils venus à vous foutre hors du wharf de l'usine ? Hein ! Vous n'êtes pas obligés de me le dire. C'est une sale engeance ici. Ils vous fileraient pas une goutte d'essence à crédit. Ils ne font crédit à personne. La dernière fois que j'ai fait le plein, je leur ai dit que je les paierais quand j'aurais l'argent... Ça pourrait être une des années à venir. »

Nous répliquâmes avec indignation que nous n'avions pas été « foutus dehors » (le capitaine-armateur prit ce démenti avec un scepticisme certain). Nous l'invitâmes à venir à bord. Nous avions un problème et nous espérions qu'il nous aiderait à le résoudre.

Comme la plupart du temps chez *Fleur de Passion*, ce problème concernait le moteur. Le monstre vert avait appris à se réchauffer au point de devenir si brûlant que, lorsque nous voulions l'arrêter, il refusait et continuait de tourner. Débrancher la batterie ne servait à rien, les électrodes de la bougie devenues incandescentes continuaient à allumer les gaz. Nous n'avions d'autre solution que de fermer l'arrivée d'essence du réservoir. Ensuite, le monstre mettait cinq bonnes minutes pour consommer le carburant qui restait dans son énorme carburateur avant de rendre enfin l'esprit.

Cette nouvelle et désolante lubie du monstre se révéla la veille de l'arrivée de la *Jeannie Barnes*. Nous partîmes pour traverser le port et nous rendre à l'appontement d'un petit shipchandler qui vendait du carburant, des vivres et de l'épicerie aux pêcheurs. Il y avait une foule de petits bateaux autour de cette jetée. Par prudence, j'ordonnai à Jack de stopper le monstre alors que nous étions encore à une certaine distance. L'animal refusa de stopper et continua de nous pousser en avant à pleine vitesse. Je réussis à virer court sans autre dommage aux autres canots qu'un peu de peinture râpée à une barque. Tremblant d'émotion, je ramenai le bateau au centre du port où le moteur consentit à s'arrêter. Naturellement, il refusa de repartir.

Nous jetâmes l'ancre. Il nous fallut rester sur place, point de mire de tous les regards, en attendant trois heures d'affilée que le moteur refroidisse. Ensuite, lorsqu'il fut remis en route, nous nous repliâmes peureusement jusqu'à notre mouillage de quarantaine. Nous n'avions pas le courage de faire un nouveau passage devant le wharf du shipchandler.

Pour regagner notre poste à l'appontement gouvernemental nous coupâmes les gaz et laissâmes le moteur s'arrêter longtemps avant d'accoster puis il ne nous resta plus qu'à utiliser notre minuscule annexe pour remorquer ignominieusement la goélette jusqu'au quai.

Le capitaine de la *Jeannie Barnes* diagnostiqua du premier coup d'œil l'origine de nos malheurs.

« Vos valves sont fichues », dit-il.

Nous lui demandâmes poliment de quelles valves il s'agissait et il nous expliqua avec bienveillance qu'il s'agissait de petites valves en bronze servant à contrôler le circuit de l'eau de refroidissement.

« Où pourrions-nous en trouver ?

— Mon gars, il faut aller à Saint-Jean, c'est le seul endroit où il y en a. »

Il sembla bien qu'il y ait eu une conspiration pour nous réexpédier dans la grise capitale de Terre-Neuve.

Heureusement, Trepassey possède un bureau télégraphique. J'expédiai au seul homme de Saint-Jean sur qui je puisse compter un interminable SOS. Son nom est Mike Donovan et, en ce temps-là, il était directeur du Service des bibliothèques provinciales.

Alors qu'il se trouvait en garnison en Hollande

après la fin de la Seconde Guerre mondiale, Donovan déroba un V2. Après l'avoir peint en bleu, complété avec un kiosque en bois, il le baptisa « sous-marin individuel » et l'expédia au Canada comme souvenir de guerre. Je sentais qu'un personnage de ce calibre était certainement capable de nous tirer d'affaire.

Mike se montra conforme à sa réputation. Le jour suivant, les indigènes de Trepassey éprouvèrent comme une secousse électrique à la vue d'une petite camionnette qui dévalait, bondissante, le sentier à caribous. Elle fonçait en zigzags mais sa direction générale la mena au wharf du gouvernement. Un petit homme très volubile, très saoul et totalement irlandais en sortit et se présenta comme « un copain de ce vieux Mike ».

Il fut également un copain pour nous. Ayant risqué sa vie, ses biens et sa précieuse petite camionnette, il nous remit deux jeux de valves et les neuf bouteilles de rhum restantes d'une caisse de douze que Mike avait eu l'imprudente candeur de lui confier.

Nous ne fîmes aucun reproche au petit homme pour ce prélèvement. Il l'avait bien gagné.

Le capitaine de la *Jeannie Barnes* partagea le rhum avec nous. En échange, il répara notre moteur et nous fit présent de quelques cartes marines, aussi vieilles que crasseuses. Il nous donna également les routes-compas, destinées à nous permettre de parer le cap Sainte-Marie et de traverser Placentia Bay. Encore qu'il nous ait fait remarquer sans nécessité qu'elles ne nous seraient pas d'un grand usage si nous ne trouvions pas un meilleur compas que l'espèce de monument antique que je possédais.

En dépit de son pessimisme sur nos chances, nous lui fûmes reconnaissants. Nous fûmes attristés le soir qu'il largua les amarres et que son bateau partit, dans un grondement de moteur, dans la brume, confiant dans son vieux radar pour le guider jusqu'à la prochaine escale.

Nous ne revîmes jamais la *Jeannie Barnes*, ni personne de son équipage. Trois semaines plus tard, elle était portée disparue. Le corps du gamin à cheveux roux fut retrouvé dans un chalut à quelques milles au large de la côte Sud. Ceux du capitaine et du coq ne réapparurent jamais. Il n'est pas impossible que la *Jeannie Barnes* ait été coupée en deux par un chalutier étranger qui, à la faveur du brouillard, se serait glissé dans les eaux territoriales. Seule la mer pourrait raconter ce qui est arrivé. Mais la mer est muette.

10

Brume, brume et encore brume

Après cinq jours d'attente du beau temps, il fallut bien conclure que l'espoir était vain. Beau temps et Trepassey ne vont pas ensemble.

Aussi, tôt dans la matinée du sixième jour, amarres larguées, moteur en marche, nous « cinglâmes » dans le brouillard. Nous avions une destination en tête plutôt qu'en vue. Nous avions abandonné notre projet initial de voguer jusqu'aux Caraïbes. Il était évident, après étude approfondie de notre journal de bord et de notre loch, qu'au rythme de notre progression, même si nous la maintenions, il nous faudrait seize mois pour atteindre les Antilles, vingt-neuf pour les Açores et sept ans et demi pour le Pacifique Sud. Nous n'avions pas assez de temps pour cela. En conséquence, nous choisîmes de nous rendre à Saint-Pierre.

Le climat de cette petite île est difficilement assimilable aux chaleurs tropicales. Elle n'offre pas de vahinés à la peau brune, mais certaines compensations. C'est un pays étranger, sous pavillon français. Elle passe pour être et elle est en réalité célèbre parce que l'alcool y est plus abondant et meilleur marché que partout ailleurs sur le continent nord-américain et aux alentours.

La plus grande séduction de Saint-Pierre, à nos yeux, était sa position à cent vingt-cinq milles à l'ouest de Trepassey et à quelques milles seulement de la côte Sud de Terre-Neuve. Nous pensions avoir une chance d'y parvenir avant que l'hiver ne refermât sur nous son manteau de glace...

La visibilité à Trepassey était étonnamment bonne. Nous pouvions presque distinguer l'usine à poisson. De toute façon, le vent portant vers nous, il n'était pas difficile de localiser sa position. Une fois même, tandis que nous sortions du port dans le tonnerre du moteur, nous eûmes une brève vision d'un petit morceau de terre sur tribord. Ça aurait bien pu être la pointe de Powles, amer indiquant l'entrée du port. En tout cas, c'était le dernier amer que nous allions voir, et pour un bon bout de temps.

La baie de Trepassey était noire de brume. Nous avions parcouru un mille environ quand, dégonflé que je suis, je décidai que continuer était une entreprise sans espoir.

« Jack, dis-je aussi fermement que je pouvais, il faut rentrer au port. Nous n'avons pas une chance de trouver Saint-Pierre dans un pareil brouillard. Vu l'état de ce putain de compas, nous sommes foutus de nous retrouver en Irlande. »

Jack me lança un regard glacé. Il n'y avait pas à se tromper sur l'accent de mutinerie qui résonnait dans ma voix.

« Bon Dieu, Mowat, si vous virez de bord, je vous jure que je ferai comme Enos. Je vous laisserai croupir à Trepassey jusqu'à ce que vous y creviez. D'ailleurs, espèce d'imbécile heureux, comment croyez-vous trouver Trepassey ? Je descends pour faire une route qui nous permette de parer le cap Pine. Conservez ce cap, ou sinon ! »

Il disparut et je restai seul avec mes méditations. Je devais admettre qu'il avait raison. Ce n'était pas parce que nous avions une fois trouvé Trepassey dans une brume épaisse que nous aurions la même chance une seconde fois. Les rochers et les bancs de part et d'autre de la passe étaient particulièrement effrayants et impitoyables. En outre, j'étais assez certain que Jack mettrait sa menace à exécution. La perspective d'être abandonné seul avec *Fleur de Passion* à Trepassey était trop horrible. Le moindre de ces deux maux était de rester en mer. Je maintins la barre « droite comme ça » d'une main et, de l'autre, je tirai ma bouteille de rhum personnelle de sa cachette dans la boîte à pharmacie. Je fis une libation à Neptune. *Fleur de Passion* continuait à pétarader à l'aveuglette dans le brouillard épais et glacé. J'étais trempé, désespérément solitaire et paniqué à mort. Comme le rhum est l'antidote reconnu de ces trois maladies, j'en pris, pour soigner chacune d'elles, une longue goulée médicamenteuse. Quand Jack réapparut sur le pont, je me sentais beaucoup mieux.

Vers dix heures, nous avions parcouru la distance nécessaire pour parer le cap Pine (la distance était évaluée grâce à un loch ancien en bronze remorqué à l'arrière de la goélette). Nous étions prêts à obliquer vers le nord-ouest et à entreprendre la traversée de vingt milles que représente la baie de Sainte-Marie. Mais un nouveau problème surgit. Nous n'avions pas la moindre idée de ce que serait la déviation de notre compas à ce cap. Tout ce que nous pouvions faire consistait à virer de quatre-vingt-dix degrés vers le nord en espérant que nous aurions ainsi cap au nord-ouest en dépit de ce que nous dirait notre compas.

Savoir que nous étions à proximité immédiate de Saint-Shotts n'était pas fait pour apaiser mes inquiétudes. Après être allé à Saint-Shotts en touriste, je ne tenais pas à y retourner intempestivement sous la forme de matière première de l'industrie locale. Cette éventualité froidement envisagée me donna de tels frissons que je dus envoyer Jack en bas vérifier les pompes, tandis que je me soignais selon le traitement mentionné plus haut.

Le phénomène était curieux, chaque fois que je sentais un pressant besoin de prendre ma bouteille de rhum, Jack se montrait disposé, et même impatient, de descendre et de me laisser seul. Parfois même, il allait au-devant de mes désirs. À cette époque, je pensais qu'il n'y avait là qu'une heureuse coïncidence. À la fin de notre croisière, en nettoyant le compartiment du moteur, je trouvai sous un tas de chiffons une sœur jumelle de la bouteille que je cachais dans la pharmacie. Tout comme la mienne, elle était parfaitement vide.

La traversée de la baie de Sainte-Marie commença sans incidents. Il n'y avait pas un souffle de vent. Nous n'éprouvions aucune sensation de mouvement parce que nos yeux ne découvraient aucun point de repère. Nous avions l'impression d'être posés, immobiles, au centre d'une cuvette d'eau calme, couleur de plomb, d'une trentaine de mètres de diamètre.

C'était une région où nous savions que nous devions nous attendre à croiser d'autres navires, particulièrement des chalutiers et des cordiers, avec le danger de collision que cela implique. Privés de radar, nous devions nous en remettre aux autres bateaux du soin de nous repérer et de s'écarter de notre route. Nous n'aurions guère pu entendre leurs cornes de brume à cause du bruit de notre moteur. Quant à nous, nous n'avions pas besoin de nous époumoner à souffler dans de tels engins, notre moteur faisait plus de bruit que n'importe quelle trompe.

Peu après midi, le brouillard parut noircir à tribord et la silhouette d'un navire apparut à une cinquantaine de mètres. C'était un gros bateau de pêche à moteur, dont la route coupait la nôtre. Des silhouettes gesticulaient le long du bastingage.

Nous fûmes si heureux de voir des êtres humains que, stoppant notre moteur, nous allâmes nous mettre bord à bord du pêcheur. Il avait également stoppé et nous dérivâmes un moment côte à côte.

« Où allez-vous, patron ? nous cria quelqu'un.

— Saint-Pierre, répondis-je. Nous faisons route

pour parer le cap Sainte-Marie, à cinq milles au large. »

Il y eut de la part de notre voisin un long silence pensif, puis :

« Eh bien, les gars, je vois pas comment vous y parviendrez en gouvernant à ce cap. À moins que vous n'ayez l'intention de remonter la Branch River, de transporter le bateau par-dessus Platform Hills et de le mettre sur un wagon de chemin de fer. À votre place, je crois que je gouvernerais à neuf degrés bâbord… Bonne chance…

Les diesels du gros bateau démarrèrent dans un grondement. Il s'écarta et disparut. Par mesure de sécurité, nous prîmes un cap à dix degrés plus au sud. La ligne de foi du compas indiquait que nous faisions maintenant route au plein sud, cap sur les Bermudes.

À mesure que les heures passaient, nous trouvions la situation de plus en plus déprimante. Le patron du chalutier avait-il raison ou tort ? Le compas prétendait avec insistance qu'il avait complètement tort. Nos méninges travaillèrent sur ce problème jusqu'au milieu de l'après-midi, heure à laquelle nous avions définitivement perdu toute confiance dans le compas, le patron pêcheur et nous-mêmes.

À cet instant précis, le moteur nous arracha à nos conjectures nautiques. Il eut un sursaut terrifiant. Un horrible nuage de fumée bleue s'échappa du panneau de descente. Je plongeai littéralement à l'intérieur et me saisis de l'extincteur. Je m'attendais à trouver tout le compartiment moteur en flammes. En fait, c'était le tuyau d'échappement qui s'était brisé à son point de raccordement avec le moteur, laissant ainsi les gaz et les particules de calamine chauffées à blanc envahir l'intérieur du bateau. Le moteur continuait à tourner et même de mieux en mieux, en échappement libre.

Il n'y avait donc plus rien entre les gaz brûlants et la coque de la goélette où flottait sur l'eau de la sentine une mince, mais toujours présente, couche d'essence.

Je retins mon souffle, fermai les yeux, saisis le fil de la bougie et l'arrachai. Puis je battis en retraite vers le pont.

Le monstre vert rendit un dernier soupir. Jack et moi, assis dans l'écrasant silence qui s'ensuivit, discutâmes de la situation. Les perspectives manquaient de charme, c'était le moins que nous puissions dire.

Sans chalumeau, il n'y avait aucun moyen de ressouder le tuyau d'échappement. Il n'y avait pas de vent, de sorte que, ne pouvant naviguer ni à la voile ni au moteur, nous étions condamnés à rester sur place jusqu'à ce qu'il arrivât quelque chose. Cela pouvait durer longtemps. Mais si quelque chose devait arriver, nous pouvions être presque sûrs que ce serait quelque chose de mauvais. Apparemment, il n'y avait rien d'autre à faire que de remettre le moteur en route en priant pour qu'un retour de flamme ne nous expédiât pas nous asseoir à la droite du Seigneur.

Tandis que je cogitais sur ce problème, Jack profita de mon silence pour se glisser en bas et allumer notre petit poste à piles afin d'essayer de capter un bulletin météorologique. Nous ne pouvions, car il était couvert par le grondement du moteur lorsqu'il fonctionnait, entendre le faible son qu'émettait le poste mais maintenant, en tenant le haut-parleur pressé contre son oreille, Jack pouvait distinguer quelques bribes de chansons de cow-boy émises par Marystown, de l'autre côté de Placentia Bay. La radio de Marystown, desservant une communauté de pêcheurs, diffusait la météo à intervalles assez rapprochés.

Fleur de Passion était aussi silencieuse qu'un bateau peint en gris sur un tableau représentant un océan gris sous un ciel de toutes les diverses tonalités de gris. Cinq ou dix minutes plus tard, Jack remonta sur le pont.

« Farley, me dit-il calmement, beaucoup trop calmement, vous me croirez si vous le voulez, mais ils annoncent un avis de tempête général. Il y a un ouragan tropical qui nous arrive du sud-ouest et qui doit être ici dans une dizaine d'heures environ. Ils annoncent des vents de cent à l'heure ! »

Nous sortîmes les cartes et, les ayant étalées sur le pont, nous nous penchâmes sur elles. Jack se pencha le premier, je me penchai le second. Cela nous fit un peu de bien, mais n'amena guère d'amélioration sur le plan pratique, car nous ne savions pas très exactement où nous étions. À la vérité même, nous n'en avions pas la moindre idée.

Néanmoins, en supposant que nous avions paré le cap Sainte-Marie et que nous étions en train de traverser Placentia Bay (cinquante milles de traversée), nous pouvions voir sur la carte que nous ne nous trouvions pas à moins de quatre-vingts milles de Saint-Pierre. Au moteur, à plein régime, *Fleur de Passion* pouvait filer cinq nœuds à tout casser. En dix heures, cela ne nous permettrait pas d'arriver. Il nous manquerait trente milles pour atteindre le port de Saint-Pierre. Nous savions que, si l'ouragan était à l'heure, trente milles ou trois cents, c'était bonnet blanc, blanc bonnet.

Le port le plus proche où nous pouvions espérer trouver un abri était Placentia, à vingt-cinq ou trente milles au nord du cap Sainte-Marie, sur la côte est de la grande baie.

J'avais très peur en suggérant d'essayer Placentia, je m'attendais à une mutinerie de Jack, tout au moins en paroles. Mais il semblait avoir fait son plein d'excitation et il tomba d'accord que, peut-être, nous y parviendrions à la nuit.

Il descendit dans la « chambre des machines » et, avec toutes les précautions nécessaires, mit le monstre en route. Nous ramenâmes le compteur du loch à zéro, nous prîmes ce que nous espérions être (l'espoir étant tout ce qu'il nous restait) le cap correct pour Placentia.

Le froid devenait mordant et le brouillard de plus en plus épais, au point que, si ma montre ne l'eût démenti, je me serais cru en pleine nuit, tant il faisait noir. Jack et moi, nous nous tassions dans le cockpit, aussi loin que possible de ce moteur « à explosion ». Nous avions ramené notre annexe à toucher le tableau arrière de façon que nous puissions y sauter directement en cas d'urgence. Et nous avions, comme de juste, embarqué comme vivres de secours la dernière bouteille de rhum (en copropriété) et un sac de biscuits de mer. Il n'y avait pas de place pour plus, au cas où nous en arriverions là. Nous espérions que nous n'arriverions pas là, mais ailleurs.

Cinq heures plus tard, la lecture du loch nous apprit que nous avions couvert la distance qui nous séparait de Placentia. J'envoyai Jack stopper le monstre, de façon que nous puissions entendre la corne de brume de l'entrée du port.

Une chose étrange advint alors. Le moteur stoppa, mais pas le grondement. Je pensai d'abord qu'il s'agissait d'une réaction physiologique de mon système auditif et de mon cerveau à l'interminable tintamarre que nous endurions depuis des heures. Mais soudain la vérité m'apparut toute nue.

« Remets en route, Jack, hurlai-je, remets en route ! »

Galvanisé par mes hululements, Jack réussit à faire partir le moteur au quart de tour. Je mis la barre dessous toute. *Fleur de Passion* prit de l'erre et vira plein ouest, nous éloignant enfin du ressac grondant que nous ne pouvions voir mais dont nous entendions le bruit à quelques mètres sur tribord.

Nous filâmes ainsi durant une demi-heure vers le large avant que je ne relâche ma prise sur la barre, desserre les dents, avale ma salive et recouvre ma voix.

Nous n'avions aucun moyen de savoir à quelle distance du port de Placentia nous nous étions approchés. Nous savions seulement que nous étions venus beaucoup trop près de la côte est de la baie. En gardant le cap à l'ouest, nous avions trente ou quarante milles de mer libre devant nous. Nous n'osions pas penser à ce qu'il y avait après.

Une sorte de paix descendit sur nous comme nous nous éloignions de la côte. Le moteur tonitruait, la fumée des gaz sortait en épais nuages de la cabine et venait nous frapper au visage. Le brouillard épaississait à chaque minute et, quelque part, un invisible soleil disparut derrière l'horizon. Ce fut la nuit. Nous ne nous souciions guère d'allumer nos feux de route, car ils n'eussent pas été visibles à plus d'un ou deux mètres. Nous étions assis, engoncés dans nos cirés, plongés dans un infini obscur, dans un coton sans limites. Nous nous disions que les marins des anciens âges, les Vikings sur leurs drakkars, les Basques sur leurs bateaux ronds et Colomb sur sa caravelle, avaient dû ressentir les mêmes affres lorsqu'ils cinglaient vers l'ouest dans un obscur inconnu. Jour après jour et nuit après nuit, ils avaient dû apprendre à vivre face à face avec les terreurs d'une longue incertitude. Cette nuit-là, nous partagions un peu les sentiments qu'ils avaient dû éprouver.

À minuit, Jack capta un nouvel avis de météo. Le centre du cyclone avait ralenti et on ne l'attendait pas dans nos parages avant l'aube. Nous prîmes deux ris dans la grand-voile et la misaine puis, à tâtons sur le pont glissant d'humidité, nous mîmes tout en ordre pour nous préparer au coup de tabac.

Une légère brise s'était levée du sud. Nous envoyâmes de la toile et stoppâmes le moteur qui venait de recommencer à faire des siennes et à chauffer, ce qui augmentait le danger de retours de flammes suivis de pyrotechnies plus spectaculaires encore.

Nous glissions sous voiles en un silence presque total, dans un monde réduit à un diamètre de cinq mètres au plus. Je m'activais à la pompe et Jack, à la barre, se penchait sur la rose du compas à peine éclairée par la lueur trouble d'une torche mourante que nous avions ficelée sur l'habitacle en guise de lampe de compas.

Une pensée naissait en moi : si nous devions nous trouver dans une situation comportant des risques, nous étions mieux, en mer, à bord de *Fleur de Passion* qu'à la barre d'un yacht neuf, confortable et bien équipé.

Je m'en ouvris à Jack

« Il faut toujours que vous déconniez, dit-il.

— Pas du tout. Considérez la chose d'un autre point de vue. Si nous étions à bord d'un yacht de cinquante millions, nous nous ferions un noir souci à l'idée de le perdre. Nous n'avons pas à nous désoler à bord de *Fleur de Passion.* Nous n'avons d'autre souci que de nous perdre nous-mêmes et elle ne nous laissera même pas le temps de nous désoler. »

Je fis une pause pour lui permettre de digérer cette profonde pensée, puis je repris :

« Ça ne vous ferait rien de déficeler la torche et de l'apporter en bas ? Cette sacrée pompe est encore bouchée. »

Tandis que nous réparions la pompe et réussissions à étaler nos voies d'eau, la goélette avait adopté une nouvelle allure. Elle commençait à rouler. Une lourde houle venait du large. Elle grossit graduellement de sorte que nous roulions et tanguions au point d'être déventés et les voiles faseyantes. Bômes, pics et poulies se balançaient et se heurtaient, invisibles, au-dessus de nos têtes.

La brise manqua et nous fûmes encalminés sur la mer houleuse et noire dans un silence menaçant, troublé seulement par les grincements plaintifs du gréement. Il n'y avait rien de mieux à faire que d'amener la toile et de prendre le risque de faire démarrer le moteur.

Il le fit avec une extrême répugnance, mais il partit enfin. Pour une fois, le rugissement horrible du monstre se fit, à nos oreilles, suave musique. Nous continuâmes des heures durant cette veillée dans un cimetière. Nous relevions le loch à chaque instant pour être sûrs de ne pas nous approcher trop vite de la côte hostile qui devait se dresser sur notre avant. À trois heures, le loch indiquait trente-cinq milles. Instruits par notre expérience au large de Placentia, il nous parut indiqué de stopper le moteur.

Tout d'abord ce fut le silence. Puis il y eut, indistincte et lointaine, la faible plainte d'une corne de brume. Nous n'étions plus seuls dans un monde abandonné.

Chaque corne de brume a sa propre signature, son code, grâce auquel on peut l'identifier. L'une peut être réglée pour donner trois sons brefs à intervalles de trois secondes au début de chaque minute ; l'autre, sa plus proche voisine, donnera un son de dix secondes toutes les trente secondes, etc. Jack se glissa en bas pour y prendre les instructions nautiques et le livre des phares tandis que je m'efforçais de définir les gémissements lointains.

C'était difficile, car le brouillard a pour effet d'étouffer, de déformer et parfois même de faire interférer les sons. En outre, l'aiguille des secondes de ma montre a une façon de se déplacer déconcertante, par une série de bonds inattendus auxquels succèdent des intervalles de reptation paresseuse. La montre de Jack était hors de combat à la suite d'un vicieux uppercut lancé par la manivelle du moteur.

Notre première identification laissa supposer qu'il s'agissait de la corne de brume du cap Ann, à l'entrée de Gloucester, Massachusetts, USA. Nous n'avions aucune raison de le croire. L'opération refaite nous apprit qu'il s'agissait de Red Rock, à l'embouchure du Saguenay dans l'estuaire du Saint-Laurent. Nous n'avions pas plus de raisons que précédemment de le croire. Finalement, par le processus lent mais sûr des éliminations successives, nous en vînmes à conclure qu'il n'était pas impossible que la corne en question fût celle de Little Burin, île située devant la côte ouest de la baie de Placentia.

Ayant avec une certaine probabilité localisé l'île de Little Burin, il nous restait à résoudre le problème d'entrer dans le port de Burin. Les instructions nautiques nous informèrent que l'entrée du port était difficile. Des dangers extérieurs en rendaient l'accès périlleux. On ne devait jamais s'y engager sans avoir un pilote à bord. De plus, on ne devait jamais le tenter, même de jour, si l'on n'avait pas une connaissance précise des lieux. Le livre ne disait pas ce que l'on ne devait jamais faire de nuit, par un brouillard impénétrable, quand on était parfaitement étranger et totalement ignorant des lieux. Il ne nous restait plus qu'à tirer nos conclusions personnelles de ces conseils.

Mieux valait rester où nous étions et attendre le lever du jour. Si l'ouragan éclatait avant, nous n'aurions qu'une solution : gagner la haute mer et essayer d'étaler. Si la tempête n'arrivait pas d'ici à l'aube et si le brouillard se levait un peu, nous aurions une chance de nous approcher de la côte sans nous exposer à un désastre certain. Il y avait aussi l'éventualité de rencontrer un pêcheur du cru, duquel nous pourrions acquérir quelques « connaissances précises des lieux ».

Selon ma montre, le jour devait se lever à six heures. Mais il y eut peu de preuves oculaires de son apparition. Pour être exact, le brouillard s'éclaircit assez pour que nous puissions nous voir l'un l'autre, à condition de ne pas nous éloigner de plus de deux mètres. Une sorte de clair-obscur sépulcral nous permit de distinguer la rose du compas sans recourir à la torche électrique. C'était d'autant mieux ainsi que les piles étaient épuisées et que nous n'avions plus de recharge. Tout d'abord, Jack supposa que ma montre retardait. Puis, un goéland tôt levé apparut dans la purée de pois et évita de justesse de se jeter sur notre grand mât. C'était la preuve que le jour était là.

Une nouvelle demi-heure s'écoula tandis que nous espérions entendre enfin le teuf-teuf de quelque bateau de pêche. Le courant nous avait fait dériver de plus en plus près de la côte. La corne de brume, que nous entendions maintenant tout à fait distinctement, était indiscutablement celle de Little Burin et pourtant aucune embarcation de l'endroit ne semblait être à la mer en train de pêcher. Nous qualifiions leur lâcheté de toutes sortes d'épithètes agréables, lorsque Jack se rappela que, mis à part l'avis de tempête, c'était dimanche matin. En bons chrétiens, les pêcheurs de Little Burin étaient en train de s'occuper de leur salut. Mieux valait abandonner l'espoir de les voir s'occuper du nôtre.

À sept heures, nous entendîmes un nouveau son. C'était la première note du vent aigre sifflant dans le gréement, le premier souffle annonciateur de la tempête.

Le patron de *la Jeannie Barnes* nous avait donné une carte à petite échelle, et fort sale, de Placentia Bay. Encore qu'elle fût à peu près indéchiffrable, elle ne signalait néanmoins aucun brisant ou écueil aux alentours immédiats de l'île de Little Burin elle-même. Dans notre dilemme, il ne nous restait plus qu'à piquer droit sur la corne de brume et, quand nous arriverions dessus, à obliquer vers le nord et essayer de passer « à tâtons » derrière l'île. Nous nous mettrions alors au mouillage dans le premier abri venu pour attendre la fin de la tempête, celle du brouillard et chercher un meilleur abri si nécessaire.

L'approche de la corne de brume valut son pesant de transpiration. Afin de repérer la corne, il fallait stopper le moteur toutes les cinq à dix minutes et prendre un relèvement. Chaque fois que le monstre stoppait, il renâclait un peu plus pour repartir. À huit heures trente, comme nous n'étions plus qu'à environ un quart de mille de la sacrée corne, il refusa définitivement tout service. Je suai dessus à changer les bougies, à remettre les fils en place tandis que le grondement du ressac sur la falaise abrupte de soixante mètres devenait de plus en plus fort à mesure que la marée nous drossait à la côte.

Il me fallut presque une heure pour ressusciter le dragon. Nous savions que nous ne pouvions plus prendre le risque de l'arrêter à nouveau avant d'avoir trouvé un mouillage. Jack alla à l'avant tandis que je barrais. Je ne pouvais voir de lui que ses bras lorsqu'il les agitait pour me donner la direction de la corne. Il réussissait tout juste à l'entendre, malgré le bruit du moteur. Soudain, il leva les deux bras ensemble. Dérouté, je mis la barre dessus toute… *Fleur de Passion* vira sur place et nous repartîmes vers le large.

Jack revint à l'arrière. Il avait l'air d'avoir reçu un coup de matraque. Il me dit qu'en essayant de scruter le coton gris du brouillard, soudain tout était devenu noir. Et cette couleur noire n'apparaissait pas seulement devant lui, mais à tribord et à bâbord aussi. En une fraction de seconde, il comprit que ce qu'il voyait n'était autre que l'effrayante face de la falaise, dressée à quelques mètres devant lui. La catastrophe semblait inéluctable, dans quelque direction que nous allions. Il avait essayé de me prévenir d'arrêter le moteur pour amortir le choc final. La chance était avec nous. Nous avions pénétré dans une crique étroite, située au sud de la corne de brume. Il y avait juste assez de place pour virer de bord et ressortir.

Notre première réaction fut d'abandonner toute nouvelle tentative pour atteindre un abri et de courir notre chance en affrontant le gros temps en pleine mer. Un peu de réflexion nous fit changer d'avis. *Fleur de Passion* faisait eau si dangereusement que la pompe finirait bien par nous lâcher. Le moteur était visiblement à bout de souffle. Le vent forcissait et venait du sud-est. Nous savions que nous ne pourrions pas nous éloigner de la côte en remontant à la fois le vent et une mer de plus en plus dure. D'une façon ou d'une autre, nous semblions bien destinés à être drossés à la côte. Le seul choix qui nous restait était de savoir comment.

Ce choix fut de faire un nouveau passage devant l'île de Burin.

Jack retourna à l'avant. Il m'a raconté par la suite

qu'il avait éprouvé une irrésistible envie de saisir la gaffe et de se planter sur le balcon, la pointe en avant, pour nous écarter de la falaise. L'idée était moins folle qu'elle ne le paraît. Quelques jours plus tard, le gardien de phare m'a raconté ses impressions sur notre premier contact avec Little Burin.

« Je vous ai entendus pendant des heures, les gars ! Impossible de savoir ce que vous vouliez faire. Votre moteur s'arrêtait, repartait… À un moment, je suis allé jusqu'à la porte et j'ai bien cru que vous alliez entrer dans mon arrière-cour ! »

Une fois de plus, je mis cap au large. Ça ne pouvait pas durer. À la fin Jack se fâcha.

« Au diable, dit-il, prenons un cap au nord. Nous allons foncer droit sur Burin et nous en ferons le tour en serrant la côte à la toucher jusqu'à temps que nous soyons sur sa côte ouest, à l'abri, et là, nous mouillerons. »

C'est ce que nous fîmes. Excités par une sorte d'hilarité, fille du désespoir, nous longeâmes l'île durant près de deux milles. Seule la couleur noire du brouillard nous révélait la falaise. Quand nous eûmes l'impression d'être enfin à l'abri, nous stoppâmes le moteur.

Fleur de Passion dérivait dans la purée de pois sur une eau calme. À terre un chien aboya. Une cloche sonnait. Jack lança la sonde et trouva huit mètres et un fond de vase. L'ancre plongea dans l'eau et la chaîne suivit avec un bruit clair et réconfortant.

Il ne nous restait plus qu'à aller dormir.

11
Les gars de Burin

Vers midi, j'émergeai soudain d'un sommeil agité. J'étais en train de rêver que je commandais le *Queen Mary* et que j'essayais d'entrer dans le port de Burin. Toutes les glaces de la timonerie étaient peintes en noir, je portais des lunettes noires, il y avait un brouillard d'un noir impénétrable, et…

Je m'éveillai et la cabine ruisselait de soleil. *Fleur de Passion* dansait sur son ancre sous l'effet du clapot. Le vent sifflait dans ses haubans et une drisse claquait en mesure contre le grand mât.

Encore à moitié endormi, je m'extirpai de ma couchette et allai à l'arrière. Je pompai pendant une heure et, le devoir accompli, je me hissai sur le pont.

C'était une journée stupéfiante de clarté et de soleil. La tempête grondait au-dessus des collines environnantes, fouettait les nuages et les déchiquetait dans un ciel d'azur. Mais en bas, entre les caps rocheux qui entouraient le port comme des bras protecteurs, il n'y avait qu'une belle brise. Plus trace de brouillard. Et alentour, du monde en quantité, de la vie.

Nous étions ancrés le long d'une flottille de chasse-marée de toutes sortes, canots, doris, et de deux petits caboteurs. Une grosse barque dansait au bout de son câblot à une vingtaine de mètres derrière nous. Vers l'est, à cinq cents mètres, s'étendait un petit village aux maisons bariolées, des filets séchaient près des appontements. Assis dans la lumière blanche du soleil, le long d'un quai, cinq ou six petits garçons trempaient du fil dans l'eau. Une file de gens vêtus de couleurs vives allait et venait sur le front de mer entre les maisons et l'église, *et il n'y avait pas d'usine à poisson en vue !*

Jack me rejoignit. Il avait les yeux rouges dans un visage crasseux, surmonté de cheveux en broussaille (je ne pouvais savoir la tête que j'avais car il n'y avait pas de miroir à bord). Ensemble, nous accueillîmes notre premier visiteur. C'était un homme assez âgé portant son costume du dimanche et qui ramait vers nous dans un doris.

« Salut patron, nous dit-il, vous avez pu entrer à travers ce brouillard ? »

J'en convins.

« Eh bien, dit-il en lançant un gracieux crachat dans l'eau, vous êtes entrés par ce brouillard ? Vous étiez venus souvent dans l'île ? »

Je lui dis que non, ce qui le remplit d'admiration.

« Je ne crois pas avoir déjà vu un brouillard aussi épais et aussi noir. Je ne sais pas si j'aurais osé piloter un navire là-dedans ! »

Pour lui montrer combien nous avions apprécié un tel compliment, nous l'invitâmes à monter à bord. Il refusa et nous invita nous-mêmes à venir à terre où sa dame « serait bien flattée de nous offrir un vrai dîner du dimanche ».

Nous voulions décliner l'invitation en prétextant de notre saleté corporelle et vestimentaire. Il ne voulut rien entendre. Après nous avoir dit qu'il reviendrait une heure plus tard, il repartit sans même un regard en arrière.

Tel fut l'accueil des gens de Burin. Il marquait le début d'une des plus chaudes et réjouissantes cordialités dont j'aie gardé le souvenir. Les habitants de Burin n'ont guère de semblables dans ce monde glacé qui est le nôtre.

Malheureusement, Jack ne pouvait pas rester et profiter de cette hospitalité. Il y avait un téléphone à Burin et ce stupide animal en profita pour appeler Toronto. Aussitôt un flot de problèmes économiques se déversa dans l'écouteur et Jack, indomptable devant les défis de la nature, fut vaincu par ceux des affaires. Pour lui, provisoirement au moins, la croisière était terminée. Le matin suivant, il grimpa dans un vieux tacot pour couvrir la longue distance qui sépare Burin de Saint-Jean en empruntant l'espèce de piste cahoteuse qui, sur la carte, est trompeusement nommée « Grande Route de la péninsule de Burin ». Découragé et déprimé à l'idée de son départ, je voulais partir avec lui, mais il ne l'entendit pas de cette oreille.

« Vous restez à bord, m'ordonna-t-il de sa voix de commodore. Je vais dire à Mike Donovan de venir vous rejoindre. Le pauvre type ne sait pas ce qui l'attend. À vous deux, vous emmènerez le bateau à Saint-Pierre. Vous pourrez le laisser là si vous voulez, mais il ira à Saint-Pierre, où je pourrai le rejoindre un peu plus tard. Vous m'entendez ? »

J'avais entendu et j'acceptai non sans répugnance. J'éprouvais un certain complexe de culpabilité. Le voyage n'avait pas précisément été la croisière d'agrément que Jack avait espérée. Néanmoins, ce n'avait pas été non plus un fiasco total. En rentrant à bord après lui avoir dit au revoir, je constatai qu'il avait oublié quelque chose. C'était, suspendu à l'étrave comme une moderne version de la cotte de mailles des barons d'antan, le corset de caoutchouc et d'acier qu'il portait en arrivant. Quelque dommage que *Fleur de Passion* ait pu infliger à son esprit, elle lui avait quand même fait oublier les douleurs de son dos.

Les jours qui suivirent furent incroyablement agréables et paisibles. J'étais constamment accompagné par un cortège de gamins dont la plupart s'appelaient Moulton. Selon l'idiome local, c'étaient des « gars vraiment malins ». Dès que j'entreprenais un travail, peinture, gréement ou réparation quelconque, ils venaient me donner un coup de main. Bien souvent il apparaissait qu'ils en savaient plus que moi sur le travail que je faisais et, bien souvent aussi, ils firent de moi le tire-au-flanc qui les regardait accomplir sa tâche.

Quand je me heurtais à une difficulté que ni eux ni moi ne pouvions vaincre, les hommes de l'île venaient à la rescousse. L'un d'entre eux fit un trajet de trois heures dans son doris pour trouver un attirail de soudure et un soudeur professionnel qui répara le tuyau d'échappement. Un autre découvrit que je n'avais pas d'écubier, de sorte que la chaîne d'ancre entaillait profondément le plat-bord. Cet homme, un Moulton lui aussi, découvrit un écubier dans la réserve d'un insulaire, il l'apporta sur le bateau et le mit en place avec une habileté quasi professionnelle sans que je lui aie rien demandé.

Au deuxième jour que je passai à Burin, l'ouragan forcit, le vent porta vers la terre, de sorte que *Fleur de Passion* faillit chasser sur son ancre. Deux hommes sortirent à l'aviron, vinrent timidement à bord et s'offrirent à m'aider à mener le bateau de l'autre côté de la crique dans un mouillage mieux abrité. Le même soir, après que la goélette fut déplacée, un gamin de dix ans traversa tout le golfe à l'aviron dans un fort clapot pour m'apporter mon linge que sa mère avait lavé et repassé pour moi dans sa bonté de cœur.

En quittant Muddy Hole, *Fleur de Passion* était dans un disgracieux état de saleté, de peinture inachevée et de négligence générale. Son dur voyage n'avait pas amélioré son apparence. Après quelques jours passés à Burin, elle commença de ressembler un peu plus à un yacht. Elle brillait de peinture fraîche. Son carré, gratté et poli, avait enfin l'air propre et il avait cessé de sentir l'abattoir abandonné.

Le monstre-moteur était peint, après avoir été soumis au ministère éclairé du vieil « oncle » John

Moulton, qui connaissait les moteurs deux temps mieux que leurs inventeurs. Oncle John le fit fonctionner. À force de parler doucement au monstre, il le persuada de marcher pour moi et de démarrer quand on le lui demanderait.

Je prenais du poids à Burin. Toutes les familles semblaient tenir à ce que je prenne au moins un repas avec elles. Quand je vis que je gonflais exagérément, j'inventai des excuses pour rester à mon bord, mais cela n'arrangea rien. Un coup timide sur le panneau du carré annonçait l'arrivée d'une gamine qui portait un plat recouvert d'une serviette. Pâté de poisson chaud, morue fraîchement rôtie, pommes au four ou tout autre plat également délectable.

Le soir, les hommes venaient bavarder à bord. Ils s'asseyaient à deux ou trois dans la cabine et causaient, lentement, avec de longs silences, de leur vie et de leur avenir. Ils avaient vécu de belles vies. Pêcheurs heureux, ils avaient construit de belles et solides maisons que leurs femmes tenaient avec soin. Leurs logis étaient équipés d'eau courante, de salles de bains et de tout le confort moderne. Ils possédaient de grands magasins à poisson, bien conçus, avec des greniers à filets, de beaux appontements solides et des bateaux marins qu'ils construisaient eux-mêmes avec les bois coupés durant l'interminable hiver dans l'arrière-pays.

Mais la pêche artisanale disparaissait peu à peu, et bientôt leurs enfants seraient contraints d'aller chercher du travail sur le continent. La vie portuaire n'avait pas encore complètement disparu à Burin et, durant les jours que j'y ai passés, j'ai pu en savourer chaque instant.

Il y eut le jour où l'on tanna les voiles de *Fleur de Passion*.

Le tannage se faisait par un ancien procédé consistant à tremper filets et voiles dans un mélange presque bouillant d'eau de mer, d'huile de foie de morue, de goudron et d'une résine tannante naturelle.

Le tannage empêche les filets de pourrir à la mer et de se piquer lorsqu'ils sont entreposés à terre. On l'utilisait jadis pour les voiles des goélettes. Bien exécuté, le tannage donne aux voiles une belle couleur d'un brun chaud et permet de les garder sans les étendre durant des semaines de pluie et de brume, sans risquer de les voir s'abîmer.

Quelques jours avant mon arrivée à Burin, les pêcheurs s'étaient réunis pour tanner ensemble leurs filets. La bassine de tan, un immense chaudron de fer contenant quatre cents litres de la malodorante mixture, était encore pleine. On me proposa de m'en servir. Deux garçons de quatorze ans, Allan et Gérald Moulton, s'offrirent à organiser le travail pour mon compte.

Le matin suivant, je fus réveillé par l'odeur particulièrement âcre et piquante qui régnait dans le carré. Lorsque je montai sur le pont, le rivage était obscurci par un nuage d'épaisse fumée noire. Les garçons s'activaient sur la plage. Ils avaient allumé un grand feu sous le chaudron à tan et ils l'alimentaient de vieux filets goudronnés de rebut. À quelques centaines de mètres plus loin sur la rive en pente, deux dames au visage congestionné du pourpre de l'indignation invectivaient les garçons. C'était jour de lessive et les draps étendus pour sécher commençaient à tourner au gris. Mes aides ne prêtèrent pas la moindre attention à leurs glapissements. Les dames de Terre-Neuve savent toujours reconnaître leurs défaites. Elles décrochèrent leur linge et disparurent dans leurs buanderies.

Tandis que le tan chauffait, un peloton de gamins envahit la goélette et en amena toutes les voiles. Elles furent ensuite étendues au soleil sur une aire planchéiée qui avait autrefois servi à sécher le poisson.

Ensuite, on commença de s'amuser. Six garçons armés de seaux faisaient la chaîne entre le chaudron et les voiles. Puis ils versaient le tan à gros bouillons sur la toile et le faisaient pénétrer dedans en brossant vigoureusement avec des balais de bouleau.

Les garçons eurent bientôt l'aspect d'une réincarnation de la tribu indienne Beothuk, habitants autochtones de Terre-Neuve. La mer elle-même, le long de la plage, prit une couleur brun rouille. Quant à moi, je m'étais assis à l'écart et je les observais avec horreur courir dans des nuages de vapeur, hurler comme des possédés et travailler comme des démons rouges.

La journée était très chaude. Quand ils eurent vidé le chaudron, les tanneurs eurent envie d'une récréation. L'un d'eux me demanda timidement si j'aimerais aller me baigner avec eux. Je répondis que oui. Ils me conduisirent derrière le port, à leur piscine favorite. Ce fut une longue balade à travers d'épais bois de sapins, des rochers nus, par des sentiers caillouteux jusqu'au sommet de la colline la plus haute. L'étang était peu profond et le soleil l'avait porté à une agréable température. Après que nous eûmes barboté un bon moment, Allan et un de ses camarades allèrent chercher des cannes à pêche cachées dans l'herbe et se mirent à pêcher. Cela me parut un vœu pieux de leur part car j'avais rarement vu endroit moins poissonneux, mais presque immédiatement je les vis ferrer des truites de belle taille. Ils les appelaient des « truites de vase » mais en dépit de leur nom elles étaient d'un goût excellent lorsque je les dégustai à mon dîner, tard dans la soirée.

J'avais presque décidé que je me contenterais de passer le reste de l'été, sinon le reste de ma vie, dans l'île de Burin, mais Mike Donovan arriva, éclatant d'énergie et d'enthousiasme. C'était la fin d'une idylle. Une fois de plus, il me fallait affronter la perspective de continuer mon voyage sur les gris et implacables flots.

Je l'affrontai avec quelques réserves. La principale était Mike lui-même. Il était tout ce que l'on voudra sauf un marin confirmé. En comptant au plus large parmi ses souvenirs, il avait été trois fois en mer. Ses deux dernières croisières océaniques avaient été effectuées dans les cales d'un transport de troupes. Quant à sa première expérience nautique elle avait eu lieu quand il avait six ans. Il s'était aventuré sur une pièce d'eau dans un parc public de Toronto à bord d'un radeau de sa confection. Il était tombé à l'eau mais il avait été repêché par un homme de la police montée qui, lançant son cheval dans le bassin au grand galop, l'avait sauvé d'une fin prématurée.

Hormis ces trois occasions, son expérience de la mer et des bateaux était nulle. Cela n'inquiétait pas Mike, qui était le plus grand optimiste du monde, mais cela avait une tendance à me troubler un peu.

Mike était arrivé de Saint-Jean dans une Volkswagen. Il était en train d'extraire de la voiture les deux plus énormes valises que j'aie jamais vues. Je suis incapable d'imaginer comment il s'y était pris pour les faire entrer dans un si petit véhicule et je n'ai d'ailleurs pas compris comment il les en avait sorties. Une seule d'entre elles aurait rempli le carré de *Fleur de Passion*, en excluant toute possibilité d'y introduire ensuite des êtres humains. Gaiement, il lança ses valises sur le pont et se lança lui-même à leur suite. Mike était un lanceur de naissance. Longiligne, efflanqué, dégingandé et plein d'exubérance.

« Bon Dieu, qu'y a-t-il dans vos sacrées valises ? Qu'est-ce que c'est que ça ? lui demandai-je avec effroi.

— Des stocks de livres. Je ne suis pas directeur de bibliothèque pour rien. J'ai resquillé ce voyage en disant au ministre de l'Éducation que j'allais installer un nouveau système de succursales de bibliothèques sur la côte sud-ouest de Terre-Neuve. Vous ne voudriez pas faire de moi un menteur, n'est-ce pas ?

— Non, répliquai-je, je ne vous ferai pas ce coup-là, Mike. Donc, veuillez considérer que vous venez d'installer votre première succursale ici même, dans le magasin à poisson de Tom Moulton. Et maintenant, débarquez-moi ces bon Dieu de malles avant qu'elles ne fassent couler le bateau. »

L'amabilité était une des vertus cardinales de Mike. Sifflant joyeusement, il traîna les malles de bouquins dans le magasin à poisson et les entreposa derrière une pile de morue salée. Il revint à bord et se plia en trois ou quatre pour pénétrer dans le carré, non sans avoir auparavant exhibé quatre bouteilles de rhum Big Dipper.

L'approvisionnement des bibliothèques de Terre-Neuve comportait visiblement de saines lectures.

Je songeai qu'il serait sage de donner à Mike quelques rapides leçons de matelotage avant de quitter l'île. Cela, en fin de compte, devait se révéler l'un des meilleurs spectacles jamais représentés à Burin.

Avant même que les cours fussent très avancés, ils avaient rassemblé un auditoire de petits garçons et filles, d'une douzaine de messieurs âgés et d'une foule serrée de marins-pêcheurs. Ils s'étaient installés sur les appontements voisins et suivaient les leçons que je donnais à Mike. Je le menais tout autour du « vaisseau » et je lui désignais, en les lui nommant, tous les agrès et accastillages d'une certaine importance. Il suivait avec entrain et répétait les noms. Comme il parlait plusieurs langues dont trois couramment, il n'avait pas de difficulté à enregistrer les noms dans sa mémoire. Ensuite, je l'entraînai à des opérations courantes telles que hisser puis amener les voiles, se servir des écoutes, mouiller l'ancre, frapper les défenses, etc. Il s'y prenait très bien.

L'auditoire, qui n'avait jamais soupçonné auparavant qu'un homme puisse être aussi ignorant que Mike en matière de bateaux, commença de le prendre en amitié.

Finalement, je lui ordonnai d'aller à l'arrière, de dégager l'annexe de son chantier et de la mettre à la mer. Il accomplit cette opération impeccablement ou presque. Presque, car il commit l'erreur de nouer la bosse du canot à son poignet avant de lancer la petite embarcation par-dessus bord. De ce fait, il suivit le mouvement et, au bout de la bosse, piqua une tête dans l'eau. Il revint à la surface les yeux exorbités, car l'eau était glacée, et probablement aussi parce qu'il cherchait instinctivement un agent de la police montée sur son cheval. Hélas, il n'en existait pas à Burin. Il barbota donc jusqu'au canot, passa une jambe et un bras par-dessus le plat-bord et se hissa, ce qui eut pour conséquence immédiate de retourner l'esquif quille en l'air par-dessus lui.

Il s'était emberlificoté dans un banc de nage et, si nous ne pouvions le voir, nous pouvions l'entendre.

Les sons étant amortis et pour d'autres raisons aussi, je ne saurais répéter ce que je crois avoir compris. Mais cela devait être une collection de jurons irlandais. Ses pieds s'agitant avec énergie propulsèrent lentement le canot retourné vers l'avant-port. La coque ressemblait ainsi à une énorme tortue de mer privée de tête, mais non de voix.

L'un des garçons qui s'était remis un peu plus vite que les autres de son fou rire sauta alors dans une plate et godilla à sa poursuite. Il ne réussit pas à tirer Mike de sa carapace et, en désespoir de cause, remorqua le canot jusqu'à la plage. Les pieds de Mike touchèrent le fond. Il réussit enfin à se dégager et émergea, grelottant et bleu de froid à la lumière du jour.

Je n'aurais pas été autrement surpris qu'il ait abandonné le voyage et sauté dans sa voiture pour filer pleins gaz chez lui. Un autre l'eût fait, mais pas Mike. Lorsqu'il fut sur la plage, il arbora son plus large sourire et son plus bel accent irlandais.

« Par saint Patrick ! Ça, c'est un bon truc pour nager sous la pluie », nous cria-t-il.

Une telle attitude alla droit au cœur des gens de Burin et droit au mien aussi.

L'ignorance de Mike en matière maritime avait un avantage énorme. Il n'en savait pas assez pour devenir nerveux. À ses yeux, *Fleur de Passion* était le plus vaillant petit bateau ayant jamais navigué. Il avait une entière confiance dans la goélette. Il la lui conserva même lorsqu'elle fit ce qu'il fallait pour lui enlever toutes ses illusions. Mais cela ne l'empêchait pas, quand même, de prendre ses précautions. Lorsque, ce premier soir, le moment fut venu de grimper dans sa couchette, il hésita un moment... avant de clouer une énorme médaille de saint Christophe à la tête de son cadre.

Bien que je n'aie pas la même religion que Mike, cette médaille est toujours là où il l'a fixée. « Quelqu'un » doit avoir eu l'œil sur nous durant les jours qui suivirent. Savoir si c'était saint Christophe ou le Vieil Homme de la Mer reste pour moi un mystère. Je les soupçonne tous les deux de former une équipe pour faire le travail.

12

Requin pèlerin et pèlerinage basque

Deux jours après l'arrivée de Mike, nous fîmes voile pour Saint-Pierre, qui se trouve à cinquante milles à l'ouest, de l'autre côté de la pointe de Burin. J'espérais vivement une traversée facile. En effet, c'était une croisière côtière. Constamment en vue de terre, je ne pensais pas que les excentricités du compas seraient un problème. Le moteur fonctionnait mieux que jamais auparavant. Les voies d'eau semblaient aveuglées, ou, mieux, elles ne dépassaient pas les capacités musculaires de Mike. Nous étions bien avitaillés en vivres et en rhum. Le bulletin météorologique lui-même était bon. Il annonçait « vents du secteur sud, faibles le matin avec tendance à forcir et à tourner sud-est. Visibilité quatre milles sauf brouillard ». La phrase « sauf brouillard » se retrouvait dans tous les bulletins météorologiques lors de chaque croisière que j'ai accomplie au cours de six années de séjour à Terre-Neuve. Le brouillard lui-même apparut lors de chaque traversée, sauf une. Parfois la brume formait des bancs de quelques milles de large. Normalement, elle était beaucoup plus impressionnante. Elle s'étendait sur des centaines de kilomètres carrés d'océan. Les bulletins météo étaient souvent erronés en ce qui concerne d'autres éléments. Ils l'étaient très rarement en ce qui concerne le brouillard.

Pour fêter la première croisière de Mike, je cuisinai un petit-déjeuner raffiné. Je commençai par un porridge de farine d'avoine et de lait condensé dans lequel je plongeai quelques bonnes tranches de poitrine de porc fumé bien grasses. Cet étouffe-chrétien était suivi par des petites morues pochées. C'est une des spécialités les plus raffinées de Terre-Neuve. Ce sont de très petites morues séchées au soleil, entières et non ouvertes comme les gros poissons. Elles ont un goût et un fumet qui évoquent assez le vieux roquefort bien avancé. Mike, qui n'était pas terre-neuvien d'origine, n'en avait jamais goûté mais, comme il était courageux, il en dégusta deux. Il était d'accord sur l'arôme, mais à son idée le goût rappelait plutôt celui du gorgonzola.

Nous sortîmes du port à sept heures du matin avec juste assez de brise pour gonfler nos voiles et faire un appareillage honorable. Une heure plus tard nous parions l'île de Little Burin et nous débouquions dans les eaux libres de la baie de Placentia. Là, nous commençâmes à piquer du nez dans la plume avec une grosse houle lente qui venait du sud. Quand *Fleur de Passion* se mit à monter et à descendre au rythme des lames, je sortis la bouteille et m'acquittai de l'habituelle libation au Vieil Homme de la Mer puis je passai un verre à Mike, lequel semblait pensif.

Il leva l'alcool jusqu'à ses lèvres, se détourna brusquement et fit une offrande beaucoup plus personnelle au Vieil Homme. Je ne pense pas que ce fut fait volontairement car Mike n'est point un adepte des superstitions païennes. Mais, volontairement ou non, ce fut fait avec énergie et… abandon.

Quand il eut terminé, il tourna vers moi un visage quelque peu vert et me dit qu'à la réflexion il n'appréciait pas tellement, tellement la petite morue séchée — en tout cas, pas deux fois le même matin.

La brise fraîchit, de sorte que nous filions cinq bons nœuds le long de la côte désolée de Burin. Mike commença de se faire à la chose et à y prendre plaisir, je lui montrai comment gouverner sur un cap-compas. Si la rose des vents ne lui causait aucun problème, il en allait différemment de la barre. En effet, gouverner avec une barre franche au lieu d'une roue oblige le timonier à pousser la barre dans la direction opposée de celle où il veut aller. Il faut un certain temps pour s'y accoutumer.

Avant midi, nous avions paré la pointe de Lawn Head, nous changeâmes de cap et courûmes presque plein ouest. Le vent commença de tomber et le ciel devint de plus en plus brumeux. Je regardais le large d'un œil anxieux, surveillant la noire muraille de brouillard prête à s'avancer sur nous et, de l'autre œil, non moins anxieux, je fixais la côte hostile, hérissée d'écueils, que nous longions.

Mike, heureux d'être à la barre, était plus intéressé par le monde océanique et ses habitants. Il s'extasia en découvrant une troupe de jeunes baleines à bosse de cinq à six mètres de longueur, si occupées à chasser d'invisibles calmars que plusieurs d'entre elles firent surface et « soufflèrent » à moins d'un jet de pierre de nous.

Comme il avait récemment relu *Moby Dick*, Mike était enflammé par l'envie d'expérimenter les passions du baleinier. Je fis la sourde oreille lorsqu'il suggéra de mettre le canot à la mer et, armé de la gaffe, d'aller harponner une baleine à bosse à lui tout seul. Ce n'était point de ma part un manque de compréhension, mais j'étais de plus en plus inquiet de voir le ciel se couvrir et la visibilité diminuer rapidement, ce qui nous obligeait à nous rapprocher de la côte la plus inhospitalière qui soit.

Le problème était que je ne pouvais pas tracer une route sur la carte et prendre un cap-compas pour gouverner en me tenant au large de la côte. Le compas ne me le permettait pas. Alors que nous gouvernions sud-ouest, le sacré instrument prétendait que nous faisions route au nord-nord-ouest. Nous ne pouvions faire nos calculs de navigation qu'en utilisant les amers de la côte. Le moins qu'on puisse dire, c'est que les amers de la pointe de Burin sont pour le moins imprécis.

Vers deux heures, j'attachai mes jumelles autour de mon cou et je grimpai au mât de misaine dans l'espoir de repérer la pointe de Lamaline, au large de laquelle il y a une formidable barrière d'écueils submergés. La chance me servit et je réussis à découvrir la pointe. Rassuré, je fis un tour d'horizon pour chercher d'autres bateaux.

À un mille sur bâbord, j'aperçus quelque chose qui ressemblait à un immense dos noir et luisant. Je crus d'abord que c'était une baleine bleue ou un rorqual. Comme, moi aussi, j'ai toujours été fasciné par les monstres marins, j'appelai Mike pour lui dire ma découverte et qu'il mette le cap sur la bête. Il ne cessait de lâcher la barre pour sauter sur le rouf afin de mieux voir. Il me fallut gueuler comme un premier-maître de manœuvre pour l'obliger à rester à son poste. Il fut au comble de l'excitation quand je lui criai que ce n'était pas une baleine mais un requin pèlerin, en tout cas l'un des poissons les plus grands du monde.

Il était immense. Il nageait paresseusement en surface. Sa nageoire dorsale dressée comme une voile marconi, il semblait n'avoir aucunement conscience de notre approche. Un des principaux caractères de ces squales géants est leur lenteur et un apparent manque d'intelligence. Peut-être n'en ont-ils guère besoin. Ce spécimen avait trois bons mètres de plus que notre bateau et il était difficile d'imaginer un antagoniste capable de le menacer.

En ce qui me concerne, je n'avais aucune intention de m'y risquer et encore moins de l'attaquer. Néanmoins je voulais le voir de près, aussi dis-je à Mike de passer près de lui en restant à une trentaine de mètres.

Mike choisit de traduire trente mètres par trois mètres. Or, tandis que nous foncions vers lui, le grand poisson, pour une raison connue de lui seul, décida de changer de direction et de couper notre route.

« La barre à tribord, Mike, criai-je. Tribord toute ! »

En y réfléchissant, je ne saurais faire aucun reproche à Mike. Il venait à peine d'apprendre que tribord signifie la droite. Il venait à peine d'apprendre à barrer un bateau à barre franche. Il fit l'effort intellectuel nécessaire pour se rappeler où était tribord et il poussa le timon de la barre à fond vers tribord.

Nous marchions à quatre nœuds, ce qui n'est pas une grande vitesse mais ce requin était une masse presque immobile. Nous le heurtâmes juste derrière sa nageoire dorsale et le choc fut si violent que je crus être catapulté en bas du mât de misaine. L'avant arrondi de *Fleur de Passion* glissa sur le large dos et se dressa au point que le boute-hors pointa vers les cieux. Puis le monstre sonda et la goélette reprit sa route.

Mike était l'image même de la contrition. Comme à première vue il n'y avait aucun dommage, j'usai de mon souverain droit de grâce et lui pardonnai. Nous avions tous deux beaucoup de regrets car il est rarement donné aux hommes de notre temps de rencontrer les colosses du monde sous-marin. Pour nous consoler, je décidai de faire une tasse de café.

Lorsque j'eus descendu la dernière marche de l'échelle du carré, je mis les pieds dans plusieurs centimètres d'eau froide. Malgré le choc de la découverte, je sus exactement ce qui s'était passé. L'abordage du requin avait rompu un bordé au-dessous de la flottaison. Je bondis sur la pompe et je criai à Mike que notre coque était crevée et que nous étions en train de couler. L'esprit encore plein de l'horrible nuit passée au large de la baie de Trepassey, je saisis la pompe avec la férocité d'un fou furieux. Encore, ça recommençait ! Encore, c'était trop, et c'était trop c… !

Je pompai, et comment ! La sueur m'aveuglait, la pompe chauffait sous ma paume. Mais je ne voyais ni ne sentais rien, sauf une rage dévorante. Je n'avais pas assez de souffle pour jurer mais les blasphèmes que je répandais mentalement sur *Fleur de Passion*, sur Mike, le Vieil Homme et saint Christophe auraient dû me condamner à la mort subite si la voie d'eau ne s'en chargeait pas elle-même. Puis la pompe se mit à gargouiller ! Le levier oscillait librement dans ma main.

Je regardai dans les fonds par l'ouverture placée à côté du moteur. La coque était sèche, sauf la couche graisseuse qui la couvrait habituellement. Il n'y avait pas de torrent d'eau verte et glacée se déversant le long de la carlingue.

Je n'en crus pas mes yeux. Je restai en bas à regarder la sentine pendant près d'une heure et le bateau ne fit pas plus d'eau (c'était déjà trop) qu'à l'accoutumée. Il n'y avait pas de nouvelle voie d'eau.

Étonné, mais infiniment soulagé, je remontai sur le pont et, prenant la barre, je remis le cap sur Saint-Pierre.

Un moment plus tard, Mike descendit pour faire le café. Un instant plus tard, il passa la tête par le panneau.

« Farley, me dit-il, il n'y a plus d'eau douce, pas une goutte à la pompe. »

Ce nouveau mystère nous donna la solution du premier. Dans l'abordage avec le requin, le choc avait libéré le tuyau fixé entre la pompe et le bas du réservoir, dont le contenu s'était répandu dans les fonds.

Entre-temps, nous avions paré Lamaline. Je repris la barre après avoir fait mes excuses à Mike, à *Fleur de Passion*, au requin, à saint Christophe et au Vieil Homme de la Mer. Mike alla s'occuper en bas. Il remonta sur le pont avec deux gobelets fumants.

« Tenez, capitaine, buvez ça, dit-il, je jure bien que vous n'avez jamais goûté un irish-coffee comme celui-ci. »

J'en convins. Je n'en conviendrai peut-être plus jamais faute d'occasion, mais je puis affirmer ceci : le café noir infusé avec du rhum en guise d'eau bouillante est un breuvage d'une autorité exceptionnelle.

Vers six heures trente, le vent tomba complètement. Nous n'étions plus qu'à quelques milles du chenal d'entrée nord de Saint-Pierre. Mieux valait amener la toile et se mettre au moteur pour le sprint final. Nous fîmes une approche triomphale. Avec une moustache blanche à l'étrave et un panache de fumée noire à l'arrière, notre petit navire fonça vers la masse grise et dénudée de l'île française.

Nous croisâmes un gros cargo portugais tout rouillé qui sortait du port. Débordants de la célèbre fraternité des gens de mer, nous le saluâmes de trois faibles coups de notre corne de brume. Après un petit moment que son commandant consacra à la recherche de l'origine du son, car la taille de son navire nous ratatinait à notre véritable insignifiance, il nous répondit par trois coups de sirène assourdissants. Ce fut un moment glorieux — mais il eut des conséquences.

Le cargo avait débarqué son pilote quelques minutes auparavant. Le pilote retournait au port à bord de sa grosse vedette à moteur lorsqu'il entendit les coups de sirène. Il supposa qu'un autre navire se présentait à l'entrée de la passe et réclamait ses services. Comme nous parions l'île aux Vainqueurs pour embouquer le chenal nord, nous croisâmes le bateau-pilote qui en débouquait.

Il était deux fois plus gros et plus rapide que nous. Sans nous honorer de la moindre attention, il passa à toute vitesse puis, ne voyant rien sur l'horizon à part le portugais qui s'éloignait, il se mit à faire des S et des Z comme s'il découpait un puzzle sur la mer. Finalement, il vira de bord et arriva en soulevant des gerbes d'écume sur *Fleur de Passion*.

Il ne ralentit qu'à quelques mètres de nous et le

pilote nous héla en français, ce qui ne m'avança guère car mes connaissances de la langue de Voltaire sont assez fragmentaires. Mike, au contraire, la parle couramment. Le pilote demanda poliment si nous avions aperçu un navire. Mike répondit qu'effectivement nous en avions vu un.

« Où est-il ? demanda le pilote.

— Par le fond ! répondit Mike sur un ton de circonstance en pointant le pouce vers ledit fond.

— Coulé ! Mon Dieu ! Vous voulez dire qu'il a coulé ?

— Oui ! reprit Mike avec amabilité, mais peut-être que plongé serait plus indiqué. C'était un sous-marin, monsieur. Un très gros, avec un très gros canon à l'avant. Il avait une faucille et un marteau peints en rouge sang sur le kiosque ! »

Le visage du pilote pâlit de très perceptible façon. Ses yeux roulèrent dans leurs orbites tandis qu'il scrutait anxieusement l'horizon. Je crois qu'il était sur le point de s'abandonner au sauve-qui-peut lorsqu'un faible et sournois soupçon parut s'éveiller en lui. Sa figure se mit à rougir. Il se tourna vers nous et vit le sourire faussement innocent de Mike.

« Bon Dieu, vous êtes un gros menteur. Eh bien, le sous-marin est parti mais vous, vous restez. Vous voulez rentrer à Saint-Pierre, hein ? Alors vous allez prendre un pilote. Stoppez, que je vienne à votre bord ! »

Ce fut la seule et unique phrase de la conversation que Mike traduisit pour mon information.

« Rien à faire. Dites-lui que nous n'avons aucunement besoin d'un pilote, que nous n'en prendrons pas et que, certainement, nous ne paierons pas. »

Mike traduisit. Le pilote haussa les épaules, nous adressa un sourire dénué de gaieté, puis il embraya et, sans plus de cérémonie, se mit à décrire des cercles à pleine vitesse autour de *Fleur de Passion*. Il soulevait une énorme lame d'étrave et passait si près de notre boute-hors que je pouvais voir ses maxillaires se contracter à chacune de ses évolutions.

La goélette fut scandalisée par ce comportement et elle le montra bien. Elle tanguait, elle se secouait, elle roulait bord sur bord à chaque nouvelle vague qui la frappait.

En ce qui me concerne, je n'avais pas la moindre idée des raisons qui incitaient le pilote à se comporter de façon aussi outrageante. J'en étais extrêmement agacé. En outre, j'étais encore sous l'influence de l'irish-coffee, qui est notoirement une boisson portant aux attitudes belliqueuses.

Il se trouvait que parmi notre matériel de sauvetage nous possédions un pistolet lance-fusées militaire, cuvée réservée 1914-1918. Je bondis dans le carré et m'emparai de cette artillerie. Lorsque le pilote effectua une nouvelle giration, je lui tirai une fusée qui péta à soixante centimètres au-dessus de la timonerie. Il vira de bord avec une telle brusquerie que ses pavois de tribord plongèrent dans l'eau. Il ne revint pas mais fila pleins gaz vers l'entrée du port où il disparut derrière le môle.

Ce fut là indiscutablement l'un des exploits les plus satisfaisants de toute ma carrière navale, mais, il faut l'admettre, ce ne fut pas nécessairement le plus sage. Lorsqu'une demi-heure plus tard nous embouquâmes la passe vers l'avant-port, la première chose qui s'offrit à notre vue fut un peloton de gendarmerie qui s'avançait en ordre serré sur l'appontement du gouvernement.

Mike dit que, selon lui, ils avaient été commandés de service pour nous rendre les honneurs et nous accueillir officiellement. L'effet de l'irish-coffee faiblissant, le doute m'assaillit. Aussi, plutôt que d'accoster fièrement et de lancer mes amarres, je restai à une centaine de mètres du quai où je me mis à tourner lâchement en rond. Pendant ce temps-là, les gendarmes, les douaniers, le personnel des services de l'immigration et une foule d'autres citoyens nous faisaient signe, impérativement, de nous rendre à terre.

À ce moment-là, Mike attira mon attention sur deux vedettes du port, un petit remorqueur et le bateau-pilote, tous fébrilement occupés à embarquer des gendarmes. Il était clair que si nous n'étions pas pressés d'aller vers eux, ils étaient, eux, extrêmement pressés de venir à nous.

Je virai de bord et *Fleur de Passion* battit en retraite dans la passe. Je n'ai pas le sentiment d'une fuite ignominieuse. Dans le cas d'une telle supériorité numérique chez l'adversaire, je doute que Nelson lui-même eût risqué le combat.

Les séquelles de cet imbroglio eussent peut-être

été fort désagréables si la chance n'avait joué en notre faveur. Tandis que nous galopions lourdement vers la sortie, un grand doris à moteur, qui rentrait, nous croisa. Son nom, l'*Oregon*, était clairement lisible sur son avant et je le reconnus ainsi que son patron. C'était Théophile Detcheverry, descendant de générations de pêcheurs basques installés dans l'île depuis trois siècles. Théo était un grand gaillard à la voix de stentor, une puissance de l'île et, grâces soient rendues au Seigneur, un ami à moi depuis une visite antérieure à Saint-Pierre.

Théo me reconnut. Son hurlement de bienvenue fut parfaitement audible, malgré les grondements de nos deux moteurs. Il amena l'*Oregon* à couple de notre bateau avec tant de négligence que *Fleur de Passion* en porte encore les cicatrices.

« Farley… Bon Dieu ! Enfin de retour à Saint-Pierre. C'est épatant, c'est magnifique et dans votre propre bateau ! Vous arrivez…

— Oui, Théophile, lui dis-je lorsque je réussis enfin à glisser un mot. Je viens, mais je ne pense pas rester longtemps, regardez derrière… »

Sur quoi je lui montrai la flottille qui se rapprochait rapidement.

Mike intervint alors. Il expliqua toute l'affaire. Lorsque Théo eut enfin cessé de rire comme un cachalot en folie, il sauta à bord et me dit d'arrêter mon moteur. Nous fûmes alors entourés par l'escadre de la Marine nationale de Saint-Pierre et pendant un moment ce fut un véritable pandémonium.

Lorsque les choses s'éclaircirent, nous entrâmes dans le port avec Théo à la barre, suivis en une chaleureuse escorte par le reste de la flotte de bataille. C'est un des traits agréables des gens de Saint-Pierre que, prompts à se fâcher, ils sont également prompts à pardonner.

Ils furent également très accommodants pour diverses affaires que j'avais omis de régler avant de quitter Muddy Hole. Je n'avais pas obtenu l'autorisation officielle pour naviguer à destination de ports étrangers. De même, je n'avais pas fait enregistrer le bateau, de sorte que je n'avais pas de papiers de bord. Pas de papiers, pas de pavillon, pas de port d'attache et même pas de nom peint sur la poupe. Ce fut un miracle que Mike et moi n'ayons pas été immédiatement jetés dans un cul-de-basse-fosse et le navire saisi.

Dès que nous fûmes amarrés, Théo vint à bord, accompagné par le chef de la douane et deux autres fonctionnaires en uniforme. Le chef était dur à la détente. Il avait une profonde carie dans une dent et ne cessa pas de la sucer de la façon la plus pessimiste tandis que Théo essayait de le convaincre de l'inutilité, dans notre cas, de posséder des papiers. Le chef semblait posséder une grande capacité de résistance à l'argumentation de Théo. Les quatre hommes discutèrent longuement et véhémentement, mais sans aucun résultat jusqu'au moment où Théo fut visité par l'inspiration. Voici le récit qu'il nous fit plus tard :

« Je leur ai dit, voyez-vous, que puisque ce navire

n'appartenait à aucune nation, on pouvait l'adopter. Je leur ai rappelé que nous avions tous des ancêtres basques. Que les Basques avaient été jadis la plus grande nation maritime de la terre, mais que maintenant, occupés par la France et l'Espagne, nous n'avions plus un seul vaisseau de mer battant notre pavillon. Pourquoi ne pas adopter ce brave petit bateau ? leur ai-je dit. Nous allons le rebaptiser. Nous lui donnerons le pavillon des sept provinces basques. Oui, et nous lui donnerons un port d'attache et des papiers, entièrement rédigés en langue basque ! Ensuite, il y aura enfin un navire battant pavillon de notre ancienne mère patrie sur les océans. Que pouvaient-ils objecter à cela ? »

Naturellement, ils avaient dit oui. Et ils l'avaient dit avec un tel enthousiasme que, personnellement, je n'avais plus la parole en l'occasion.

C'est ainsi que *Fleur de Passion* cessa d'être un navire terre-neuvien pour devenir le vaisseau amiral de la marine marchande basque !

13
Avec une âme si pure

Un de ces matins, avant que je sois vieux et perclus, je m'éveillerai encore au friselis de l'eau contre la coque d'un petit bateau endormi le long de la jetée de Saint-Pierre. Je me tirerai paresseusement de ma couchette, je reniflerai l'odeur âcre de la morue, de la fumée de charbon et de la bruyère. Puis, d'un pas chaloupé, je traverserai la grande place près du port pour aller au café de l'Escale. Mme Ella Girardin me verra venir. Mes croissants et mon café m'attendront sur le bar. Si Ella découvre une certaine mollesse dans ma démarche, il y aura un petit verre d'eau-de-vie à côté de la tasse de café.

Quelques-uns des types assis tranquillement à leur petite table m'adresseront un habituel « bonjour ». D'autres salueront mon arrivée en portugais ou en espagnol. Tout en buvant mon café, je prêterai l'oreille à leurs commentaires sur la pêche et sur les événements du monde océanique.

Le matin est, en principe, réservé aux bavardages, mais le cas échéant je sortirai dans les ruelles aux pavés inégaux qui escaladent les pentes entre les étroites maisons de la petite ville. S'il fait soleil, j'irai peut-être poser des casiers à homards dans la baie de Ravenel. Ou bien, j'embarquerai dans un doris avec un copain de l'île aux Marins pour aller à quinze milles en mer pêcher à la dandinette une morue ou un aiglefin qui fera mon déjeuner du lendemain. Il est encore plus probable que je traînerai sur les quais pour bavarder avec les matelots des chalutiers qui relâchent ici.

Dans l'après-midi, j'irai d'un pas tranquille faire un tour sur les longues pentes couvertes de bruyère qui s'étendent derrière la ville, je marcherai à travers les rochers entre lesquels poussent les lupins bleus et les herbes aux fortes senteurs jusqu'à la haute crête qui se dresse derrière le cap au Diable. De là-haut, je regarderai vers le sud-est, au-delà du moutonnement des toits de la ville, au-delà du grand havre et de la pointe de Galantry, vers un banc sinistre, « les Enfants perdus », derrière lequel il y a les rives canadiennes de Terre-Neuve.

Puis, le brouillard s'approchera, roulant ses volutes de vapeurs froides, et il sera temps de redescendre des collines, de s'avancer dans les ruelles fantomatiques jusqu'à La Joinville, dans le long bar où Jean m'offrira un pot « pour chasser le brouillard de mes os » et me racontera les fantastiques histoires du whisky, à l'époque où Saint-Pierre était l'objectif de tous les intérêts et parfois des pistolets de millions d'Américains privés d'alcool par la prohibition.

Jean me racontera une fois de plus comment les rangées de hangars en béton, aujourd'hui vides et sinistres, étaient remplis jusqu'aux toits de centaines de milliers de caisses de whisky, d'eau-de-vie, de rhum et de vin. Il me parlera des hommes aux impénétrables et durs visages qui montaient des navires sans nom, peints en noir, et les pilotaient vers d'obscurs rendez-vous sur les côtes de la Nouvelle-Angleterre.

Je referai tous ces gestes que j'ai faits jadis. Mais il y en a un que je ne pourrai faire revivre : Théophile Detcheverry ne sera plus là pour m'accueillir dans sa vieille maison et je ne pourrai plus rester pendant de longues heures à observer le rapide flot des passions sur son visage saturnien au nez en bec d'aigle, en écoutant sa puissante voix parler, dans un affreux mélange de bon français et d'atroce anglais, de ces îles qu'il connaît si bien et qu'il aime si profondément. Théo n'est plus. Mais je garderai son souvenir. C'est lui, plus que tout autre, qui m'a appris à connaître cet archipel où foisonnent les mythes et qui s'étend à douze milles des rives canadiennes, Saint-Pierre-et-Miquelon.

Comme les travaux nécessaires pour faire une « dame basquaise » de *Fleur de Passion* devaient prendre plusieurs jours, Théo suggéra que nous fassions hisser la goélette sur le slip du chantier. Il était certain que les charpentiers navals locaux trouveraient les voies d'eau et les boucheraient.

Pendant que le bateau serait au sec, nous aurions le temps de le repeindre et de le rendre beau pour la cérémonie du baptême.

J'étais assez pessimiste en ce qui concerne la possibilité de calfater les voies d'eau, mais la perspective de ne plus avoir à pomper tous les jours était si affriolante que je décidai de rendre visite au chantier et de me mettre d'accord avec ses patrons.

Le chantier était dans un état de décrépitude et d'encombrement incroyable. Sur l'un des slips, il y avait un pêcheur de Terre-Neuve, sur l'autre un chalutier espagnol rongé par la mer. Tout sentait le vieux bois, la fumée de charbon, le fer chaud. Un bâtiment lépreux abritait une antique et massive machine à vapeur qui entraînait les treuils destinés à hisser les navires sur les slips.

Trois ou quatre ouvriers étaient en train de caler à coups de marteau les accores destinées à maintenir en position le berceau du chalutier jusqu'à son lancement, prévu d'un moment à l'autre.

Un jeune homme au visage rond et coloré, avec une frange de moine en guise de chevelure, sortit un instant du bâtiment de la machine. Il cria quelque chose aux hommes qui préparaient le chalutier, puis il replongea dans son enfer de sifflements et de vapeur. Je me dirigeai vers son antre et, comme je franchissais un des rails de lancement, je faillis presque tomber sur une chienne.

Elle dormait, couchée sur le dos, les pattes étendues sans aucune pudeur, la tête tournée de façon que son nez reposait sur un coussin de déchets de ferraille. Elle était grande avec un large poitrail. Elle ronflait bruyamment.

Quand mon pied tomba à deux centimètres de sa gueule, elle ouvrit un œil jaune et me lança un long regard froid, mais elle continua de ronfler. Mes cheveux se dressaient un peu sur ma tête tandis que je m'éloignais en hâte de ce monstre capable de surveiller le monde d'un œil vigilant pendant son sommeil.

Je n'avais pas fait trois pas lorsque la sirène placée sur le toit de la chaufferie lança un hurlement effrayant. Ce bruit m'immobilisa mais la chienne bondit frénétiquement. Elle se mit à galoper à travers le chantier et disparut dans le labyrinthe des ruelles du port.

La sirène se tut et le garçon au visage coloré émergea de son bain de vapeur en s'épongeant le front avec son flanquet de chemise. Il m'aperçut et me fit impérativement signe d'approcher.

« Eh là, vous, dit-il, j'm'appelle Paulo. Aimez-vous Napoléon ? »

Napoléon n'est pas une des figures du passé que je préfère, mais, comme j'étais en territoire français, je cherchai une réponse peu compromettante.

« Je l'aime beaucoup, dis-je prudemment, mais je pense que de Gaulle était mieux. »

Il eut un regard étonné puis il me tendit une bouteille.

« Eh bien, goûtez voir ! »

C'était de la fine Napoléon. Elle était un peu chaude, mais bonne.

Entre deux gorgées (car Paulo n'était pas l'homme d'un seul verre) je l'entretins du projet de mettre *Fleur de Passion* à sec.

« Pas difficile, je serai enchanté de le faire. Une heure après que nous aurons lancé le chalutier. Mais dites donc, vous ne voulez pas un autre verre ? »

J'en repris un, il faut dire que j'étais encore sous le coup de l'émotion causée en moi par la chienne.

« Cette chienne, demandai-je, elle est à vous ? À la voir agir, on a l'impression qu'elle est folle ! »

Paulo me répondit avec une haleine fortement parfumée de fine Napoléon :

« Folle, cette chienne ? Blanche ? Oh non, mon vieux. Vous direz ce que vous voudrez, elle est plus maligne que moi. Attendez, et vous verrez.

— D'accord, mais pourquoi l'appelez-vous Blanche, elle est noire comme du charbon !

— Pourquoi pas ? répondit Paulo avec une certaine impatience. Il y a des gens qui s'appellent Lebrun, Leblanc, Lenoir, qu'est-ce que ça a à voir avec leur couleur ? En tout cas, cette chienne, elle a une âme blanche comme neige. »

Cela semblait d'une logique irréfutable. Nous étions assis ensemble sur un tas de bois et nous attendions. Je pensais que nous attendions le signal des hommes qui travaillaient au berceau, indiquant qu'ils étaient prêts à lancer le chalutier. Mais lorsque quelques minutes plus tard ils crièrent que tout était en ordre, Paulo se contenta d'agiter la bouteille et resta assis.

« Attendez-vous d'avoir plus de pression ?

— Non, non, répondit Paulo, nous attendons Blanche. »

C'est alors qu'à l'angle du principal bâtiment du chantier apparut un étrange assortiment de chiens. Ils allaient du saint-bernard au court sur pattes « crakie » originaire de Terre-Neuve. Ils passèrent en courant. Blanche formait la queue de la procession.

Paulo se leva et disparut dans son enfer personnel. Il donna trois brefs coups de sirène. Les hommes du berceau sautèrent à l'écart. Ils avaient à peine libéré le berceau que les chiens commencèrent à sauter dessus. Ils montraient peu d'entrain et plusieurs d'entre eux firent quelques timides tentatives pour battre en retraite vers la ville. Ce fut inutile. Comme un démon noir poussant les âmes damnées vers l'infernal séjour, Blanche prévint ces tentatives. Grognements et coups de dents découragèrent les déserteurs.

Le treuil se mit à gronder. Le grand tambour tourna en dévidant du câble. Le berceau frémit et commença de glisser vers l'eau. Les chiens étaient silencieux, sauf le saint-bernard qui, les yeux fermés, gémissait avec des sons rauques.

Bientôt tous les chiens furent à l'eau et nagèrent au hasard dans le bassin. Le berceau s'immergea et seules les extrémités de ses bras apparurent encore. Le chalutier mit ses machines en marche, se dégagea du berceau et s'éloigna vers le milieu du port. Le lancement était fini.

Mais il n'était pas complètement terminé. Le bassin était plein d'objets flottants parmi lesquels les accores de bois dur mais aussi les têtes des chiens qui nageaient. Je commençai à comprendre le pourquoi de l'étrange spectacle auquel j'assistais.

Chaque chien nageait vers une accore. Il choisissait chaque pièce de bois en accord avec sa taille et ensuite la poussait ou la tirait en nageant vers la plage.

Paulo apparut auprès de moi, un large sourire aux lèvres.

« Pas si folle, hein, Blanche ! Elle fait travailler ces sacrés clebs. Ils ne l'aiment pas, mais ils ne peuvent rien faire. Ils bossent, ou bien elle les mord. Cette Blanche sait les diriger. »

La chienne fut la dernière à regagner la rive. Elle jeta un coup d'œil pour s'assurer qu'il ne restait rien à rapporter au port, puis, sans même un regard pour ses assistants, elle alla calmement à sa place favorite et prit une position confortable pour se reposer au soleil. Alors seulement, l'équipe des chiens se glissa à l'extérieur du chantier. Ils avaient reçu l'ordre de rompre les rangs.

J'avais quelques questions à poser à Paulo. Nous nous rendîmes à l'Escale et c'est là qu'il me raconta l'histoire.

Blanche, me dit-il, n'appartenait ni à lui ni à personne. Elle venait à l'origine du petit port de Grand-Bruit, sur la côte sud de Terre-Neuve, à cent milles à l'ouest de Saint-Pierre.

Grand-Bruit est renommé pour ses chiens noirs

maritimes qu'il ne faut pas confondre avec les labradors ni les terre-neuve géants. Ces deux races semblent dérivées d'une race de chiens maritimes indigène qui a dû évoluer naturellement à Terre-Neuve, à moins qu'il ne s'agisse d'une espèce disparue en Europe, apportée il y a quelques siècles par les pêcheurs basques. Ces chiens, dont les prouesses aquatiques sont vraiment phénoménales, étaient embarqués autrefois sur presque tous les bateaux de pêche. Ils avaient une double fonction : repêcher les hommes qui tombaient à la mer et récupérer les morues qui se détachaient des lignes quand on les remontait à bord.

Durant plusieurs années, Blanche était allée pêcher avec son maître, patron d'une goélette à deux doris, armée à Grand-Bruit. Par une mauvaise nuit de février, la goélette fit côte à la pointe de Galantry près de Saint-Pierre. Son équipage et le chien réussirent à gagner le rivage où l'on prit soin d'eux jusqu'à ce qu'ils trouvent un passage de retour.

Le premier qui s'offrit était à bord d'une grande goélette de Fortune Bay qui partait pour une campagne aux Grands Bancs. Le maître de Blanche confia la chienne à Paulo jusqu'à son retour. Mais la goélette ne revint jamais. Elle se perdit corps et biens et l'on ne retrouva aucune trace ni du navire ni de son équipage.

Blanche s'installa dans le chantier comme chez elle. Avant sa venue, les ouvriers étaient obligés de ramer dans tout le port afin de récupérer les accores flottant à la dérive. Un matin, la chienne décida de faire le travail à leur place. Elle s'en acquitta si bien qu'on l'inscrivit sur la feuille de paye.

Bien qu'elle fût une femelle, elle rejetait avec mépris les avances des corniauds hérissés de la ville. Ces voyous n'étaient pas son genre. Puis, un printemps, un élégant mâle noir de sa race arriva à bord d'une goélette de Terre-Neuve. Il y eut un bref roman d'amour avant que son bien-aimé reprît la mer et Blanche attendit des petits.

Elle accomplit son devoir au chantier jusqu'au jour où Paulo et ses hommes commencèrent de s'inquiéter à son sujet. Il n'était pas convenable qu'une dame dans une situation intéressante travaillât si dur dans des eaux glacées. Ils essayèrent de la persuader de prendre un congé de maternité. Blanche refusa. Elle avait une solution très personnelle à ce problème.

Un après-midi, comme Paulo donnait le signal du lancement, au lieu de courir au berceau, Blanche fila vers la grille et disparut. Paulo fut surpris. Il le fut encore plus lorsqu'elle réapparut quelques minutes plus tard, poussant devant elle à coups de dents dans les jarrets un superbe épagneul appartenant au gouverneur de l'île. Elle traîna sans pitié la pauvre bête jusqu'au berceau, et la força de monter dessus. Elle l'y retint jusqu'à la fin du lancement, puis elle la contraignit de rassembler les accores.

« Elle a entraîné ce chien une seule fois, m'expliqua Paulo. Après, il savait ce qu'il avait à faire, mais il n'aimait pas ça. La première fois, il pleura à fendre l'âme, mais il n'avait pas le choix. Ensuite, chaque fois que je faisais marcher la sirène, Blanche filait le chercher. Une fois, il s'est caché, mais le lendemain elle l'a attrapé dans la rue et elle lui a à moitié arraché une oreille. Depuis, il obéit. »

Avant la naissance de ses chiots, Blanche avait réussi à recruter et entraîner son équipe au point que le travail pouvait se faire sans elle. Une fois les petits sevrés et embarqués sur divers bateaux, elle avait conservé son équipe, non qu'elle en eût réellement besoin, mais, à ce qu'il faut croire, pour le plaisir de faire d'honnêtes chiens travailleurs avec une bande de citadins bons à rien.

« À chaque instant, elle en amène de nouveaux, me dit Paulo. Ce doberman-là, c'en est un. Mauvais nageur. J'espère qu'il ne se noiera pas. Il appartient au nouveau lieutenant de gendarmerie. Encore un de ces sacrés Parisiens… »

Ce même après-midi, *Fleur de Passion* prit place sur le berceau et fut halée à terre. Elle avait l'air d'un jouet au milieu de toute cette énorme machinerie et le *Sandy Point* sur le slip voisin la rendait totalement insignifiante.

Comme Mike le fit remarquer sans galanterie :

« On dirait que le *Sandy Point* a accouché d'une prématurée plutôt verdâtre. Je me demande si le bébé est viable ? »

En vérité, *Fleur de Passion* avait l'air d'un enfant maladif. Non seulement ses couleurs étaient horribles, mais l'état général de sa santé laissait beaucoup à désirer. Quand l'équipe des calfats se rassembla pour examiner ses fonds poreux, il y eut des hochements de tête et des regards en coin fâcheusement expressifs.

Ils se mirent néanmoins au travail avec décision. D'incroyables quantités d'étoupe disparurent, avalées par les coutures béantes. Un bordé tout entier, si pourri qu'on pouvait y enfoncer toute la lame d'un couteau, fut enlevé et remplacé. Tous les joints des entrées et des évacuations d'eau furent démontés et changés, ainsi que quantité d'autres pièces de toutes sortes.

Théo nous avait donné des instructions pour la peinture.

« Messieurs, vous me ferez le plaisir d'enlever la peinture verte, nous avait-il dit. La coque sera noire. Le rouf sera blanc, les œuvres vives, rouges. Sous le cale-pied, vous ferez peindre un filet jaune. Le pont sera chamois. Vous gratterez les mâts et les vergues, vous les huilerez et vous peindrez les fusées et les pommes de mâts en blanc. Quand vous aurez fini, elle n'aura plus l'air d'un cadavre tiré de la mer, mais d'une chouette goélette basque. »

Au cours des jours suivants, les préparatifs du baptême furent terminés. Ils étaient confiés au gendre de Théo, Martin Dutin, qui fut promu chef du protocole à cette occasion.

Parmi les tâches dont se chargeait Martin, il y avait le recrutement d'un père dominicain qui baptiserait le bateau dans les règles, la confection d'un pavillon basque à hisser en tête du grand mât et le problème philologique de traduire « *Fleur de Passion* » en basque. À cela s'ajoutait l'organisation du baptême en public et d'une importante réception afin de célébrer la résurrection de la marine marchande basque.

La remise à l'eau fut, dans son genre, également une festivité. Tandis que Blanche rassemblait ses esclaves canins sur le berceau, la plupart des ouvriers du chantier et quelques marins espagnols s'entassèrent à bord de *Fleur de Passion*. Le berceau glissa doucement à l'eau et la goélette flotta de nouveau. Elle dériva en se dégageant tandis que les chiens rassemblaient les accores. Mike mit le monstre en marche et nous allâmes au moteur jusqu'à l'appontement du gouvernement. Les passagers avaient apporté quantité de cadeaux à l'occasion du lancement. C'étaient principalement des cadeaux en liquide. On fêta l'opération réussie.

Les soins dispensés aux voies d'eau semblaient en avoir guéri la goélette. Cela méritait une nouvelle célébration, au café de l'Escale.

Il était très tard lorsque Mike et moi quittâmes l'Escale. La nuit était particulièrement noire et brumeuse. Nous avions négligé de prendre une torche électrique, de sorte que notre seule source lumineuse était celle due aux alcools ingurgités dont nous soufflions devant nous les phosphorescentes vapeurs.

Nous eûmes toutes les peines du monde à trouver le chemin du port et ensuite notre bateau.

Lorsque nous descendîmes dans ses obscures profondeurs, nous n'avions même pas la flamme d'une allumette pour nous éclairer.

J'étais tellement habitué au bateau et j'avais eu tant d'intimes contacts avec les barrots du pont, les pièces saillantes du moteur et autres obstacles que je pouvais les éviter les yeux fermés. Je descendis donc le premier et les calamités commencèrent.

Je posai mon pied dans quelque chose qui craqua sous mon poids, je glissai, et finalement j'embrassai le torse froid du moteur.

Je ne jurai pas, ce qui prouve à quel point j'étais éberlué. Je n'étais pas seul dans le compartiment du moteur. Il y avait tout autour de moi des bruits de succion, de borborygmes, de grattements, et des êtres mystérieux et inquiétants bougeaient sous mon corps abattu, grimpaient sur mes jambes étalées. Je me débattis, je me dégageai, trouvai la lampe dans le carré et l'allumai d'une main tremblante. Mike, qui s'était engagé dans la descente, s'arrêta aussitôt. Dans la faible lueur de la lampe nous venions de voir pourquoi nous n'étions pas seuls à bord.

Au début de la soirée, Paulo avait apporté un cadeau. C'était un grand carton rempli de crabes. Ne trouvant personne, il l'avait déposé au pied de l'échelle où il était sûr que nous le trouverions.

Ce n'étaient pas là les petits crabes insignifiants de nos plages. C'étaient des étrilles de haute mer, robustes et agiles, dont les carapaces avaient de quinze à vingt centimètres de largeur et qui agitaient des pinces redoutables.

Paulo avait pensé que nous en ferions un festin, mais les crustacés étaient d'un avis opposé. Nous réussîmes à en cerner quelques-uns et à les fourrer dans un panier mais le reste se montra trop fuyant ou trop bien armé pour que nous puissions les attraper. La plupart cherchèrent le salut dans les fonds, où ils disparurent sous les lattes des planchers.

Après nous être convaincus mutuellement, pour nous rassurer, que les crabes de Saint-Pierre, contrairement à ceux du Pacifique, ne sont pas des grimpeurs, nous nous roulâmes, épuisés, dans nos couchettes.

Nous reprendrions la poursuite le lendemain, au jour, et les orteils protégés par des bottes de mer.

Ç'avait été une journée longue et épuisante.

14
Sally gratte-cul

Mike, les crabes et moi, nous nous étions endormis vers quatre heures du matin tandis qu'une pluie battante fouettait le rouf du carré. Nous fûmes éveillés à sept heures par un poing pesant qui frappait au panneau de descente.

De fort mauvaise humeur, j'allai ouvrir et découvris qu'il pleuvait encore en dépit d'un brouillard toujours aussi épais. Un groupe de personnages dégoulinant d'eau se tenait sur le quai. Il y avait un jeune prêtre et deux enfants de chœur, Théophile Detcheverry, son fils Georges et Martin Dutin. Dans l'aube irréelle, ils avaient l'air d'une gravure de Dürer représentant un cortège funèbre venu chercher un cadavre.

Tandis que tout ce monde s'entassait dans le carré mal clos, Martin chuchota des excuses pour l'heure matinale. Il expliqua que le père n'avait pu trouver un autre moment de liberté. Il ajouta que le religieux avait un rhume de cerveau aussi liquéfiant que carabiné, qu'il pouvait à peine parler et qu'il voulait en finir au trot.

Je n'y voyais pas d'inconvénient. Je claquais des dents, debout, en tricot de corps, et j'aspirais à regagner la tiédeur de mon sac de couchage. Mike, lequel ne portait même pas de sous-vêtements, était toujours dans le sien et ne montrait aucun désir de s'en extirper.

Le service fut, Dieu merci, très simple. Pendant que les deux enfants de chœur entonnaient un chant liturgique, le prêtre sortit une bouteille d'eau bénite qu'il déboucha et posa simplement sur la table du carré.

À l'exception de Mike, nous essayions de nous tenir debout, ce qui ne se peut à bord de *Fleur de Passion*. Nous penchions donc la tête, courbions le dos et pliions les genoux. Quant à Mike, il se tortilla au point de réussir à adopter une position semi-agenouillée. Le sac de couchage protégeait notre pudeur mais son attitude n'était guère révérencieuse. Il avait assez l'air d'un chamelier de mauvaises mœurs s'éveillant dans l'aube glacée du désert pour faire ses dévotions matinales à Allah.

Avec de discrets reniflements, le père marmonna une ou deux prières, puis, prenant la bouteille d'eau bénite, il se prépara à donner au bateau son nouveau nom. Au moment précis où il le prononçait, il fut convulsé par un gargantuesque éternuement.

L'eau bénite arrosa tout. En une brillante parabole, elle traversa la table et vint inonder la couchette de Mike. Elle ricocha en gouttelettes sur nos visages remplis de dévotion. Horriblement gêné, le père expédia le reste de ses bénédictions et battit promptement en retraite.

Les Detcheverry et Martin ayant fait de même, Mike, les crabes et moi restâmes seuls pour méditer sur l'événement. Mike éprouvait une sympathie plus profonde que la mienne pour le père.

« Ne rigolez pas, Mowat, me dit-il tout en vidant l'eau bénite de son sac de couchage. Essayez plutôt de prononcer le nom de ce sacré bateau et vous verrez ce que ça donne. »

J'essayai, et je compris. Mais pourquoi le lecteur n'en ferait-il pas autant lui-même ?

Itchatchozale Alai.

Bien que Mike et moi nous nous soyons exercés très longtemps, nous n'y sommes jamais parvenus. Mike trouva par la suite une version modifiée qui parut le ravir, mais qui, concernant mon petit bateau, ne me semble réellement pas acceptable : *Itchy-Ass-Sally*, ce qui donne en français « Sally gratte-cul », un nom vraiment impossible...

Les Terre-Neuviens ont un dicton selon lequel un voyage mal commencé finit bien. Il en fut ainsi de notre baptême. Pendant que nous tentions de maîtriser notre nouveau nom, Théo et Martin revinrent à bord avec une bouteille contenant un liquide d'un vert très particulier.

Sans souci de la pluie, Théo embarqua dans notre minuscule canot et se mit à peindre le nouveau nom en lettres d'or sur le tableau arrière. Pendant ce temps, Martin déployait fièrement le nouveau pavillon confectionné pour nous. C'était un superbe ouvrage de soie, brodé d'or sur fond rouge. On y voyait un blason fait d'une croix vert et blanc et du dessin des sept provinces basques avant que les Français n'en eussent annexé quatre et les Espagnols les trois autres.

Après m'avoir présenté solennellement le pavillon, Martin déboucha la bouteille de liqueur verte.

« Ceci, nous dit-il, est de l'izarra. C'est la boisson nationale du Pays basque. Nous allons pouvoir porter un toast à *Itchatchozale Alai* avec son alcool naturel ! »

C'est ce que nous fîmes et, immédiatement après, le jour parut s'éclaircir. Quand j'eus goûté à l'izarra, je ne m'étonnai plus qu'il ait fallu huit siècles aux Espagnols et aux Français pour conquérir les Basques et je compris pourquoi, jusqu'à présent, ils ne sont pas encore complètement parvenus à les soumettre.

Vers onze heures, ce fut l'heure du baptême public. La pluie avait cessé et le brouillard s'était éclairci. Une grande foule s'était rassemblée sur le quai et un certain nombre d'invités de marque étaient montés sur le bateau de Paulo.

Le capitaine et l'équipage d'un chalutier basque espagnol avaient risqué les vengeances de Franco en pavoisant leur navire couvert de rouille avec tous les pavillons et les flammes qu'ils avaient pu trouver.

Paulo avait « emprunté » un canon de bronze antique qui se trouvait habituellement sur le gazon devant la maison du gouverneur et il l'avait installé sur le tillac de son vieux bateau. Lui et un de ses camarades s'activaient à une inquiétante besogne avec une boîte de poudre noire et des rouleaux de coton.

À l'heure prescrite, Martin, chef du protocole, monta sur le rouf du bateau de Paulo. Le groupe folklorique basque, vêtu du costume traditionnel, fit retentir ses fanfares. Martin prononça un charmant petit discours en français et en basque. Quand il eut fini, il se tourna vers Mme Detcheverry, qui avait été choisie comme marraine du bateau, et l'invita à accomplir sa mission.

Elle le fit avec décision et lança une bouteille d'izarra ornée d'un flot de rubans avec un tel enthousiasme que la bouteille manqua l'étrave de la goélette, cassa le ruban qui la retenait, voltigea par-dessus le pont et vint éclater sur le grand mât à trois mètres au-dessus de nos têtes. Ensuite, la ville de Saint-Pierre rendit hommage à notre bateau. Les cornes de brume et les sirènes résonnèrent à tous les échos. Enfin, un peu retardé à cause de difficultés avec ses allumettes, Paulo bouta le feu à son canon. Ce fut un coup de maître. Le lourd tube de bronze cracha un jet de flamme d'un mètre cinquante à travers un immense nuage de fumée noire. Il déclencha un grondement comparable à celui de deux planètes en collision. Il n'y avait heureusement personne derrière le canon, car la pièce cassa les câbles par lesquels Paulo l'avait amarrée à son guindeau, bondit en arrière comme une fusée, perfora tout l'avant de la timonerie et vint retomber sur la plage arrière où elle resta, exhalant une petite fumée, épuisée par son effort.

Durant toute la journée, *Itchatchozale Alai* reçut d'innombrables visiteurs et, le même soir, Ella Girardin donna une soirée de gala en l'honneur de la goélette au café de l'Escale.

Cette réception eut deux conséquences principales. La première fut que l'on décida de sortir avec *Itchy* (ce diminutif fut choisi la même nuit car les Basques eux-mêmes commençaient à avoir du mal à prononcer son nom) pour se rendre en voyage officiel à la forteresse basque de Miquelon. La seconde fut l'engagement, dans l'équipage, d'une jeune fugitive de Toronto qui avait des cheveux blond doré et répondait au nom de Claire. Elle était venue passer un mois dans l'île afin de perfectionner son français. Je ne fus pas longtemps à la persuader de compléter ses études par un cours d'anglais supérieur, dont le professeur était, bien entendu, moi-même.

Resplendissante sous sa nouvelle couche de peinture, son nom éclatant en lettres d'or, son nouveau pavillon flottant gaiement en haut du grand mât, son compas réglé et son moteur temporairement ramené à la raison, *Itchy* avait l'air d'un bateau neuf. Je commençais à me sentir discrètement fier d'elle et j'avais même presque une certaine confiance, encore assez modeste il est vrai, dans ses qualités nautiques. Telle fut l'ambiance dans laquelle nous nous préparâmes à nous rendre à Miquelon, trois jours après le baptême.

Les invités réunis pour ce voyage se comptaient par quinze personnes et deux chiens. De plus, ils étaient accompagnés d'un incroyable assortiment d'impedimenta, parmi lesquels : des fusils de chasse, d'énormes paniers de nourriture et de bien plus énormes encore paniers de vin et d'alcool, un télescope, plusieurs fauteuils transatlantiques et un phonographe à ressort Victrola.

Nous essayâmes de trouver de la place pour tout ce matériel et ses différents propriétaires, et nous échouâmes. Il n'y avait tout simplement pas assez d'espace vital. L'infatigable Martin sauta sur le quai. Il revint dix minutes plus tard aux avirons d'un doris presque aussi long qu'*Itchy*. Nous amarrâmes ce monstre à notre arrière et nous y entassâmes toutes sortes de denrées plus ou moins consommables, y compris les deux chiens, les trois fauteuils et également trois des dames les moins attirantes. Aucune de ces trois infortunées n'avait jamais mis les pieds dans un bateau auparavant, de sorte qu'elles acceptèrent sans discuter mes affirmations selon lesquelles nous leur permettions d'occuper les aménagements de luxe tandis que le reste d'entre nous s'entasserait à bord de la goélette bondée.

Notre départ n'eut rien de spectaculaire. Le doris, chargé à couler bas, remorqué à l'arrière, n'ajoutait rien aux qualités nautiques d'*Itchy*. Le moteur tournant à pleins gaz, toute la toile hissée et pleine de vent, nous nous traînâmes hors du port à une vitesse inférieure à trois nœuds.

La traversée ne fut pas marquée en général par des événements importants, mais il y eut quelques incidents mineurs. Comme nous étions au milieu de la grande baie qui sépare Langlade de Miquelon, la remorque cassa et le doris partit à la dérive. Les opérations de sauvetage ne furent pas entreprises immédiatement parce que quelques membres de l'équipage, notant combien la vitesse et la tenue de mer d'*Itchy* s'étaient améliorées par la perte du doris, conclurent que les passagers de ce dernier pouvaient très bien continuer la traversée vers Miquelon à l'aviron, par leurs propres moyens. Cette proposition fut finalement rejetée pour des raisons d'humanité. La plupart d'entre nous sentaient qu'il serait déloyal d'exposer les deux chiens à passer la nuit en mer.

Il y eut un autre incident lorsque deux de nos plus charmantes invitées descendirent pour ouvrir les paniers à provisions (les paniers contenant des liqueurs s'étaient déjà ouverts tout seuls et spontanément). Les deux dames réapparurent rapidement et elles furent très, très, très malades. Une bonne partie passa par-dessus bord, mais une quantité appréciable se répandit sur elles-mêmes et sur ceux qui s'entassaient dans le cockpit.

Quand elles furent un peu remises, elles s'attaquèrent à Mike et à moi avec des mots cinglants. Elles dirent que la puanteur du carré était capable de faire vomir un cheval mort. Toutefois, comme c'étaient des Françaises, elles étaient enclines à l'exagération. La puanteur n'était pas si terrible.

En fait, Mike et moi, nous nous étions habitués à vivre avec et nous n'y prêtions plus d'attention. Elle provenait de plusieurs douzaines de crabes qui, après avoir rampé au-dessous des lattes du plancher, avaient consommé l'eau empoisonnée de la sentine. Ils s'étaient ensuite rendus, pour s'y reposer éternellement, dans des endroits où il était absolument impossible de récupérer leur dépouille mortelle.

La présence de ces crabes eut pour effet un tableau assez piquant. L'un de nos invités était si impressionné de se trouver dans un si petit bateau sur un si grand océan qu'il ne pouvait supporter de rester sur le pont. Mais, à cause des crabes, il ne pouvait pas non plus rester en bas. Il résolut ce problème en passant tout le voyage accroupi dans le carré, sa tête sortant par un hublot. Vu du pont, il ressemblait exactement à une tête de caribou naturalisée à laquelle on aurait enlevé les cornes.

Après huit ou neuf heures de mer, nous pénétrâmes dans le port de Miquelon à la tombée de la nuit. La nouvelle de notre arrivée nous avait précédés et, lorsque nous doublâmes le rocher du Chat pour découvrir la baie, une douzaine de grands doris de Miquelon multicolores, chacun d'eux muni d'une petite timonerie au centre du navire, ce qui leur donne un aspect un peu vénitien, vinrent à notre rencontre.

La colonie de Miquelon est presque entièrement formée de Basques et ils accueillirent *Itchy* comme si elle était réellement venue de leur patrie à travers les ombres océanes du temps. Les doris nous firent escorte et nous nous dirigeâmes vers le petit village avec notre pavillon basque fièrement hissé.

Entourés d'une masse de gens qui semblaient en véritable ébullition, nous allâmes au bourg de Miquelon en passant devant l'église grise sur la piste sableuse qui forme l'unique rue de la localité. La nuit, cette chaussée se transforme en dortoir pour de nombreux petits poneys noirs et de nombreux gros chiens noirs. Ils jonchent la route sans qu'on puisse les distinguer les uns des autres.

Tard dans la nuit, Mike revenait vers le bateau le long de cette piste lorsqu'il buta dans une bête endormie. Comme c'est un garçon bien poli, il essaya de s'excuser.

« Bon chien, gentil toutou, bon garçon ! » dit-il avec platitude.

Le chien répliqua avec un hennissement menaçant et Mike en fut si impressionné qu'il sauta en arrière pour entrer en collision avec une autre forme endormie. Il n'allait pas faire deux fois la même erreur.

« Désolé, petit cheval », dit-il en hâte en s'éloignant de même.

Je le rencontrai quelques minutes plus tard et il était encore ému.

« Écoutez, me dit-il, je crois que nous devrions filer d'ici. C'est déjà assez embêtant de se cogner sur un chien qui hennit mais, quand les chevaux se mettent à grogner, il vaut mieux ficher le camp. »

L'hospitalité basque dépassait tout ce que nous avions pu imaginer. Vers minuit tout formalisme s'était évanoui dans des solvants puissants à base d'alcool et il y avait tant de gaieté dans l'air que les chiens et les chevaux ne pouvaient plus dormir. Ils s'éloignèrent tristement pour aller passer la nuit sur le terrain de football et, quant à moi, je rentrai à mon bord.

Une légère brise s'était levée de l'est et, bien que ce ne fût qu'un zéphyr, j'étais inquiet pour le mouillage d'*Itchy*. Je me fis chauffer un pot de café et je m'assis sur le pont, flairant le brouillard qui arrivait et prêtant l'oreille à la lente montée de la houle de l'océan contre les piliers de la jetée. Peu à peu, j'entendis un nouveau bruit qui venait de la mer invisible. C'était le lent battement de cœur, bruit inimitable, d'un moteur deux temps. Quelqu'un faisait une entrée tardive à Miquelon dans un petit bateau. J'espérais qu'il savait où il allait, car la visibilité ne dépassait pas quelques mètres.

Quelques minutes plus tard, le bruit du moteur s'éteignit et il n'y eut plus que le chuintement de la lame d'étrave avant que quelque chose ne tosse doucement le long de la coque d'*Itchy*.

« Hé là, montrez vos couleurs et je vous accueillerai ! » criai-je dans l'obscurité.

Il y eut un silence assez long, un peu troublé par une respiration profonde et inquiète, puis une voix enrouée s'éleva :

« Qui êtes-vous ?

— *Itchatchozale Alai*, de Saint-Pierre.

— Seigneur Jésus, nous sommes bien contents de le savoir. Nous pensions que vous étiez la vedette de police qui nous attendait, nous avons cru que nous étions pincés. »

Quelqu'un me lança une amarre. Je la tournai sur un taquet puis deux corps vêtus de cirés jaunes grimpèrent sur le pont d'*Itchy*. Ils se présentèrent comme étant les frères Manuel.

Il y avait Almon et Hondas. Almon, l'aîné, avait la quarantaine. C'était un homme au torse épais, avec un visage rouge buriné et de durs yeux bleus. Hondas, plus jeune d'un an ou deux, était peut-être plus lourdement construit encore, mais il était noir de cheveux, d'yeux et de peau. C'étaient deux sacrés lurons.

C'étaient également deux sacrés lurons bien soulagés. Je m'en aperçus lorsqu'ils me suivirent en bas pour se réchauffer avec du rhum et du café. Ils m'expliquèrent qu'ils arrivaient de Selby Cove, dans la baie de l'Ermitage, sur la côte de Terre-Neuve, à quarante milles au nord de Miquelon.

« Nous sommes venus prendre de la camelote, savez-vous ? m'expliqua Almon. Et, mon cher monsieur, quand nous sommes arrivés le long de votre bateau, nous nous demandions si ce n'était pas la police montée qui nous attendait. C'est une sale race !

— Oui, ajouta Hondas, ça aurait été bien dur pour les gens de Selby Cove s'ils nous avaient pincés. Il y a trois mariages la semaine prochaine et rien à boire ! »

Après que les Manuel se furent réchauffés, je les accompagnai jusqu'au village où ils devaient retrouver leur fournisseur, un pêcheur local qui dirigeait également une « affaire d'exportation » et qui fit un chaleureux accueil aux deux frères. Après que l'on m'eut assuré que le vent ne forcirait pas, j'acceptai de m'asseoir avec les trois hommes dans la cuisine pendant qu'ils parlaient du « jeu ».

Il y a plus de cent quarante ans, le gouvernement britannique, agissant à la demande des marchands les plus voleurs de Saint-Jean, décida d'interdire la liberté du commerce entre les petits ports de pêche isolés et épars sur la côte sud de Terre-Neuve et l'archipel français de Saint-Pierre-et-Miquelon. Ainsi commença un combat qui continue de nos jours. Les autorités en parlent comme d'une guerre à la contrebande, mais les gens qui s'y livrent l'appellent tout simplement « le jeu ».

Durant sept ou huit générations, des bateaux sont sortis durant les nuits de brouillard des petites criques de Terre-Neuve et ont traversé pour ainsi dire à tâtons, dans l'obscurité, le dangereux bras de mer vers Miquelon ou vers Saint-Pierre. Autrefois, ils troquaient de la boette, du saumon, du bois à brûler, de la viande de caribou et des fourrures contre du sucre, de la farine, des vêtements, du thé et du rhum.

Au cours des dernières années, les affaires ont un peu changé. Il n'y a pas pénurie de vivres dans le sud de Terre-Neuve, mais la pénurie d'alcool est toujours aussi aiguë qu'autrefois. Les clients nocturnes qui viennent à Miquelon, actuellement, paient comptant, non pas pour du rhum, mais pour de l'alcool de grain pur. Cette gnôle est fournie en bidons de cinq litres, hors taxes (deux bidons dans une caisse de bois) ou dans des fûts métalliques de vingt litres, au prix d'environ deux francs cinquante le litre. Un litre proprement coupé d'eau est l'équivalent en quantité d'alcool de trois ou quatre quarts de pinte de la gnôle gouvernementale.

Avant que le pays n'ait été confédéré avec le Canada, les forces de répression du gouvernement terre-neuvien consistaient en quelques vieilles vedettes montées par des Terre-Neuviens d'origine, dont les sympathies allaient plutôt aux pêcheurs. En ce temps-là, on arrêtait très peu de monde. Après la confédération, les missions de police furent confiées à la police royale montée canadienne, une organisation notoirement efficace et également antipathique. La police montée se décida à supprimer « le jeu » en mettant en service des vedettes rapides telles que *Commissioner Wood*, une véritable canonnière, à moitié aussi grosse qu'un destroyer, montée par vingt à trente policiers et armée de canons à tir rapide, radar, radio spéciale et un arsenal de moyens modernes pour la défense de la loi et de l'ordre. Selon toute probabilité, la police montée aurait dû gagner haut la main. Qu'elle ne l'ait pas déjà fait est un hommage que l'on peut rendre à l'indépendance, l'intelligence, l'astuce, la hardiesse et bien plus encore à la soif des pêcheurs de Terre-Neuve.

Quand les frères Manuel regagnèrent leur bateau, je les aidai à embarquer leur chargement. Il consistait en six caisses d'alcool, douze bidons en tout. Tandis que nous chargions les caisses, je notai qu'il y avait un certain nombre de grands sacs au contenu indéterminé dans la cale à poisson.

Hondas attachait chaque caisse avec un filin qu'il reliait ensuite à l'un des sacs. Ces sacs étaient remplis de sel. Ce sel avait été fourni gratuitement sous la forme d'une subvention à la pêche par le gouvernement canadien qui ne se doutait de rien, ce qui ajoutait une charmante touche d'humour à la chose. Les frères Manuel m'expliquèrent que ce sel était leur police d'assurance.

« Si une de leurs vedettes nous tombe dessus, nous balançons les sacs et les caisses par-dessus bord. Le sel étant lourd, il entraîne les caisses au fond. Elles y restent jusqu'à ce que le sel ait fondu. La durée dépend de la quantité de sel et de la nature du sac. Un sac de jute de vingt-cinq kilos de sel fond en quinze heures mais vingt-cinq kilos de sel dans un sac à farine mettent vingt-quatre heures à fondre. Vous pouvez calculer le temps avec une vraie précision. Quand le moment est venu où les caisses remontent à la surface, il y a toujours quelques doris dans les environs, en train de taquiner innocemment la morue. Les hommes des doris mettent les caisses dans leur cale à poisson, les recouvrent de morues et le coup est joué. La police montée est couillonnée.

Les frères Manuel trouvèrent un auditoire plein

de sympathie en ma personne car je suis toujours pour la souris contre le chat, pour le particulier contre les autorités constituées, surtout quand les autorités menacent la liberté individuelle. Je suis surtout en faveur de la gnôle à bon marché.

Quand la cargaison fut arrimée, Almon me lança un long regard interrogateur. Il était en train de penser à quelque chose.

« Patron, me dit-il lentement, c'est un joli bateau que vous avez là ! On pourrait y mettre une belle cargaison. Qu'est-ce que vous diriez d'un petit voyage à la baie d'Ermitage ? »

J'hésitai pendant un interminable dixième de seconde.

« Je dirais oui. »

Nous nous serrâmes la main et bûmes le coup du départ. Les Manuel sautèrent dans leur coque de noix qui, chargée à ras bord, disparut, avalée par le brouillard dans la nuit obscure.

L'invitation de Manuel ne pouvait être acceptée immédiatement. Lors du voyage de retour à Saint-Pierre, le lendemain, le moteur, ce monstre, manifesta toute sa mauvaise volonté et revint à sa nature bestiale. Il ne consentait à fonctionner que si je m'installais à califourchon au-dessus du volant tandis que je maintenais un doigt appuyé sur la magnéto. Cette magnéto était brûlante. Les gaz du monstre étaient suffocants et la posture dans laquelle je devais me tenir pour éviter d'être émasculé par le volant tournant à toute vitesse était si pénible qu'il s'écoula plusieurs heures après l'arrivée à Saint-Pierre avant que je ne fusse capable de me tenir debout. Ce soir-là, je fis le serment solennel que la goélette ne repartirait pas avant que le moteur ait été estoqué une fois pour toutes.

15
Le voyage de l'*Oregon*

Je confiai le problème du moteur à Paulo, qui engagea, pour s'en occuper, le mécanicien le plus talentueux de Saint-Pierre.

Cet homme, Jean-Pierre, était un petit type à barbe noire, constamment coiffé d'un béret graisseux enfoncé sur ses oreilles comme un heaume. Il était capable de fabriquer ou de réparer n'importe quoi. Pendant la guerre, il avait construit un avion pour défendre son île natale au cas où la Luftwaffe aurait osé la menacer. Lors de son premier vol, décollant d'une prairie au sud de la ville, l'avion heurta une vache. La vache fut tuée, mais Jean-Pierre s'en tira sans blessures.

« Très fort, cet aéroplane », me dit-il avec tout l'orgueil d'un bon ouvrier.

Jean-Pierre pensait qu'il lui faudrait trois jours pour refaire le moteur et ce fut un de ces trois jours-là que Théophile m'invita, avec Claire, à faire une sortie sur son bateau, l'*Oregon*.

Le nom du doris de Théo ne venait pas de celui d'un État américain, mais d'un navire. Cet *Oregon*-

ci avait été un grand transatlantique à passagers. Pendant la guerre, alors qu'il allait d'Europe à Halifax chargé de réfugiés dont la plupart étaient des femmes et des enfants, il avait eu des avaries de machine et il était resté en arrière de son convoi.

Comme il n'était pas très éloigné des îles françaises, son capitaine décida de relâcher à Saint-Pierre pour réparation. Il n'y était jamais entré auparavant. Ses cartes n'étaient pas à jour. En raison de la guerre, les phares et les cornes de brume ne fonctionnaient pas. Néanmoins, le commandant de l'*Oregon* tenta d'entrer dans le chenal nord la nuit, dans le brouillard, sans radar et sans pilote.

Cette même nuit, Théo, dans son doris, rentrait de Miquelon et il se dirigeait dans le brouillard grâce à ce sixième sens que lui et ceux de sa race possèdent au plus haut point. Il entendit le vapeur avant de le voir et changea de cap pour observer le genre de bateau qui tentait l'entrée du chenal dans une nuit pareille.

Il surgit soudain devant lui, silhouette noire et monstrueuse, qu'il prit tout d'abord pour un navire de guerre allemand, le *Scharnhorst*, en train d'exécuter un raid sur l'île. Mais quand la coque haute comme une falaise passa devant lui, il vit qu'il s'agissait d'un paquebot. Il comprit également qu'il était dans un danger immédiat. Il avançait directement vers le rocher Saint-Pierre, un écueil qui se dresse au milieu du chenal et dont il n'était plus qu'à un mille et demi.

Il n'est pas facile pour un homme dans une

petite embarcation, dans une obscurité presque complète et sans moyens lumineux, d'attirer l'attention des officiers de quart d'un grand navire. Théo y parvint. Par la suite, il déclara qu'il y avait perdu la voix, encore que quiconque ayant entendu les grondements de sa basse ne prît pas la chose trop au sérieux. Le fait est qu'il réussit à se faire entendre et à persuader le capitaine de stopper le navire. Ensuite, il monta à bord, lui permit d'éviter le danger et le pilota jusque dans le port.

Théo refusa d'accepter une récompense pour avoir sauvé le navire et, très probablement, la vie de nombre de ses passagers. Il demanda seulement l'autorisation de donner à son doris le nom de l'*Oregon* en souvenir de l'événement.

Officiellement, le voyage auquel Claire et moi étions invités était destiné à conduire Martin Dutin, un jeune professeur nommé Bernard et leurs deux épouses au Grand-Barachois de Miquelon où ils allaient passer quelques jours de pêche et de chasse. Pour Claire et moi, il s'agissait d'une croisière de vacances pendant laquelle nous allions explorer quelques endroits de la côte chers à Théo et qu'il voulait nous faire connaître. Le pauvre Mike fut laissé sur place pour chaperonner *Itchy*.

Très tôt, un dimanche matin, Claire et moi nous nous rendîmes sur la plage, où l'*Oregon* nous attendait. Le doris était à sec, enveloppé de la puanteur familière des foies de morue pourrissants. Il avait trente-cinq pieds de long, un fond plat, il n'était pas ponté et, quand on le voyait à terre, il n'était pas très agréable à regarder.

Nous trouvâmes nos compagnons déjà rassemblés avec les habituels paniers remplis de bonnes choses à manger et à boire. Théo nous salua, il portait un bleu de chauffe et un casque colonial. Théo était l'homme de plusieurs héros et, très fréquemment, il imitait leur façon de se vêtir. Ce matin-là, il honorait un couple bien mal assorti : Winston Churchill et le maréchal Rommel.

Le cabestan fut libéré et l'*Oregon*, sur ses rouleaux de bois, glissa lourdement vers la mer. Nous mîmes le cap au large, sur des eaux calmes et sous la bénédiction peu familière du soleil levant. Des lambeaux de brouillard restaient encore accrochés aux collines, mais il n'y en avait pas assez pour cacher le monde à notre vue. Les dames s'installèrent confortablement sous des couvertures à l'avant. Quant à la congrégation des hommes, elle s'installa à l'arrière autour de l'énorme barre franche… et la bouteille commença à circuler.

Au milieu du bateau, une version de mon moteur, mais en quatre chevaux, grognait et hoquetait.

La main adroite de Théo n'était jamais très éloignée de lui car il était aussi capricieux que n'importe lequel de ses congénères. Il y avait bientôt trente ans que Théo le faisait fonctionner et il l'avait hérité de son père. C'était une masse de soudures, de brasures et de pièces réparées, mais il marchait toujours, à sa manière toutefois. Il tirait les quatre tonnes de l'*Oregon* à bonne allure, de sorte qu'il tossait dans l'éternelle houle avec l'entrain et la vivacité d'un drakkar viking.

À la sortie du chenal nord, nous tournâmes autour de l'énorme silhouette du Grand-Colombier, un îlot qui s'élève à près de cent quatre-vingts mètres au-dessus de la mer. Des vols de mouettes s'éloignèrent de la surface de la falaise tandis que nous en approchions. Les rochers rouges se reflétaient dans la houle qu'ils teignaient de sang. C'était une vision à la fois effrayante et fascinante, et Bernard ainsi que moi, nous prîmes la décision d'aborder et d'escalader la falaise.

Je suis certain que personne d'autre que Théo n'aurait pu amener l'*Oregon* le long de ce rocher écumant. Avec une adresse consommée, il y parvint. Comme le doris montait avec une lame, nous sautâmes de l'avant sur le rocher glissant. Théo battit en arrière et le doris s'éloigna.

L'escalade fut longue et dure mais ce qui la rendit mémorable pour moi est que le rocher était comme saupoudré de nids de mouettes abandonnés, alternant avec des trous dans lesquels vivaient des myriades de grands rats bruns. À l'origine, l'îlot avait été la propriété exclusive des mouettes mais, quelques années auparavant, un navire avait fait naufrage à proximité et les seuls survivants avaient été quelques rats. Ils s'installèrent comme chez eux et, à la longue, il s'établit une sorte de relation de symbiose avec les mouettes. Selon Théo, les rats survivaient en mangeant les mouettes mortes, les déjections des mouettes, les jeunes mouettes nouveau-nées et les œufs de mouettes non protégés. Les mouettes, de leur côté, avaient découvert qu'elles pouvaient désormais s'abstenir de faire chaque matin de longues et fatigantes sorties en mer pour pêcher leur nourriture alors qu'il était si facile de pénétrer dans les repaires des rats et de se nourrir de bébés rats.

Les mouettes avaient fini de couver lorsque nous arrivâmes sur l'îlot mais les rats étaient chez eux, en grand nombre. Ils ne semblaient pas nous aimer beaucoup, mais ils n'avaient pas peur de nous. À plusieurs reprises, je me trouvai regardant, les yeux dans les yeux, un gros rat qui semblait tout prêt à défendre son territoire par la force.

En haut du rocher, nous pûmes découvrir l'un des plus curieux petits mondes que j'aie jamais vus. Le sommet du Colombier était un plateau de quelques hectares de surface, entouré d'un crénelage de rochers de trois à quatre mètres de hauteur. Cet espace clos était tapissé de mousse, de petits arbustes et de fleurs. Au centre, il y avait un petit étang d'un bleu outremer. Une profusion de baies de toutes sortes poussait partout. Lorsque je montai sur la palissade de rochers naturels qui entourait et protégeait ce paradis minuscule, j'aperçus dans le lointain Saint-Pierre et Langlade qui avaient l'air de deux géants décapités enfoncés dans les eaux vertes jusqu'aux épaules. Ces eaux étaient si loin au-dessous de moi que je pris un doris qui passait pour la nageoire dorsale d'un grand requin.

Nous redescendîmes par la falaise en bousculant

les rats indignés et nous sautâmes à bord du doris qui nous attendait. L'*Oregon* traversa le large chenal qu'on appelle la baie sans difficulté, bien qu'il y existe un courant de marée meurtrier. Ensuite nous arrivâmes sous les falaises de Langlade et, de là, au cap Percé et au rocher Percé. Ce dernier est une sorte de bastion qui s'avance hors des hautes falaises et il est percé par un tunnel où le moteur du doris provoqua un écho formidable. Des pétrels qui se reposaient s'envolèrent brusquement comme un nuage de papillons monstrueux. Nous passâmes ensuite à l'anse au Soldat, qui n'est qu'une toute petite plage, presque entièrement entourée par des rochers. Là vivent deux familles qui gagnent de quoi vivre toute l'année durant les quelques jours de passage du « capelin ».

C'est sur cette minuscule bande de sable que des millions de ces mystérieux petits poissons que l'on appelle « capelin » viennent en juillet pour se reproduire. Ils nagent dans le ressac jusque sur le sable. Les mâles sont d'un vert éclatant et les femelles moins brillantes. Ils nagent côte à côte et, lorsque la vague se retire, ils forment un tapis brillant et vivant. Les femelles vident leurs œufs et les mâles leur laitance dans un frémissement extatique, puis la vague suivante les ramène dans la mer profonde.

Durant cette brève période de la course aux amours, ces petits poissons s'échouent en tel nombre qu'on les ramasse à la pelle et qu'on les met à sécher au soleil sur les pierres de la plage et sur des filets. Des tonnes de ces petits poissons séchés sont ensuite envoyées en France où, accompagnés d'un bon vin rouge, ils sont très appréciés.

Les pêcheurs étaient une bande de joyeux compagnons qui descendirent nous accueillir. Il y eut de grands rires et de bonnes blagues entre ces costauds et leurs solides épouses. Il y avait également un petit garçon qui, pour venir nous saluer, avait mis à la mer un doris miniature, pas plus grand qu'une baignoire. Dans cette coque de noix, il affrontait le ressac et il allait pêcher des homards jusque dans les griffes de la falaise.

Nous nous serions volontiers contentés de nous arrêter là, mais le chef de notre safari nous pressa de regagner l'*Oregon*. Nous continuâmes et, quand nous eûmes paré la menaçante pointe du cap aux Morts, nous aperçûmes une vaste baie au fond de laquelle le soleil faisait briller comme un ruban de safran : c'était la Dune, l'isthme de sable d'une quinzaine de kilomètres qui constitue le lien fragile entre Langlade et la Grande Miquelon.

Cette lame de sable jaune en forme de cimeterre était à peine visible et cependant le jour était clair, sans une trace de brouillard. Il est facile de comprendre que, dans la brume ou dans les nuits obscures, quand le grand vent lance les lames pardessus ces hauts-fonds cachés, cet isthme devienne un redoutable tueur d'hommes et de navires. Personne ne sait avec exactitude combien de vaisseaux la Dune a tués mais il existe une carte qui montre le cimetière de plus de cent épaves perdues sur ce rivage de mort. Leurs carcasses hantent toujours ces plages désertes.

Notre lieu de destination, le Grand-Barachois, est un vaste lagon d'eau salée qui se trouve à l'extrémité de l'isthme, à l'endroit où ce dernier se rattache aux hauteurs de Miquelon. La passe étroite du Barachois est infranchissable si l'on ne profite pas de la renverse de marée à cause du courant qui entre et sort. Aussi nous fallut-il attendre un moment. Nous mouillâmes l'*Oregon* au bord de l'isthme sur le sable brillant et nous partîmes en exploration. Des vols d'oiseaux de mer se levaient devant nous et d'immenses méduses pourpre et or frangeaient le rivage. Les dunes montaient et descendaient, et il n'y avait aucune autre vie que quelques plaques d'herbe où broutait un troupeau de petits chevaux, depuis longtemps redevenus sauvages. Ils levèrent la tête à notre approche et s'éloignèrent au galop.

Il y avait peu de vie, mais d'innombrables témoignages de mort. En l'espace d'une heure, nous comptâmes les restes d'une douzaine de navires, presque tous en bois, et quelques-uns très anciens. Au centre de l'isthme, à quelque deux cents mètres du rivage, les lames avaient construit une solide muraille faite de charpentes de navires et autres épaves.

Dispersés parmi les ossements des ouvrages de l'homme, il y avait les ossements des plus grandes créatures vivantes : des crânes, des côtes, des mâchoires de baleines bleues. Le crâne d'un de ces monstres, à demi enterré dans le sable, était si grand qu'il dépassait le plus grand d'entre nous et qu'il y avait de la place sur son large front pour six personnes. Elles ne manquèrent pas de s'y asseoir et de porter un toast respectueux à la santé du géant disparu.

Théo eut du mal à nous faire revenir à l'*Oregon*. Il était plus que temps de partir car la marée avait déjà commencé à baisser au moment où nous pénétrâmes dans l'étroite passe du Barachois.

L'endroit possède une véritable magie. Il y avait un faible brouillard au-dessus duquel brillait le soleil. Des objets lointains s'agitaient et prenaient un aspect irréel comme dans un mirage. La surface du large lagon semblait du mercure, brillant d'étranges couleurs, dont nous ne pûmes tout d'abord saisir la raison. Lorsque l'*Oregon* eut réussi à vaincre le courant en combattant comme un saumon dans l'étroite passe, nous pûmes voir et reconnaître des centaines de fines têtes noires qui s'agitaient, plongeaient et réapparaissaient, et faisaient jaillir tout un monde de microcosme argenté.

Le grand lagon de Miquelon appartient aux phoques. Aux grands phoques gris, qui sont des animaux aimables. Autrefois, ils habitaient des milliers de petites îles et de bancs du Labrador au cap Hatteras, mais les phoques gris sont une proie facile pour l'homme, non pas qu'ils soient stupides, mais parce quc leur étonnante innocence se joint à une grande curiosité. Pendant plus de cinquante ans, leur dernier refuge était le Grand-Barachois. Maintenant qu'ils sont protégés, de petites colonies se sont déplacées pour réoccuper quelques-uns de leurs anciens territoires. Néanmoins, le lagon du Barachois en héberge près de trois mille, jeunes et vieux.

Le Barachois n'est pas profond et il n'a jamais plus d'un mètre d'eau à marée basse. Ses fonds recèlent des millions de clams qui sont une réserve inépuisable de nourriture pour les phoques et une source intarissable de boette pour les pêcheurs de Saint-Pierre. Des pyramides de coquilles hautes de plus de dix mètres témoignent de la richesse du lagon.

À marée basse, les deux tiers du Barachois s'assèchent et forment un puzzle de bancs de sable et de vase, séparés par des chenaux où coule une eau rapide. Lorsque nous y pénétrâmes, les bancs commençaient tout juste à émerger et Théo dut déployer toute son adresse et faire appel à toute sa connaissance des lieux pour découvrir les chenaux et s'y maintenir.

Quant à nous, nous n'avions rien de mieux à faire que de fixer nos regards incrédules sur les milliers de phoques qui se dressaient autour de nous et nous regardaient par-dessus leur épaule. Ils étaient de tous les âges et de toutes les tailles, depuis le nouveau-né de l'année qui dressait sa face ridée pour diriger sur nous ses yeux myopes jusqu'au vieux mâle pesant près de deux cents kilos, qui se tenait debout sur sa nageoire caudale, dressant son corps aussi haut que possible hors de l'eau pour nous lancer un regard de défi.

Tandis que le doris continuait sa route, les phoques se rassemblèrent de tous les coins de la lagune jusqu'à ce que nous fussions complètement entourés par eux. Les eaux frissonnantes sous le courant étaient remplies de moustaches et d'yeux glauques. Nous passâmes sur un banc partiellement émergé où plus d'une centaine de ces animaux prenaient un bain de soleil. Ils tournèrent la tête tous ensemble pour nous regarder passer mais, trouvant la journée trop belle pour toute espèce d'occupation, ils se remirent tous à dormir.

Théo mit une heure pour aller jusqu'au rivage nord, à l'abri des collines de Miquelon, où Martin avait une petite cabane de chasse. Là, nos passagers débarquèrent, mais nous autres de l'équipage, nous n'eûmes pas le temps d'aller à terre. La marée baissait vite et nous savions que si nous ne nous échappions pas immédiatement, nous serions bloqués au milieu de ce désert liquide pendant dix heures ou plus. Nous filâmes vers l'entrée du lagon.

Comme les doris de Saint-Pierre-et-Miquelon doivent être tirés au sec chaque nuit, leurs propriétaires ont inventé un système remarquable pour protéger l'hélice et son arbre.

L'arbre est monté sur un joint souple à l'endroit où il sort du fond du bateau. À la hauteur de l'arrière, il y a un puits en bois. Lorsqu'un doris approche d'un haut-fond, on tire sur un levier placé dans ce puits et l'on y fait remonter l'hélice et l'arbre, de sorte que la coque de l'embarcation n'a plus aucune aspérité.

Comme Théo flairait un passage là où il semblait n'en exister aucun, il m'envoya m'occuper du levier que je devais manœuvrer chaque fois qu'il crierait pour m'avertir, de façon à hisser l'hélice avant qu'elle ne touche le fond. Plusieurs fois, nous manquâmes les chenaux et nous dérivâmes sur des endroits où il n'y avait guère plus de deux à trois pouces d'eau sous notre carène, mais chaque fois nous trouvâmes un autre chenal avec assez de profondeur pour que nous puissions abaisser l'hélice et remettre le moteur en route.

À mi-chemin de l'entrée du lagon, je fus un peu trop lent à répondre à l'appel de Théo. Il y eut un choc brutal, le moteur s'arrêta et nous découvrîmes que nous étions désemparés.

Nous avions des avirons, à vrai dire des avirons de galère, énormes outils de plus de quatre mètres, de quoi faire reculer un homme solide. Comme nous étions à une vingtaine de milles ou plus de Saint-Pierre, je supposai que nous allions ramer jusqu'à la cabane de Martin, d'où une dizaine de milles à pied auraient permis à l'un d'entre nous d'aller chercher à Miquelon les pièces de rechange ou, éventuellement, d'organiser un remorquage.

C'était mal connaître Théophile Detcheverry. Nous nous mîmes à ramer, à supposer que ce soit le mot exact pour le fait d'utiliser ces énormes avirons coincés dans leurs tolets de bois. Mais nous nous dirigions dans l'autre direction. Nous souquâmes et souquâmes encore, en nous échouant à chaque instant, jusqu'au moment où nous franchîmes enfin le chenal d'entrée. Là, nous entrâmes le doris dans une eau profonde pour examiner les dégâts.

Comme l'*Oregon* était trop lourd pour qu'à trois nous puissions le haler au sec, comme Théo ne savait pas nager et comme je suis beaucoup trop galant homme pour faire exécuter cette tâche par Claire, je me déshabillai et je plongeai. L'eau était d'un froid épouvantable, mais claire comme du cristal. Mon premier plongeon me montra que l'arbre de l'hélice était tordu sans espoir. En outre, d'autres avaries étaient impossibles à réparer avec les moyens dont nous disposions. Le mieux que je pus faire fut de libérer l'arbre, de façon que l'hélice puisse être remontée dans le puits.

Cela prit du temps et attira des spectateurs. À ma troisième plongée, je me trouvai nez à nez avec un grand phoque gris, une femelle. En tout cas, je suppose que c'était une femelle car elle semblait prendre un intérêt intense et totalement impudique à ma personne. Elle approchait sa tête avec une telle curiosité et si près de ma nudité que j'aurais rougi si je l'avais pu. J'en étais bien incapable, car j'étais bleu de froid. Je nageai jusqu'au rivage où je restai planté, grelottant et indigné, en essayant d'expliquer mes difficultés à Claire et à Théo. Ils ne prirent aucune part à ma gêne. Théo m'assura que, dans l'état de semi-congélation où je me trouvais, j'étais à l'abri des derniers outrages. Claire se contenta de rigoler.

Je retournai à mon travail et cette fois-ci il y avait trois phoques qui m'attendaient pour me donner un coup de main, à moins qu'ils n'eussent d'autres idées en tête. Je leur tournai le dos et je réussis à libérer l'hélice. Je fis surface et remontai à bord.

« Eh bien, vous voyez, dit Théo, non sans une nuance de désappointement, il n'est rien arrivé ! »

J'étais à cent lieues d'imaginer les intentions de Théo, mais il ne tarda pas à nous les communiquer.

« Maintenant, dit-il d'une voix énergique, nous rentrons à la voile. »

Je ne savais pas que nous avions une voile et encore moins quel genre de voile ça pouvait bien être. Je pense qu'elle devait avoir appartenu, à l'origine, à une trirème grecque car elle était d'une antiquité incroyable. C'était une voile au tiers et elle était si mince et tissée si lâchement que, quel que fût le vent (et il n'y avait guère plus qu'un zéphyr), il passait tout droit au travers. Nous passâmes à l'aviron les mauvais rouleaux de la barre, là où la marée montante se heurtait au courant qui sortait du lagon, et nous fûmes à nouveau en mer libre.

Maintenant, la brume de terre qui nous avait paru si jolie quand nous étions dans le Barachois devenait notre ennemie car elle obscurcissait la crête basse des dunes et déformait les silhouettes de Miquelon et de Langlade. Nous fûmes bientôt seuls sur un océan vide avec aucune terre en vue.

Il n'y avait aucune raison de s'inquiéter car nous

ne pouvions pas nous perdre. L'*Oregon*, en effet, possédait un compas. Théo le montra fièrement après l'avoir sorti de sous le pontage et, aussitôt, il le plaça sur l'habitacle du moteur. Autrement dit, au-dessus de cent cinquante kilos de ferraille. D'après mon estimation, ce compas devait être chinois et dater du XIIe siècle environ. Son couvercle de verre était tellement terni par le frottement du sable qu'il était impossible de lire la rose des vents. Comme le pivot et la rose des vents étaient solidement fixés ensemble par la rouille, cela n'avait aucune importance. Le fait important était que nous avions un compas. Théo ne le regardait jamais, ce qui valait probablement mieux.

L'*Oregon* fit donc voile. La voile en question ne cessait de tomber car la drisse, pourrie, ne cessait, elle, de casser. Ensuite ce fut le surfilage de la voile sur la bôme qui commença à nous fausser compagnie. En fin de compte, la voile était en bas pour être réparée plus souvent qu'elle n'était hissée. Aucune importance. Nous nous paumoyions dans la direction approximative du sud et nous éprouvions de plus en plus un sentiment d'irréalité, curieusement mêlé à de la satisfaction. Nous aurions dû être inquiets, nous ne l'étions pas. Étendus de toute notre longueur sur les planches du moteur, dans le soleil de la fin de l'après-midi, nous buvions du vin, nous mangions du pâté de foie gras, nous bavardions, nous sommeillions et nous tuions le temps avec une insouciance qui me paraît rétrospectivement difficile à expliquer. Nous aurions pu continuer pendant une éternité, si le vent n'avait changé. Il se mit à tourner mystérieusement de plus de cent quatre-vingts degrés et se fixa au sud-est.

Théo et moi, nous échangeâmes quelques regards mais nous ne les accompagnâmes point de paroles. Nous n'éprouvions pas le besoin d'exprimer nos pensées à Claire car, tous deux, nous savions qu'un tel changement de la direction du vent à cette saison et dans les conditions que nous avions connues toute la journée avait un sens bien défini : la tempête.

Je n'étais pas très inquiet tout de même. Il y avait quelque chose, dans la sûreté de soi de Théo et dans les qualités de l'*Oregon*, qui bannissait la peur. Même si nous devions avoir un coup de tabac, je sentais que l'*Oregon* l'étalerait. Néanmoins, je fus heureux lorsque la brume de terre s'évanouit et que nous nous trouvâmes en vue de Langlade à environ cinq milles de son rivage.

Nous ne pouvions pas nous rapprocher plus de la terre, parce que l'*Oregon*, n'ayant pas de quille, ne pouvait remonter au vent. La brise fraîchissait, elle nous venait de tribord et la voile, transformée en loque par d'innombrables réparations, ne nous poussait guère à plus de deux ou trois nœuds. Nous allions grosso modo dans la direction de Saint-Pierre et je n'étais pas mécontent de notre avance, jusqu'au moment où Théo me fit signe de la tête de regarder derrière. Un énorme nuage de brume qui descendait des collines de Langlade roulait implacablement dans notre direction.

Ce fut le moment que choisit le mât pourri pour se casser en deux. Nous aurions pu nous servir d'un aviron pour le remplacer, mais Théo l'interdit. Nous avions besoin des deux avirons car, nous dit-il, nous allions ramer vers l'est pour tenter de nous abriter de la tempête sous la muraille de la falaise de Langlade.

Nous nous mîmes donc à souquer et, le courant portant au large, nous avancions désespérément lentement. À ce moment-là, nous aperçûmes un autre doris à moteur qui venait probablement de l'anse au Soldat et qui filait comme s'il avait le diable aux trousses pour s'abriter à Grande-Rivière. Claire sauta sur le coffre du moteur et commença à agiter le ciré jaune de Théo au bout d'une gaffe. Elle l'agitait de son mieux mais, soit que le doris ne nous vît pas, soit qu'il eût été trop pressé d'atteindre lui-même un abri, il ne vint pas à notre secours.

Le brouillard commença à se déverser du haut de la falaise de Langlade et bientôt l'île disparut. Théo et moi, nous tirions sur les avirons. Et bon Dieu, nous tirions dur ! Le brouillard s'approcha et nous sûmes que nous n'arriverions pas jusqu'au rivage. À ce moment-là, Claire sauta de nouveau sur ses pieds et recommença à agiter son pavillon de détresse avec une telle fureur que je crus la voir passer par-dessus bord. Elle avait entendu un ronflement lointain de moteur. Nous nous arrêtâmes pendant un instant et tendîmes l'oreille. Nous aperçûmes la silhouette d'un navire qui pénétrait dans le brouillard et qui fonçait à toute vitesse vers Saint-Pierre.

Nous nous mîmes tous à agiter les bras. Théo hurla et je soufflai dans une conque énorme qui servait habituellement de trompe de brume. Le bateau garda son cap, pénétra dans le banc de brouillard, disparut, puis réapparut miraculeusement en faisant route vers nous.

C'était le *Saint-Eugène*, une grosse vedette à moteur appartenant à la ville de Saint-Pierre et utilisée au service entre ce port et Miquelon. Lorsqu'il s'approcha de nous pour prendre notre remorque, son capitaine nous dit que ni lui ni aucun membre de l'équipage ne nous avaient vus ou entendus. Une vieille dame, la veuve d'un pêcheur péri en mer des années auparavant, assise, drapée dans une couverture, à l'arrière, avait cru voir un bateau dans le lointain. On ne voulait pas l'écouter, mais elle y mit une telle insistance qu'en dépit de l'anxiété où il était de rentrer au port, le capitaine fit demi-tour et ressortit du brouillard pour la calmer.

Il nous dit également que le premier avis de tempête de la saison venait d'être lancé et qu'on avait averti tous les navigateurs de se mettre à l'abri immédiatement.

Dire que Claire et moi étions heureux d'être remorqués serait insuffisant. Quant à Théo, il n'était pas content du tout. Tandis que je tenais la barre, il était assis au milieu du bateau, les bras croisés, la tête penchée en avant entre ses énormes épaules. Pour lui, c'était une honte, c'était la première fois de sa vie maritime qu'il se voyait contraint de prendre une remorque.

Le vent fraîchissait rapidement et la mer se formait tandis que nous contournions Colombier. Lorsque nous entrâmes dans le chenal, le *Saint-Eugène* ralentit au point de pouvoir tout juste manœuvrer et nous comprîmes alors que le brouillard, de tous les côtés, grouillait de navires. Leurs sirènes et leurs cornes de brume résonnaient tout autour de nous et bientôt nous commençâmes à voir leurs silhouettes apparaître de tous les côtés, au point que nous croyions être complètement enfoncés parmi eux. Il n'y avait pas moins de soixante chalutiers espagnols qui cherchaient l'entrée du chenal au radar depuis le banc de Terre-Neuve et auxquels l'avis de tempête avait donné des ailes.

Théo et deux de ses fils tirèrent l'*Oregon* au sec. Claire et moi, nous allâmes boire et manger, et nous nous réjouissions d'être à terre, sur un solide rocher, pendant que l'ouragan commençait à gémir et à siffler dans les cheminées de Saint-Pierre.

Théophile ne se joignit pas à nous. Il passa toute la nuit dehors, dans le vent et les rafales de pluie, à réparer son cher doris. C'était un homme comme ça : à la fois Churchill et Rommel.

16

Les dés sont jetés

L'une des choses que les frères Manuel s'efforcèrent de bien me faire comprendre lors de notre rencontre à Miquelon était que le port de Saint-Pierre hébergeait des indicateurs de la police montée. Ces espions dénonçaient les bateaux suspects qui appareillaient, au moyen de la radio à ondes courtes, aux vedettes de la police qui patrouillaient au large des eaux territoriales françaises. C'est pourquoi la plupart des bateaux de Terre-Neuve qui se risquaient au jeu de la contrebande préféraient partir de Miquelon. Cependant, pour des raisons que l'on verra plus tard, il était nécessaire que *Fleur de Passion* appareille de Saint-Pierre.

Il n'était pas très facile de garder nos intentions secrètes. Non seulement la plupart des Saint-Pierrais semblaient connaître nos plans dans leurs plus intimes détails, mais un grand nombre d'entre eux essayait d'y jouer un rôle personnel.

Une nuit, sur le coup de minuit, Jean, Martin, Frederico, François et quelques autres acolytes traversèrent subrepticement la grand-place, s'arrêtèrent pour laisser passer une escouade de gendarmes en train de s'exercer aux patrouilles, puis se glissèrent silencieusement à notre bord sans être vus, sauf par environ un tiers de la population de la ville.

Chacun d'entre eux était chargé d'un colis. Frederico avait une caisse de rhum mal déguisée en paquets de journaux. Martin portait deux dames-jeannes de vin rouge enveloppées dans un vieux corsage. Sur son épaule, Jean transportait un sac de coton où apparaissaient clairement les silhouettes d'une douzaine de bouteilles de cognac.

Mike, qui les accueillit sur le pont, faillit avoir une attaque. La grand-voile avait été hissée pour sécher. Il eut la présence d'esprit de laisser filer la drisse, abattant la corne et la voile en catastrophe pour dissimuler nos visiteurs et leurs colis sous une énorme masse de toile.

Ces paquets ne faisaient pas partie de notre chargement. C'étaient des cadeaux que les donateurs espéraient nous voir obligeamment délivrer à leurs amis dans différents ports terre-neuviens.

Quelques modifications indispensables pour notre bateau furent exécutées sur un appontement abandonné au fin fond du port. Avec l'aide de Paulo et de Théo, nous construisîmes des casiers de quarante centimètres de largeur et autant de hauteur le long de chaque côté du rouf. Chaque casier était pourvu de croisillons pour maintenir le chargement en place si nous rencontrions du mauvais temps. Des bandes de toile lacées par-dessus étaient destinées à protéger la cargaison des embruns et de la pluie.

La raison de ce chargement en pontée était naturellement qu'il puisse être vivement jeté à la mer au cas où nous serions interceptés par une vedette de la police. Là, le génie constructif de Paulo entra en lice. Il construisit un ingénieux système qui nous permettait, grâce à un levier de bois, de faire valser chaque casier par-dessus le plat-bord, de telle façon que nous puissions nous débarrasser de la totalité de la cargaison en quelques secondes.

Nous devions partir de Saint-Pierre à quatre heures du matin, c'est-à-dire deux heures avant le jour, à la date convenue. Notre cap serait maintenu au nord jusqu'à ce que nous soyons par le travers de Miquelon, après quoi nous serions dans les eaux internationales, où nous pouvions naviguer à l'abri de toute espèce d'exaction policière jusqu'au soir. À la tombée de la nuit, nous devions nous déplacer jusqu'à la limite des eaux territoriales canadiennes, à trois milles de Pass Island qui garde l'entrée est de la baie de l'Ermitage. Là, trois ou quatre embarcations de Selby Cove nous attendraient. Elles auraient passé la journée à pêcher la morue dans les environs. En cas de brouillard, nous découvririons l'endroit du rendez-vous grâce à des coups de fusil de chasse tirés à intervalles irréguliers.

La veille de notre départ, Théo alla passer la journée en mer pour pêcher. Il ne prit pas de poisson, il alla rendre visite à un ami de l'anse au Soldat qui lui fournit quatorze sacs d'« assurance » pour notre chargement. Théo avait auparavant caché la cargaison elle-même, quatorze caisses d'alcool, dans une grotte près du cap Percé. Dès la nuit tombée, il s'arrêta à cette grotte, récupéra les caisses, avant de se diriger avec les plus grandes précautions vers Saint-Pierre. Il fallait effectivement être prudent. L'*Oregon* était tellement surchargé que, si Théo s'était penché sur le côté pour cracher, il l'aurait probablement fait chavirer.

C'était, naturellement, une nuit brumeuse. La certitude du brouillard était une des rares choses sur lesquelles nous pouvions compter. Il pleuvait également un peu et les conditions atmosphériques étaient suffisamment mauvaises pour que les intrépides Saint-Pierrais eux-mêmes préfèrent rester chez eux ou dans la douce chaleur des bars. Le dernier visiteur quitta le quai où nous étions amarrés peu avant minuit.

À trois heures, Mike, Paulo et moi étions assis dans le carré, où nous discutions avec nervosité lorsqu'un léger choc retentit sur notre coque. Nous nous précipitâmes sur le pont pour y accueillir Théo qui souriait dans un déluge de transpiration. Il avait arrêté son moteur à l'entrée du port comme l'eût fait n'importe quel pêcheur au moment du retour, puis il avait ensuite ramé à travers tout le bassin pour venir jusqu'à nous.

Il y avait encore beaucoup de travail de galérien à faire, mais tout d'abord nous transportâmes la cargaison qui fut bientôt amarrée dans les coffres et recouverte de sa toile. Ensuite, nous larguâmes en silence nos amarres et nous passâmes une remorque à l'*Oregon*. Mike et Paulo rejoignirent Théo dans le doris pour l'aider à manier les avirons et ils me laissèrent à bord de *Fleur de Passion* pour gouverner.

Je ne saurai jamais comment Théo put trouver son chemin à travers le port, la passe et le chenal du nord, mais, une heure plus tard, la remorque mollit et *Fleur de Passion* vint dériver bord à bord avec l'*Oregon*. Dans un chuchotement enroué, Théo nous dit que nous étions à l'embouchure du chenal nord et que nous n'avions plus devant nous que la mer libre. Il était alors quatre heures et c'était le moment de nous séparer, mais, je ne sais pourquoi, je n'avais pas envie de prendre congé. Je pris pour prétexte que nous ferions bien de boire un coup pour arroser le départ. Nous en aurions probablement pris un second si nous n'avions pas été soudain pétrifiés par une voix tonitruante qui sortait du brouillard à quelques mètres de nous.

« Dites donc, les gars, allez-vous déconner longtemps ici ? Vous attendez que le soleil se lève ! »

La voix appartenait à notre vieil ami le chef pilote de Saint-Pierre. Il avait avec lui trois ou quatre copains. Il était sorti pour s'assurer que la navigation de Théo s'était bien passée et pour nous souhaiter bonne chance.

Mike hissa les voiles. Une brise du sud emplit la toile invisible et le bateau prit de l'erre. L'*Oregon* laissa filer la remorque et disparut. Nous étions seuls, du moins nous le croyions. De l'obscurité styxienne vint un dernier conseil du pilote.

« N'oubliez pas de gouverner à un quart nord-est de votre cap quand vous aurez doublé le rocher plat. Le gros courant qui sort de la baie de l'Ermitage vous poussera à l'est. »

C'est ainsi qu'on garde les secrets à Saint-Pierre.

Nous filâmes à la voile pendant une heure afin d'être à peu près sûrs que nous étions assez loin de l'île pour qu'on n'entende pas notre moteur. Jean-Pierre avait accompli un très bon travail sur le monstre, mais il n'avait pas réussi à faire taire ses hurlements tonitruants.

Le voyage vers le nord, au large de Miquelon, se déroula sans incident et, au fond, il fut plutôt ennuyeux. Nous tenions un cap-compas et à intervalles réguliers nous arrêtions le monstre et nous pointions au loch la distance parcourue. Après quoi, nous tendions l'oreille pendant quelques minutes. Nous n'entendîmes rien sauf, une seule fois, le cri d'une mouette invisible. L'aube vint et le brouillard s'éclaircit, tourna au gris opalescent après avoir été noir de charbon. Notre univers redevint un cercle de trente mètres de diamètre, entouré de brouillard, dans lequel nous avions l'impression de ne pas bouger du tout. Pourtant, à dix heures, nous avions relevé trente milles au loch et nous n'étions plus qu'à vingt milles de notre rendez-vous.

Nous étions alors dans les eaux internationales, où nous n'avions aucune raison d'appréhender une confrontation avec les membres de la police montée maritime. Étant les défenseurs de la loi, ils ne se seraient pas risqués à tenter une action de piraterie en nous abordant « en haute mer ». Nous étions cependant très au courant de l'existence de leurs radars, d'excellents radars militaires, grâce auxquels ils pouvaient nous découvrir et nous suivre à des milles de distance, alors que nous ne pouvions espérer les détecter avant qu'ils ne soient bord à bord avec nous.

Nous prîmes la décision d'arrêter notre moteur et de rester sur place jusqu'au moment où il faudrait foncer vers le rendez-vous. Mais un problème apparut, que je n'avais pas envisagé auparavant. Nous naviguions entièrement à l'estime sur notre cap-compas et notre distance relevée au loch. Nous n'avions aucun autre moyen de connaître notre position. Une fois stoppés, nous allions commencer à dériver avec les courants de la côte sud et nous n'aurions aucun moyen de connaître l'importance et la direction de cette dérive. Dans ces conditions, au moment où nous remettrions le moteur en route, nous partirions d'une position inconnue, sans indication sérieuse sur la distance et la direction de notre rendez-vous.

Lorsque je fis part de cette difficulté à Mike, il réagit d'une façon qui me fit difficilement imaginer Mike en train de passer l'examen de capitaine au long cours :

« Si c'est seulement la dérive qui vous inquiète, Farley, pourquoi ne jetterions-nous pas un petit bout de bois par-dessus bord pour voir dans quelle direction il se déplace ? Ensuite, nous saurons dans quelle direction nous dérivons. »

Ce fut un des jours les plus longs que je passai en mer. Nous restâmes plantés là, quelque part dans l'Atlantique, de dix heures du matin jusqu'à près de cinq heures de l'après-midi. Par miracle, la mer restait calme. Il n'y avait même pas de houle pour donner l'illusion de vie dans ce monde défunt. Nous ne voyions ni n'entendions rien de vivant.

À cinq heures moins le quart, je ne pus résister plus longtemps.

« Mettez en route, dis-je à Mike, nous allons avancer doucement. Si nous arrivons trop tôt nous pourrons toujours nous arrêter et reprendre l'attente. »

Ce fut un fantastique soulagement de pouvoir naviguer, encore que je ne fusse aucunement sûr du cap à tenir. Nous arrêtions le moteur chaque demi-heure et nous tendions l'oreille dans l'espoir d'entendre la puissante corne de brume de Pass Island. Elle n'était probablement pas assez puissante car nous ne l'entendîmes jamais.

À six heures cinquante-deux, nous stoppâmes le moteur pour la quatrième fois et, à six heures cinquante-deux minutes une seconde, nous entendîmes le sourd ronflement de gros moteurs Diesel, tout près de nous, sur tribord.

Bien que nous nous fussions entraînés à supporter un choc de ce genre, notre préparation psychologique se révéla parfaitement inadéquate. Le son ne dura que quelques secondes, puis il y eut brusquement un silence total, mais aucun de nous ne fut capable de remuer le plus petit de ses muscles, pendant un temps qui nous sembla une éternité. Je ne saurais dire combien dura notre immobilité. Comme nous commencions à penser que nous avions été victimes d'une plaisanterie acoustique, une sirène digne du Dieu tout-puissant éclata soudain dans mon oreille.

Ce fut le bruit le plus assourdissant et le plus odieux que j'eusse jamais entendu. C'était un hurlement d'agonie que tous les chauffeurs de taxi de New York rassemblés pour actionner leurs trompes dans une sorte de rage folle n'auraient jamais pu égaler. C'était terrifiant ! On ne pouvait d'ailleurs s'y tromper, il n'y avait aucun doute sur l'identité de cette sirène.

La réaction de Mike et la mienne furent très exactement le réflexe de Pavlov. Je bondis sur le coffre de tribord et Mike sur celui de bâbord. Nous déchirâmes les toiles qui les recouvraient, nous dénouâmes à toute vitesse les câbles qui les amarraient et nous nous précipitâmes sur les leviers. Sacs et caisses passèrent par-dessus bord dans un unique et colossal éclaboussement. Nous nous bousculâmes dans la descente tandis que nous plongions ensemble pour jeter par les hublots six bouteilles de rhum plus ou moins légales, plus deux tire-bouchons et un ouvre-bouteilles.

Notre tâche accomplie, nous nous laissâmes tomber sur les sièges pour attendre. Pendant dix bonnes minutes, il n'y eut aucun bruit. Puis vint le ronflement d'un diesel en train de démarrer. Le bruit se rapprocha puis diminua pour n'être plus qu'un murmure.

« Hé, cria une voix rude, y a quelqu'un à bord ? »

Le long de notre coque, ses hautes superstructures se dressant comme des tours au-dessus de nous, il y avait la corvette de la police montée *Blue Iris*. Groupés autour de leur mitrailleuse se dressaient une demi-douzaine de policiers déguisés en marins. Ils souriaient.

Leur chef, capitaine, inspecteur ou tout autre nom que la police montée puisse lui donner, arborait le sourire le plus large de tous.

« Je croyais que vous étiez la marine céleste, dit-il jovialement. Dites-moi, les gars, savez-vous ce que c'est qu'une corne de brume ? Vous auriez pu nous aborder si nous ne vous avions observés au radar ces dernières heures. En tout cas, où allez-vous ? »

J'ai noté plus haut que Mike possédait un esprit extrêmement rapide. Il se mit à parler en espagnol avec volubilité, agita les bras et les mains de la façon la plus hispanique, les yeux roulant dans leurs orbites, et il montra le nom étranger inscrit en grandes lettres sur notre coque ainsi que le pavillon basque bariolé qui pendait au grand mât.

En entrant dans le jeu, j'ajoutai ma note personnelle.

« *Es basca sheep amigos, hasta la vista, adios*, oui, oui, *si, si, si !* »

Pendant un instant, les policiers eurent l'air complètement désarçonnés. Ensuite, avec la véritable arrogance anglo-saxonne, ils conclurent que nous ne pouvions pas comprendre leur langage et se mirent à discuter entre eux.

« Par saint Joseph ! Vous avez entendu ces grenouilles ? dit l'un d'eux.

— Pour sûr, ils pètent de trouille en tout cas, ajouta un autre.

— Oui, c'est ce qui les a fait vider leur chargement si vite, ils n'ont pas eu le temps de réfléchir. Ils vont faire une pâle gueule quand ils découvriront qu'ils sont à six milles de Pass Island et à trois milles des eaux territoriales ! »

Jusqu'à cet instant, je n'avais nourri aucune hostilité personnelle contre ces gens. Mais à cette révélation, je devins fou. Abandonnant mon rôle d'Espagnol, je crachai tout le vitriol dont je disposais.

« Vous, espèces de pots de chambre habillés en sauce tomate, commençai-je, vous… » (je ne continuerai pas car cet ouvrage pourrait tomber en de chastes mains).

Les policiers pâlirent de façon parfaitement visible puis leur chef retrouva la voix.

« Fermez vot'gueule, hurla-t-il. Vous feriez bien de faire attention à ce que vous dites, mon vieux. Nous connaissons votre truc des sacs de sel. Si vous croyez que vos copains qui sont dans les bateaux là-bas vont récupérer une goutte de la gnôle que vous avez mise à la flotte, vous repasserez. Nous allons rester ici jusqu'à ce que les caisses remontent à la surface et nous les coulerons. Allez-y, Jones, repartons. Laissons tomber cette marie-salope ! »

Les puissants moteurs du *Blue Iris* grondèrent et il disparut presque instantanément dans la purée de pois.

Dès que les policiers furent hors de vue, nous nous mîmes Mike et moi à nous sourire comme une paire d'imbéciles.

Non, nous n'avions pas perdu l'esprit. La vérité était que nous avions quantité de raisons de sourire. Tout d'abord, nous savions approximativement où nous étions et où les frères Manuel nous attendaient. Ensuite, mais attendez une minute...

Nous mîmes le moteur en route et prîmes prudemment un cap à l'est pendant une heure. Après avoir stoppé et écouté, nous n'eûmes pas longtemps à attendre avant d'entendre la détonation étouffée d'un gros fusil de chasse. Quinze minutes plus tard, nous découvrîmes la silhouette d'un bateau. C'était le gros chasse-marée des frères Manuel. Il était à l'ancre avec trois de ses semblables sur le banc de Pass Island. Les quatre barques hissèrent leurs grappins et vinrent tout près de nous.

Almon fut le premier à bord et, quand je serrai sa large patte dure, son regard bleu se tourna vers notre pont vide. Il n'eut pas besoin qu'on lui raconte ce qui était arrivé.

« Manque de pot, patron, me dit-il en riant.

— Ils nous ont pincés en deux coups de cuiller à pot, les salauds, répondis-je bravement, à environ six milles au sud-ouest d'ici. Il a fallu immerger la camelote. Ils ont l'intention d'y rester jusqu'à ce que la marchandise remonte à la surface. »

Pendant ce temps, une demi-douzaine d'autres pêcheurs bien tannés s'étaient rassemblés à bord. Ils entendirent mon récit de Théramène et ne purent dissimuler leurs sentiments. Ils commencèrent à pouffer, à se tordre, à se taper sur les cuisses et dans le dos avec des coups à tuer un homme.

« Mais il y a encore plus drôle, dis-je quand je pus placer un mot dans ce chahut. Nous avons été au-delà du nécessaire et nous avons même jeté notre propre stock par-dessus bord.

— Ah fils, ah mon cher monsieur ! dit Hondas quand il put parler, à travers les larmes de rire qui ruisselaient sur ses joues. Voilà ce que j'appelle une bonne blague. Mais ne vous en faites pas, vous aurez de quoi picoler ce soir. »

Abandonnant notre cargaison coulée à la ténacité des gens du *Blue Iris*, nous repartîmes et, pilotés par Almon, nous entrâmes au moteur dans la baie de l'Ermitage. Trois heures plus tard, nous étions tranquillement à l'ancre à Selby Cove et nous profitions de l'hospitalité du petit village. Effectivement, il y avait de quoi picoler. Nous allions de maison en maison et chaque fois nous racontions notre histoire de façon que l'on pût nous consoler avec un grog.

Vers deux heures du matin, moment où tout le village était en fête, un jeune homme arriva en courant dans la maison des Manuel. Il était tout rouge d'excitation.

« Ils arrivent, cria-t-il, je les ai entendus, les gars ! »

Comme un seul homme, tous les villageois se

dirigèrent vers l'appontement au fond de la baie. Mike et moi, nous fûmes entraînés par le courant, comme les autres. On entendait résonner le bruit des moteurs dans la nuit obscure. Une lueur surgit soudain dans le brouillard puis, un par un, les trois gros chasse-marée que nous avions rencontrés sur le banc de Pass Island sortirent du brouillard et vinrent accoster l'appontement.

Ils étaient chargés jusqu'au plat-bord. À eux tous, ils devaient avoir au moins quarante caisses et une douzaine de fûts.

La cargaison fut déchargée avec amour : c'était la véritable gnôle. Celle que nous, nous avions transportée depuis Saint-Pierre consistait en quatorze caisses de bois remplies de cailloux, attachées à quatorze sacs à sel remplis de sable. Notre rôle, tel qu'il avait été déterminé par les frères Hondas, était de détourner l'attention des limiers de la police, ce qui permettait aux bateaux qui nous attendaient devant Pass Island de faire l'aller et retour de Miquelon sans être dérangés par une intervention du *Blue Iris*.

Après nous avoir remerciés au nom des populations assoiffées et reconnaissantes de la baie de l'Ermitage, Hondas ajouta :

« Il y a plus d'une façon de posséder les flics et, nous autres, nous les connaissons toutes. »

17

Nous n'irons pas à l'ouest

Nous ne nous attardâmes pas à Selby Cove et, partis avant midi, nous franchîmes les bancs de Pass Island en prenant du large. Nous ne vîmes pas le *Blue Iris*. Il devait être en train de faire des ronds au-dessus de la cargaison coulée comme une poule en train de couver des œufs clairs.

Les performances de *Fleur de Passion* avaient été exemplaires pendant tout le voyage. Elle avait fait tout ce que nous lui demandions et ne nous avait pas réservé de mauvaises surprises. Naturellement, elle faisait toujours de l'eau, mais nous nous y étions habitués. La routine du pompage horaire était devenue si automatique que nous pouvions presque l'accomplir en dormant. Elle avait l'air prête à faire un grand voyage mais il était trop tard. Mike avait dépassé la durée de son congé et, à regret, il lui avait fallu repartir pour Saint-Jean.

Je passai encore une semaine à Saint-Pierre en caressant l'idée d'embarquer Paul ou Théo pour un voyage aux Caraïbes, mais la saison des ouragans était commencée. Lorsque l'un d'eux, particulièrement méchant, coula deux grands bateaux de pêche sur le banc de Saint-Pierre, je compris que le voyage devrait être reporté à une autre année.

Après avoir pris la résolution de laisser mon bateau à Saint-Pierre pendant l'hiver, j'enrôlai Théo, Paulo et Martin pour s'en occuper, supposant que trois parrains généreux seraient trois fois meilleurs qu'un seul. Je leur donnai pour instructions de faire hisser le bateau à terre jusqu'au moment où je reviendrais pour le printemps. Ensuite, je retournai sur le continent et consacrai mon hiver aux tâches de routine, bercé par les rêves du prochain été.

Ces rêves, Jack McClelland ne pouvait les partager cette fois-ci. Des rumeurs concernant les exploits de *Fleur de Passion* étaient parvenues jusqu'aux oreilles de ses associés et des membres de sa famille, qui, tous, le considéraient comme irremplaçable.

« Si je pouvais me permettre de quadrupler mon assurance vie, m'expliqua Jack tristement, je pense qu'on ne s'opposerait pas à ce que je parte en croisière avec vous. Mais je ne peux vraiment pas payer les primes que réclament mes assureurs. Ils disent que ce serait meilleur marché si j'entreprenais un voyage sur la Lune à bord d'une fusée américaine. »

Je ne fus pas trop désappointé. J'avais certes une grande admiration pour Jack, mais j'en avais conçu une encore plus grande pour la jeune personne qui, pendant un bref moment, avait fait partie de mon équipage à Saint-Pierre. La découverte que

Claire serait disponible et prête à faire une croisière avec moi l'été suivant fit beaucoup pour atténuer le chagrin et la détresse provoqués par la défection de Jack.

Je n'eus pas de nouvelles de *Fleur de Passion* pendant l'hiver, mais cela ne me troublait pas car aucun de mes amis de Saint-Pierre n'était très écrivassier. Néanmoins, en mai, je reçus un câblogramme de Martin rédigé en termes vagues. Le contenu était qu'il y avait eu un petit accident, que *Fleur de Passion* « s'était trouée » mais qu'elle n'était « pas très amochée ». J'imaginai qu'on pouvait la réparer facilement. Je crus qu'il y avait eu une petite avarie au cours du lancement. Confiant dans mes trois amis, je câblai l'ordre de réparer complètement et j'indiquai — ô profondeur de la folie ! — que le bateau était très bien assuré.

À la mi-juin, je mis le cap à l'est. Un vieux Dakota me déposa en cahotant sur un champ à vaches de Saint-Pierre.

À ma grande surprise (car j'avais câblé mon arrivée), aucun de mes amis n'était là pour m'accueillir. Lorsque je me mis à leur recherche, je compris que les trouver était aussi difficile que de localiser un gramme d'uranium sans compteur Geiger. Tous les gens auxquels je m'adressai paraissaient particulièrement évasifs et même, dans une certaine mesure, pressés de me fausser compagnie. Plein d'inquiétude, je me rappelai l'incomparable Ella Girardin de l'Escale et ce fut de sa bouche que j'appris que tout n'allait pas très bien pour mon bateau. Elle m'en dit assez pour me faire foncer vers le chantier. Mon bateau s'y trouvait, à sec mais recouvert d'une épaisse couche de boue. Son arrière semblait avoir été mâché et son aspect était aussi désespérant que celui d'un canard qui aurait posé son derrière sur un ventilateur tournant à toute vitesse.

La vérité était que le bateau avait été abordé, coulé, et qu'il le serait resté probablement si je n'avais mis dans le câble que j'avais expédié à Saint-Pierre le mot magique : « assurance ».

Aussitôt, les pirates de Saint-Pierre, qui ne le cèdent en rien à ceux de Saint-Jean de Terre-Neuve, s'étaient organisés pour tirer le plus grand profit possible de la situation, en démolissant l'arrière à coups de barre de fer. Je ne m'étendrai pas sur les grandes batailles à coups de papier timbré qui s'ensuivirent et qui, pendant six semaines, m'obligèrent à me colleter avec le brigandage, la vénalité, la boue du port et les ferrailles du chantier. Quand on me présenta la note, je conseillai, avec les gestes appropriés, de l'utiliser pour remédier à la pénurie temporaire de papier *ad hoc* dont souffrait l'île.

Ce sombre interlude se termina dans la dernière semaine de juillet, quand Claire arriva. Soudainement, le soleil resplendit (c'est le mot, car, depuis mon arrivée, il y avait presque tout le temps eu du brouillard). *Fleur de Passion* était relativement propre, encore que durant les mois qui suivirent nous ayons trouvé des reliquats de toutes les ordures de Saint-Pierre dans les coins inaccessibles de la coque. J'avais fait monter un nouveau moteur Diesel pour remplacer l'horrible monstre. Les couchettes avaient été modifiées et élargies. Elle était au moins aussi étanche que d'habitude. La présence de Claire fit disparaître l'amertume de mon âme et je songeai à faire la paix avec mes amis de Saint-Pierre.

Martin, Théo et Paul furent si soulagés de ce rapprochement qu'ils organisèrent une soirée en notre honneur. Lorsque Claire et moi revînmes à *Fleur de Passion*, amarrée près du bateau de Paulo, nous étions d'excellente humeur.

Je n'ai pas mentionné plus haut que la goélette manquait de ce qu'il est convenu d'appeler le confort moderne. La vérité est que je n'avais jamais pensé à l'installer, parce que, jusqu'à la venue de Claire, il n'aurait pas servi à grand-chose.

Le balcon avant et arrière fournissait des facilités adéquates en plein air. Mais exclusivement pour messieurs.

Après être monté à bord, je descendis au carré pour allumer les lampes, laissant à Claire l'intimité du pont sombre et glissant. Soudain, j'entendis un « splash » énorme, et je me précipitai sur le pont avec une torche électrique pour découvrir son petit visage tout pâle, flottant le long du bord sur les eaux noires et huileuses. Elle n'était pas seule. À un mètre de là, le faisceau de ma lampe tomba sur la gueule grimaçante d'un chat, qui était bel et bien mort et depuis très, très longtemps. Heureusement, Claire avait eu le bon esprit de fermer la bouche. Si elle avait avalé de l'eau du port, mon histoire aurait peut-être eu une fin tragique.

Le sauvetage fut une entreprise difficile, car, comme elle me le fit remarquer lorsqu'elle fut enfin hissée à bord, dégoulinante et furieuse :

« Personne ne peut nager avec les chevilles ficelées par un pantalon ! »

En vérité, elle avait trouvé l'expérience plutôt rebutante. Mais lorsque, emmenée chez Paulo, plongée dans un bain chaud pour l'extérieur et réchauffée par l'intérieur avec du cognac, elle eut enfilé des vêtements propres, son bon caractère reparut. J'étais si enchanté d'elle que je modifiai l'avant de la goélette de façon qu'il y ait de la place pour un *buen retiro*.

Il fallait tout de même en finir avec les histoires de réparations et de chantier. Les pirates de Saint-Pierre réclamaient un paiement immédiat et menaçaient de mettre le bateau sous séquestre. J'avais déjà perdu deux mois de navigation, il n'était pas question d'en perdre plus.

Sous prétexte d'essayer mon nouveau moteur, j'annonçai que j'allais faire une courte sortie dans le chenal du nord et, pour détourner les soupçons des pirates qui gardaient sur mon bateau un œil vigilant, je ne me présentai pas à la douane pour obtenir mon congé et j'invitai quelques amis de l'île à faire cette partie de bateau. Leur présence était nécessaire pour garantir que je ne me préparais pas à gagner de lointains horizons.

Tôt dans la matinée, nous larguâmes nos amarres

et partîmes gaiement au moteur. Une demi-heure plus tard, au large de Colombier, nous rencontrâmes le doris d'un de mes amis, dont je tairai le nom, qui semblait avoir, apparemment, des ennuis de moteur. Je vins bord à bord avec lui et j'informai mes invités qu'ils feraient mieux de monter immédiatement dans le doris, à moins qu'ils n'aient envie de se rendre en Nouvelle-Écosse, qui était ma destination. Ils furent si étonnés qu'ils n'émirent que des protestations de pure forme.

Fleur de Passion n'avait que trois milles à parcourir pour sortir des eaux territoriales françaises. Une heure plus tard nous étions à l'abri, en haute mer.

Les factures furent payées après deux années de discussion. La somme payée par la compagnie d'assurances se montait au tiers de ce que l'on réclamait. On pourrait croire que je n'aurais jamais osé me montrer plus tard à Saint-Pierre. Il n'en fut rien. Lorsque j'y revins trois ans plus tard pour faire un film, l'un des plus acharnés des pirates fut le premier à m'offrir un verre. Loin de me considérer comme une fripouille, ces gentlemen m'accueillirent comme un enfant prodigue. L'Anglo-Saxon que je suis sera toujours incapable de comprendre les Gaulois.

En raison de tous ces événements, nous dûmes effectuer un changement radical de nos plans de croisière pour la saison. Nous n'avions plus assez de temps pour nous permettre un grand voyage au large. De plus, il y avait le fait que Claire, quoique adroite et de bonne volonté, ne pouvait être classée que parmi les mousses et qu'elle n'était pas assez amarinée pour se risquer au grand large.

Je proposai en conséquence que nous passions le reste de l'été en une croisière côtière, à Terre-Neuve, avec Cap-Breton comme objectif. Cap-Breton semblait un endroit sûr pour laisser le bateau l'hiver et pour repartir l'année suivante pour une grande croisière.

Passé les Enfants perdus, nous hissâmes les voiles et la traversée de Fortune Bay s'accomplit de façon très agréable. Nous arrondîmes Pass Island et mîmes cap à l'ouest jusqu'à ce que nous fussions bien loin du secteur de patrouille du *Blue Iris*. Les policiers ont la mémoire longue, en proportion inverse de leur sens de l'humour.

Peut-être parce que j'avais oublié de faire mes libations au Vieil Homme de la Mer, le temps se mit contre nous. Une tempête de sud-ouest nous força à chercher abri à Pushthrough (« pousse dehors »), un petit port situé à l'embouchure ouest d'une série de grands fjords qu'on appelle la baie d'Espoir.

Ce déroutement se révéla fatal pour nos plans. Un brouillard épais, qui ne cédait la place qu'à des coups de vent de sud-ouest, accompagnés de pluie diluvienne, nous englua au quai de Pushthrough.

Pushthrough fournit à Claire sa première expérience de maîtresse de maison à bord d'un petit bateau, dans des conditions véritablement difficiles. Comme le pont de *Fleur de Passion* était à peu près aussi poreux que sa coque, l'intérieur de la cabine se satura rapidement d'eau et resta ainsi pendant les sept jours de pluie perpétuelle qui suivirent. Une étonnante diversité de mousses et autres champignons se mit à fleurir dans le carré. Les commentaires *sotto voce* de Claire tandis qu'elle grattait un centimètre d'épaisseur de moisissure verte sur le bacon, le pain ou le beurre me firent supposer que l'éducation qu'elle avait reçue dans son école privée avait été beaucoup plus catholique dans l'ensemble que ce que j'avais supposé auparavant.

Le jour où elle trouva une épaisse couche gélatineuse et bleue à l'intérieur de ses pantoufles après les avoir enfilées sur ses pieds nus, elle se surpassa. J'étais allongé sur ma couchette spongieuse et je ricanais, jusqu'à ce qu'elle s'en prît à moi.

« Continue, grogna-t-elle, et quand tu auras fini de rire comme un idiot, regarde-toi donc dans un miroir ! »

Intrigué, j'essuyai les moisissures de la glace du carré et je me regardai dedans. Il n'y avait aucun doute, ma barbe rousse commençait distinctement à tourner au vert.

Craignant d'être dévorés par les champignons avant l'heure fixée par le destin, nous n'avions plus qu'à prendre la fuite vers les fjords intérieurs de la baie d'Espoir où il n'y a ni brouillard ni tempête et d'y rechercher chaleur et soleil. Nous y trouvâmes les deux et, à mesure que nous pénétrions plus profondément dans le labyrinthe mystérieux de la baie, nous devînmes si amoureux de ces îlots, de ces calanques, de ces criques aux murailles rocheuses et du paysage majestueux où nous nous trouvions que nous ne songeâmes qu'à la fin d'août à continuer notre voyage vers l'ouest.

Dans le courant de septembre, tandis que nous nous préparions à faire une nouvelle tentative pour cingler vers l'ouest avec pour destination Cap-Breton, *Fleur de Passion* refusa fermement de se montrer coopérative.

Elle avait toujours, depuis qu'elle avait paré le cap Race lors de son voyage inaugural, montré une singulière répugnance à naviguer vers l'ouest. Je crois qu'elle avait flairé depuis le premier jour où je devins son propriétaire que mon intention était de la séparer de son rivage natal et qu'elle s'était arrangée pour me contrer. Rien d'autre ne saurait expliquer son comportement chaque fois que nous tournions sa proue vers l'ouest ou simplement quand nous menacions de le faire.

Le jour où nous projetâmes de quitter Head of the Bay, *Fleur de Passion* refusa d'embrayer. Nous démontâmes tout l'embrayage, tâche éléphantesque, et ne trouvâmes rien. Lorsque nous le remontâmes, l'embrayage fonctionna mais *Fleur de Passion* avait secoué de telle façon ses boulons de quille et elle avait commencé à faire de l'eau en quantité si prodigieuse que nous n'eûmes d'autre solution que de la tirer au sec sur la plage à Milltown.

Et c'est là que nous dûmes la laisser pour l'hiver. L'été suivant, nous fîmes une nouvelle tentative pour la forcer à aller à l'ouest. En dépit de son énergique résistance, nous parvînmes, grâce à notre entêtement et à notre persévérance, à l'amener jusque dans l'archipel de Burgeo, qui se trouve à peu près à mi-chemin de la côte sud-ouest et à quelque quatre-vingts milles de la baie d'Espoir. Cette lutte m'épuisa physiquement et spirituellement, et lorsque, juste en vue des îles de Burgeo, elle perdit littéralement toute pudeur et recommença à couler, je fis cap sur la terre dans un état de véritable rage.

Il n'y avait aucune facilité pour la sortir de l'eau à Burgeo, aussi nous passâmes des journées entières à essayer d'étancher l'eau et de boucher les fissures par l'intérieur sans faire d'ailleurs aucun progrès. Un matin, nous sortîmes du cauchemar en réalisant que la saison de la voile était une fois de plus à sa fin et que nous n'amènerions pas *Fleur de Passion* un centimètre au-delà de Burgeo cette année-là.

On m'a parfois accusé d'avoir une tête de bois, mais c'est injustifié. Si je suis quelque chose, je suis un homme modéré, calme et raisonnable. C'est pourquoi je dis à Claire :

« Je ne me laisserai pas faire par une saloperie de bateau ! Si cette goélette reste ici cet hiver, nous y resterons aussi. Nous veillerons sur elle, comme l'aigle sur ses œufs. Et quand le printemps viendra, elle sera dans une telle forme qu'elle ne sera plus capable de nous jouer encore un de ses sales tours, au moins jusqu'à tant que nous l'ayons amenée en Nouvelle-Écosse. Qu'est-ce que tu en dis ?

— Pourquoi pas ? » dit Claire, qui est très exactement le genre de femme toujours prête à marcher.

Je me mis à la recherche d'un entrepôt d'hiver pour le bateau et, pendant ce temps-là, Claire trouva pour nous une maison à Messers Cove, qui se trouve à l'extrémité ouest de la commune de Burgeo.

La maison qu'elle trouva était petite et trapue, perchée sur un gros rocher qui dominait la pleine mer, laquelle ne se gênait pas pour la doucher d'embruns dans les tempêtes de sud-ouest. Claire trouva également un nouveau membre pour notre famille : c'était Albert, un jeune chien terre-neuve venu de Grand-Bruit et de la même race que Blanche, la chienne du chantier de Saint-Pierre.

Quelques-uns des effets de cette décision furent remarquables. *Fleur de Passion* cessa rapidement de faire de l'eau — enfin, presque. Comme nous n'avions pas d'endroit pour la mettre au sec, nous dûmes l'ancrer pour tout l'hiver dans une crique où il y avait énormément de glaçons en mouvement. Néanmoins, elle passa l'hiver sans le moindre dommage et, au printemps, elle était parfaitement en état. Elle n'était plus notre adversaire, intraitable et stupide, mais elle était devenue un docile et charmant petit bateau… jusqu'à ce jour de juin où nous tentâmes de partir une fois de plus vers l'ouest.

J'avais eu beau faire de généreuses libations au Vieil Homme de la Mer, *Fleur de Passion* avait évidemment beaucoup plus d'influence sur lui que moi. Et elle en abusait de façon scandaleuse.

Chaque fois que nous sortions de Burgeo, nous tombions dans des tempêtes d'ouest, du brouillard impénétrable, une mer énorme ou les trois à la fois. En outre, chaque fois que nous tentions de faire de l'ouest, quelque chose cassait, soit dans le moteur, soit dans le gréement ou la coque, et enfin les voies d'eau réapparaissaient comme une maladie héréditaire du bateau.

Après trois semaines de constantes défaites, Claire et moi avions besoin de nous reposer et nous décidâmes de faire voile jusqu'à Jerts Cove, cachée sous les énormes falaises du fjord de Grey River. Nous avions l'intention de passer quelques jours chez un ami qui vivait là, d'y reposer nos corps et d'y requinquer notre moral, avant de refaire voile vers l'ouest.

Grey River est à l'est de Burgeo et *Fleur de Passion* cingla vers l'est avec autant de joie qu'un oiseau essayant ses ailes. Mais quand nous tentâmes de revenir à Burgeo, nous nous heurtâmes à un méchant coup de vent. *Fleur de Passion* cassa l'étai de misaine, des saletés pénétrèrent dans la pompe à injection et fusillèrent le moteur. Il en résulta que nous fûmes contraints de faire demi-tour et de prendre l'allure de fuite devant le vent et les lames. Nous ne refîmes terre que devant Richards Harbour, à soixante milles à l'est de Burgeo.

Nous étions à la mi-juillet et je commençais à comprendre à quel point j'étais surclassé dans ce combat entre nos deux volontés. Nous sortîmes de Richards Harbour et, très vite, nous perdîmes complètement notre route dans un épais brouillard. Le compas avait recommencé à faire des siennes. Il ne restait plus qu'à se résigner. Je laissai mon petit bateau n'en faire qu'à sa tête et son obstination nous emmena jusqu'à la baie d'Espoir. Nous nous inclinâmes devant le destin et ce combat inégal se termina par un armistice pour l'année.

En septembre, la question se posa de savoir où nous passerions l'hiver. Claire, qui est aussi obstinée que *Fleur de Passion*, n'avait pas du tout envie de s'installer dans la baie. Ce n'était pas qu'elle n'aimât pas l'endroit mais, comme elle le fit remarquer :

« Si nous continuons à rétrograder chaque année, nous finirons par nous retrouver à Muddy Hole. Est-ce que ça te plairait ? »

Cette remarque était parfaitement justifiée. En outre, Claire et moi, nous adorions notre petite maison de Burgeo ainsi que les gens de Messers Cove et nous trouvions que ce serait très agréable d'y passer encore une année. Je portai la question devant *Fleur de Passion* et je jetai les bases d'un compromis. Je lui expliquai que nous ne ferions pas de nouvelle tentative pour l'amener à l'ouest de Burgeo — et j'ajoutai entre mes dents : « Cette année du moins » — si elle acceptait simplement de revenir à Messers Cove.

Néanmoins, elle resta très soupçonneuse et se montra carrément anticoopérative. Après deux faux départs — où nous n'arrivâmes pas à dépasser Pushthrough — j'embarquai Claire dans le caboteur à vapeur qui dessert Burgeo et j'envoyai un SOS à Jack McClelland. Jack, toujours loyal, prit l'avion pour Gander, loua un hydravion et me rejoignit. Ensuite, il se mit en devoir de dresser *Fleur de Passion*. Jack est comme les drivers lorsque leur cheval est en retard, il ne tient pas compte des risques et il fonce. Il fit clairement comprendre à la petite goélette que, si elle n'allait pas à Burgeo, elle irait au fond de la mer dans une eau profonde, profonde, profonde, et qu'elle ne pourrait espérer émerger de ses bras glacés. Je ne sais pas comment la goélette se sentait après cette attitude de « marche ou crève », mais moi j'avais la chair de poule. Nous prîmes des risques auxquels je n'aime pas du tout penser, même rétrospectivement, et, en fin de compte, nous réussîmes à tailler de la route jusqu'à Messers Cove. Tous les trois, nous avions l'air de nous être engagés dans la bataille du siècle.

C'était une petite victoire et elle ne donnait aucune indication sérieuse sur la façon dont les choses iraient dans l'avenir.

Durant les quatre étés qui suivirent, *Fleur de Passion* me tint tête comme un équipage mutiné. Je criais « cap à l'ouest », elle répondait « cap à l'est ». Lorsque nous allions vers l'est, elle était douce comme un mouton, mais sous aucun prétexte elle ne voulait tailler de la route vers l'ouest. Après le deuxième été, nous abandonnâmes. Nous nous étions peu à peu complètement installés à Burgeo et nous étions devenus des citoyens du petit port. Nos souvenirs du continent s'estompaient. Nous avions oublié pourquoi et comment nous étions venus à Burgeo pour la première fois. Nous faisions de la voile à bord de *Fleur de Passion*, le long de la côte, et nous explorions les grands fjords. J'étais allé jusqu'à construire un slip à Messers pour mettre la goélette au sec pendant l'hiver. Elle et nous, nous étions en train de prendre racine. Elle ne nous donna presque pas d'ennuis pendant ces années, elle ne coula pas une seule fois, ses voies d'eau et autres inconvénients restaient acceptables. Apparemment, elle était satisfaite et, il faut bien l'admettre, nous l'étions aussi. Cela dura jusqu'au printemps 1967.

18

Adieu Messers

À la fin de l'hiver 1967, le bruit se répandit à Burgeo que le Canada allait célébrer son centenaire. C'était l'anniversaire de l'Acte de confédération qui transforma en une nation les colonies britanniques du nord de l'Amérique. La plupart des habitants de Burgeo accueillirent ces rumeurs avec perplexité. En ce qui les concernait, la Confédération avait eu lieu en 1949, lorsque le Canada avait été admis, tardivement, à s'unir avec Terre-Neuve. Comme l'expliquait l'oncle Dorman Collier, un ancien du village, à un groupe d'hommes réunis dans son magasin à poisson un après-midi : « Un centenaire, c'est supposé être cent ans. 1949 à 1967, ça fait jamais que… seize ans. En tout cas, nulle part, ça ne fait cent. Ces types du continent doivent être un peu bouchés. »

Personne n'était très intéressé par le centenaire, mais tout fut différent quand Burgeo entendit parler de l'Expo 1967, qui, à en croire les nouvelles, devait être le grand boom canadien. Tout le monde allait être là. Toutes les grandes nations allaient construire des pavillons. Des États comme la Nouvelle-Angleterre, Cuba, le Texas, le Québec et le Mali allaient avoir leur propre pavillon. C'étaient ces pavillons qui avaient excité l'intérêt des gens de Burgeo.

Aucun d'entre eux ne savait ce qu'était un pavillon jusqu'à ce que Dorman eût entrepris de le découvrir. Il chercha le mot dans un dictionnaire relié pleine peau, en veau, qui avait été rapporté à Burgeo par le capitaine Elisha Fudge au retour d'un voyage au Portugal avec de la morue salée en 1867. Dorman avait hérité ce dictionnaire et il en faisait un très bon usage, bien qu'il fût imprimé en portugais, langue dont son propriétaire ignorait le premier mot. Son système pour résoudre le problème était de dresser une liste de tous les mots qu'il voulait connaître puis d'attendre l'arrivée d'un chalutier portugais. Il s'en présentait deux ou trois chaque année à Burgeo pour faire des vivres. Lorsque l'un d'eux arrivait, Dorman apportait à bord sa liste et son dictionnaire, et cherchait un membre de l'équipage capable de traduire les textes.

Le premier chalutier portugais de l'année se présenta à Burgeo le 28 mai. C'était le *Santa Jorge*, parti quinze semaines plus tôt de Lisbonne, et privé depuis près de treize semaines de stimulants alcoolisés. Lorsque Dorman monta à bord avec son bouquin et une bouteille de gnôle de contrebande, il fut reçu royalement.

Je le rencontrai quelques jours plus tard à l'hôpital du Cottage. Il me dit qu'il savait ce qu'était un pavillon, mais qu'il ne pouvait me donner la définition maintenant car elle n'était pas convenable pour les oreilles des infirmières. Il ajouta qu'il l'écrirait à mon intention et qu'il l'enverrait à Messers sous pli cacheté.

Il tint parole :

Cher capitaine Mowat,

Un pavillon est une sorte de tente, mais plus grand. La plupart du temps, il est fait avec de la toile et de la soie, avec des dessins peints dessus. C'était généralement construit par les rois dans des endroits solitaires où personne ne pouvait savoir ce qui se passait à l'intérieur. Je ne saurais vous dire ce qui se passait à l'intérieur, mais je pense que vous pouvez l'imaginer, ha ! ha ! ha !

Respectueusement vôtre.

DORMAN

Lorsque la définition du pavillon fut colportée à l'intérieur du village, il se produisit un mouvement de masse pour se rendre à l'Exposition. Les deux curés étaient contre, ainsi que la majorité des femmes. Madge Kearley était pour. Madge était ce que vous pourriez appeler une bonne travailleuse. Elle avait travaillé dur toute sa vie et tout ce qu'elle en avait reçu, c'était treize enfants. Madge disait qu'une bande de rois, ça la changerait agréablement d'une bande de marins portugais partis de Lisbonne depuis quinze semaines. Madge ajoutait qu'elle irait à l'Exposition à la nage s'il le fallait et que, si elle manquait un pavillon, ça serait pas faute d'avoir essayé.

L'excitation née de l'Exposition portait ses fruits sur presque tout le monde à Burgeo, de sorte que Claire, Albert et moi, nous n'échappâmes pas à la contagion. Nous en parlions tant qu'un soir Claire suggéra que nous essayions d'amener *Fleur de Passion* à l'Expo. J'éclatai d'un rire satanique, mais elle reprit :

« Non, Farley, je parle sérieusement. C'est vraiment le moment de partir. »

Je savais ce que cela voulait dire.

En février s'était produit un incident qui avait rompu l'agréable équilibre de nos relations avec les gens de Burgeo. Une baleine d'environ quatre-vingts tonnes et prête à mettre au monde un baleineau s'était prise au piège dans un lagon d'eau salée près du village. Là, elle formait une cible par trop alléchante pour les fusils de quelques hommes de Burgeo, jusqu'au moment où j'intercédai et fis arrêter la fusillade. Malheureusement, il était trop tard. La baleine mourut de ses blessures et, là-dessus, la presse, la radio et la télévision de toute l'Amérique du Nord couvrirent de honte la totalité des gens de Burgeo. Les habitants furent d'abord étonnés par l'attention que leur prêtait un monde qu'ils ne connaissaient pas, puis ils en conçurent un amer ressentiment. Comme il fallait s'y attendre, ce ressentiment se concentra sur moi et on me le montra d'une façon certaine en remorquant la carcasse pourrissante du monstre jusqu'à une petite crique proche de ma maison. On la laissa là, probablement pour me suggérer de m'occuper de mes propres affaires à l'avenir.

À la fin de mai, la baleine morte n'empoisonnait guère que la crique elle-même, mais je savais à quoi je devais m'attendre pendant les plus chauds mois de l'été lorsque quatre-vingts tonnes de viande, de tripes et de lard commenceraient à se décomposer sérieusement.

Il semblait donc que le temps fût venu de quitter Burgeo.

Le problème était de persuader *Fleur de Passion* d'accepter. Un jour je reçus une revue de presse qui racontait comment l'héritage maritime des provinces atlantiques serait représenté à l'Exposition par une reproduction de la fameuse goélette *Blue Nose*, de Nouvelle-Écosse. Comme Terre-Neuve et la Nouvelle-Écosse, en ce qui concerne les goélettes, ont toujours entretenu une rivalité forcenée, je pris la revue de presse avec moi et j'allai au slip où reposait *Fleur de Passion*. Je lui lus le texte. Non pas une, mais trois fois, bien lentement, pour être sûr qu'elle comprenne. Ensuite, je ruminai à haute voix l'intolérable affront fait à tous les navires de Terre-Neuve. Finalement, je suggérai que nous pourrions remédier à la chose en allant nous-mêmes à l'Expo.

« Nous allons leur montrer de quoi nous sommes capables, pas vrai, ma vieille ? » lui dis-je en flattant sa coque.

Si elle comprit, elle n'en manifesta rien. Tout ce que j'espérais, c'est qu'elle m'ait entendu.

Nous la gardâmes sur le slip pour la préparer à un voyage d'un peu plus de mille quatre cents milles. J'engageai Dolph Moulton, un très bon charpentier, pour m'aider à la mettre en forme et, à deux, assistés les jours de repos par tous les hommes valides de Messers, nous nous mîmes à travailler sur ce bateau plus que sur aucun autre au monde.

Nous ne laissâmes rien au hasard. Nous grattâmes toutes ses coutures et recalfatâmes. Tous les bordés furent examinés et ceux qui semblaient douteux, remplacés. Ensuite, nous recouvrîmes toute la carène avec un plastique de l'âge spatial, nous y collâmes de la toile et une autre couche du même plastique. Puis, nous remîmes une deuxième couche de bordés de pin de deux centimètres d'épaisseur, toute neuve. Nous calfatâmes ce revêtement extérieur et nous appliquâmes trois couches de peinture au cuivre antifouling sous la flottaison et quatre couches de peinture noire au-dessus. Quand nous eûmes fini, la coque avait environ sept centimètres et demi d'épaisseur et elle était si solide que le bateau aurait pu être lâché du haut d'une grue sans casser une membrure.

Elle ne pouvait vraiment plus faire d'eau. Néanmoins, je voulais en être sûr.

Un samedi, j'engageai une équipe de garçons avec des seaux pour la remplir d'eau de mer, tandis qu'elle était encore sur le slip. Le travail leur prit toute la journée. Le soir, Dolph et moi, assistés d'oncle Josh et d'oncle Art ainsi que d'une douzaine d'autres, nous étions tous assis en rond autour de la coque et nous guettions les fuites éventuelles. Nous ne vîmes pas une seule goutte d'eau.

La satisfaction que nous ressentîmes fut admirablement exprimée par Dolph :

« Étanche, mon gars ? Elle est aussi étanche qu'un pucelage ! »

Elle semblait vraiment étanche mais j'avais été joué si souvent que je ne voulais pas prendre de risques. Nous avions installé deux nouvelles pompes toutes neuves. L'une d'elles était commandée par une courroie du moteur et sa capacité était fabuleuse. Même si par quelque idée diabolique la goélette avait envie de faire un peu d'eau, je serais capable de circonvenir ses tendances au suicide.

Nous la lançâmes le soir suivant à marée haute. Elle entra doucement dans l'eau et alla s'installer à son mouillage où elle me parut aussi jolie, au milieu du port, qu'un cul-blanc — nom local d'une sorte de mouette. À dix heures du soir, j'allai y faire un tour avec le canot. Il n'y avait pas plus d'un seau d'eau dans les fonds et j'allai me coucher pour dormir du sommeil du juste, certain que *Fleur de Passion* ne coulerait plus.

Je fus éveillé de bonne heure, le matin suivant. La charmante fille de Dorman Collier était debout dans notre cuisine, où elle faisait de petits bruits pour s'éclaircir la gorge. Encore ensommeillé, j'enfilai un pantalon et j'allai voir ce qu'elle voulait.

« Oh, monsieur Mowat, me dit-elle avec une voix au bord des larmes, papa dit que vous feriez bien de venir vite, *Fleur de Passion* est en train de couler. »

De la cuisine, j'aperçus mon petit bateau ou, plutôt, j'aperçus ses mâts, son rouf et à peu près vingt centimètres de coque. Plusieurs doris l'entouraient et son pont était animé d'hommes et d'enfants armés de seaux, en train de danser un fandango sauvage. Un rideau d'eau lancé à toute volée voilait légèrement la scène.

Vers midi, nous avions vidé à peu près jusqu'au niveau du bas du moteur, que nous séchâmes et dans lequel nous remîmes de l'huile. Comme c'était un bon diesel anglais, il démarra sans histoire et la grosse pompe commença à envoyer un jet d'eau d'incendie à travers la crique. *Fleur de Passion* avait été sauvée une fois de plus, mais pour un moment seulement. Sa réponse à ma suggestion d'aller à l'Expo 1967 était donc parfaitement claire.

Une fois de plus, nous la mîmes à sec et nous l'examinâmes si soigneusement que chaque cheville fut vérifiée. Nous ne trouvâmes aucune indication de l'endroit par où l'eau pouvait bien entrer. Complètement abasourdi, Dolph suggéra que nous la mettions à l'eau, que nous montions la garde près de la pompe et que nous attendions « qu'elle se fasse ». À ces mots, je me souvins de ce qu'avait dit Enos Coffin avant que nous partions de Muddy Hole.

Nous la lançâmes donc et elle aspira la totalité de l'eau du port de Messers pendant dix jours, eau que nous rejetions dans le port avec une constante énergie. Au bout de deux semaines, nous commencions à gagner sur les voies d'eau. Vers la fin du mois, elle ne faisait plus guère que la normale... deux cents litres par jour.

Les réactions à notre projet de voyage furent extrêmement variées. La société terre-neuvienne, qui m'avait considéré comme une épine dans son pied aussi bien sur le plan municipal que sur le plan provincial, m'envoya des messages d'encouragement du genre de celui-ci :

« Enchanté d'apprendre vos projets. Mon gouvernement est désireux de faire tout son possible pour accélérer votre départ. »

D'un autre côté, mes vrais amis étaient affolés par mes intentions. Jack McClelland, qui avait depuis longtemps compris que *Fleur de Passion* ressemblait fort à un cercueil flottant, m'envoya le télégramme suivant :

« Ne faites pas l'idiot. Vous êtes complètement fou. »

Lorsque Jack comprit qu'il ne me ferait pas changer d'avis, il eut un geste héroïque. Le vapeur suivant m'apporta une caisse de lui qui contenait :

— 4 gilets gonflables complets avec de la poudre anti-requins ;

— 1 poste de radio de détresse type Mae-West, mais dépourvu de lampes ;

— 1 caisse de fusées de détresse ;

— 1 radeau pneumatique gonflable homologué par l'amirauté pour porter vingt-cinq personnes.

Cette cargaison était accompagnée d'une lettre

m'informant que Jack avait l'intention de protéger ses investissements, aussi bien dans le bateau que dans ma personne, en accompagnant *Fleur de Passion* dans le dangereux trajet entre Burgeo et Montréal.

Cette seule idée me remplit d'horreur. Les augures en faveur de notre survie étaient déjà bien assez défavorables. Claire et Albert partageaient mon sentiment et tous deux décrétèrent qu'au moment où Jack monterait sur le pont ils mettraient sac à terre.

Le 1er août, lorsque nous nous installâmes à bord de *Fleur de Passion*, ma confiance dans l'opération s'était sérieusement érodée. Ce qui, deux mois auparavant, m'apparaissait comme un agréable projet de voyage à l'Expo me semblait maintenant une entreprise dont il était difficile à croire que nous nous sortirions sans dommages. Mon seul espoir était que le temps, qui avait été atroce depuis la fin de mai, resterait aussi mauvais jusqu'en octobre, afin que j'aie au moins une excuse à peu près légitime pour rester ancré à Messers Cove jusqu'à ce que toute cette idiote histoire ait été oubliée. Le temps étant ce qu'il était sur la côte sud-ouest, je me sentais en relative sécurité lorsque j'annonçai publiquement que nous appareillerions au premier jour de soleil.

Le vendredi 2 août se leva une aube radieuse. Pour la première fois depuis trois semaines, il n'y avait pas de brouillard. À sept heures, lorsque je passai une tête inquiète par le panneau — espérant envers et contre tout trouver du mauvais temps —, il n'y avait pas moins de cinquante personnes d'âges divers plantées sur les collines autour de la crique.

Les Terre-Neuviens sont généralement peu démonstratifs. L'assistance qui entourait la crique était tranquille et patiente. Néanmoins, je ressentais leur présence de façon aiguë. Je voyais bien qu'ils attendaient quelque chose. Claire me rejoignit près du panneau et, après avoir jeté un coup d'œil, elle dit :

« Eh bien, je crois qu'il faut y aller. Nous n'allons tout de même pas décevoir les spectateurs.

— Oui, il faut y aller, dis-je. Mais d'abord, je vais commencer par vérifier les boulons de fixation du moteur… ensuite je vais faire ma route… et puis, je ferais peut-être bien d'emmener Albert à terre pour qu'il se dégourdisse les pattes, parce que ça va lui manquer pendant un bout de temps… et… »

Je fis tout cela et bien d'autres choses, mais cela ne servit à rien. Le vent ne changea pas. Le brouillard n'apparut pas pour cacher dans ses grisailles confortablement anonymes ma peur bleue… Les patients observateurs du rivage ne retournèrent pas à leurs affaires.

À quatorze heures, je pris subrepticement une gorgée de la bouteille que je gardais à portée de la main dans le compartiment du moteur, j'en jetai quelques gouttes par-dessus bord — en murmurant simultanément une prière venue du fond de mon cœur — et je tentai de faire démarrer le moteur.

Le sacré engin partit du premier coup. Il n'y avait plus moyen d'échapper au destin.

« Tout va bien ! criai-je d'un fausset un peu enroué à mon équipage. Larguez les amarres ! »

Claire courut à l'avant et largua le câblot du corps-mort. Je poussai le levier d'embrayage, le moteur ronfla et l'hélice fit bouillonner l'eau sous la voûte. *Fleur de Passion* prit de l'erre.

Les gens du rivage se levèrent et quelques jeunes nous firent des signes d'adieu. Frank Harvey était debout à l'extrémité de son appontement et, de sa trompe de brume, il nous envoya un salut lugubre.

Durant trente secondes, je vécus l'exaltant sentiment de tout marin, si timoré soit-il, quand il vient de trancher le cordon ombilical qui le relie à la terre.

Puis il y eut un choc infernal. Albert fut proprement jeté à l'eau. Je faillis me rompre le crâne contre la cloison du rouf, Claire fut jetée contre le grand mât, quant à *Fleur de Passion*, elle avait stoppé d'un seul coup. Le moteur s'arrêta et nous restâmes là, dans une immobilité totale. C'était comme si un géant à la main invisible nous avait attrapés pour nous arrêter. En fait, c'était le cordon ombilical.

Notre mouillage permanent était destiné à un gros navire durant l'époque des ouragans. Un bloc de ciment d'une tonne était enfoncé dans la vase et relié à la bouée de mouillage par une chaîne solide. Le câblot de la bouée était une aussière de nylon de sept centimètres de diamètre. J'avais oublié que le nylon flotte. J'avais gouverné droit sur l'aussière, l'hélice l'avait attrapée et l'avait enroulée bien serré autour de son arbre.

Sim Spencer, mon meilleur ami de Burgeo, sauta dans son doris et vint jusqu'à nous. Nous nous penchâmes ensemble par-dessus le plat-bord et considérâmes l'espèce de serpent de câble lové autour de l'hélice. Sim secoua la tête.

« Il va falloir larguer la bouée et amener le bateau sur le slip pour enlever ça, patron », me dit-il tristement.

Une demi-heure auparavant ses paroles m'eussent paru les plus douces que j'eusse jamais entendues. Mais plus maintenant. Peut-être était-ce la honte, la rage ou quelque chose de plus profond, quelque chose que même le marin le moins hardi peut ressentir à l'occasion. La constatation qu'aucun marin ne peut vraiment maîtriser la peur mais qu'il apprend seulement à vivre avec.

« Pas question ! » criai-je en arrachant mes vêtements.

Je saisis mon couteau de gabier dans les dents et je plongeai par-dessus bord.

Cela n'a pas l'air d'être grand-chose, mais les hommes de Burgeo en furent comme électrifiés. Ils ne savent pas nager. Il n'y a pas de raison qu'ils apprennent car la mer dans les alentours de l'île ne dépasse jamais la température de six à huit degrés et un homme ne peut y subsister que pendant quelques minutes. Quand les spectateurs me virent plonger, nu, dans ces profondeurs glacées, ils crurent que j'étais mort pour tout de bon.

Je l'étais presque. Le choc avait été si brutal que je perdis aussitôt ma respiration. Je revins à la surface et Sim me hissa à bord du doris en me suppliant de ne pas recommencer. Comme j'étais déjà gelé, je le fus moins au deuxième plongeon. Je descendis jusqu'à l'hélice et j'avais déjà commencé à trancher lorsque Albert me rejoignit. Il me repoussa de son museau et commença à s'attaquer au câble avec ses dents. Je remontai à la surface et je fus hissé de nouveau sur le doris. J'étais prêt à abandonner mais Claire se pencha depuis *Fleur de Passion* et elle tenait à la main un verre de rhum.

« Puisque tu es déterminé à te suicider, dit-elle gentiment, essaye au moins de mourir heureux. »

Je plongeai trois fois encore avant de parvenir à couper le câble. Albert plongea au moins deux fois plus et la question reste pendante de savoir qui, de lui ou de moi, y est parvenu. C'est un chien modeste et il se fait rarement valoir.

Fleur de Passion était donc libre et elle dérivait rapidement vers l'île de Messers, qui n'était plus qu'à cinquante mètres. Sans prendre le temps de m'habiller, je bondis sur le moteur, le fis partir et j'embrayai en marche arrière. Rien n'arriva et les rochers se rapprochaient. Bondissant en avant comme un singe nu, je larguai l'ancre. Le bateau s'arrêta, vira de bord et s'immobilisa, l'arrière si près des rochers qu'Albert, qui était toujours en train de s'amuser dans l'eau, grimpa sur une roche et sauta à bord. Il avait dû penser que toute la manœuvre était faite à son intention.

C'en était finalement trop pour l'assistance. Parmi elle, il y avait bien des gens qui avaient dû assister à dix mille appareillages. Mais ils n'en avaient jamais vu de semblable. Tous ceux qui pouvaient prendre un canot sautèrent dedans et, en quelques minutes, la baie devint une fourmilière de doris, de chaloupes et de barques. Ils s'assemblaient autour de *Fleur de Passion* comme les scarabées autour d'un cadavre.

Plusieurs hommes m'expliquèrent, tous ensemble, ce qui avait dû se produire. Le choc provoqué par l'arrêt brutal avait arraché l'arbre de l'hélice du manchon qui le reliait au moteur. Cette fois-ci, c'était l'opinion unanime, le bateau serait bien obligé de remonter sur le slip pour être réparé.

Mais ils avaient compté sans l'esprit qui me possédait encore, bien que ce soit pour une courte durée. Vêtu simplement d'un slip — et je n'aurais certainement pas été vêtu si Claire n'avait pas insisté, je sautai dans le doris de Sim, je saisis un aviron, je l'enfonçai entre le safran du gouvernail et l'hélice, et je fis levier dessus.

L'aviron cassa et j'en saisis sauvagement un autre. Les bateaux rassemblés commencèrent à s'éloigner et il y eut un silence gêné. La pale du second aviron cassa et ses morceaux vinrent flotter à la surface. L'oncle Bert Hahn, dans le plus proche doris, devait avoir flairé ce qui allait arriver. Il fit une frénétique tentative pour s'éloigner mais je me penchai par-dessus le plat-bord du canot de Sim et je lui arrachai un aviron des mains. C'était un excellent aviron, il l'avait taillé lui-même. Tandis que Sim maintenait son doris en position, je réussis à pousser enfin l'arbre en avant et à le faire rentrer dans son manchon.

Il ne me fallut plus que quelques minutes pour resserrer les vis du manchon, faire repartir le moteur et essayer l'embrayage. Cette fois-ci, l'hélice tournait comme il fallait.

« Lève cette sacrée ancre ! » criai-je à mon équipage.

Avant même qu'elle se fût complètement arrachée du fond, je poussai l'accélérateur à pleins gaz, je fis virer *Fleur de Passion* comme une fille dans un tour de valse et nous fonçâmes vers l'embouchure de la crique en écartant les petits bateaux devant nous comme des harengs.

19

Les rives étrangères

Bien que le ciel fût clair, il y avait une forte brise d'ouest et, avant même que nous ne fussions sortis de l'abri des îles de Burgeo, nous commençâmes à tosser durement. Le vent et la mer devenaient de plus en plus mauvais et *Fleur de Passion* commença à faire de l'eau. Elle en ingurgitait environ quatre-vingts litres à l'heure et elle avait bien l'intention de tout garder car les pompes foiraient. Elles avaient été une fois de plus bouchées par les saletés des fonds que l'eau agitait à chacun des bonds athlétiques du petit bateau par-dessus les vagues. Pendant que Claire barrait, je me battis avec les pompes mais je ne parvins pas à les faire fonctionner correctement.

Il semblait bien que *Fleur de Passion* eût gagné une nouvelle fois. Néanmoins, il nous restait une possibilité d'éviter une fuite ignominieuse vers Burgeo. Tout près des falaises, une masse de bancs et d'écueils formait un passage intérieur qui offrait une certaine protection contre la houle mais qui, en même temps, semblait menacer de dévorer tout navire assez hardi pour pénétrer derrière le douteux abri de son ressac.

Si notre départ n'avait pas été une telle foirade, je serais bien retourné à Burgeo. Mais c'en était trop. Plutôt les récifs. Je mis le cap vers la terre.

Ni Claire ni Albert n'avaient une expérience suffisante pour se rendre compte des risques auxquels je les exposais tandis que nous cherchions notre chemin dans un labyrinthe d'eau écumante et de rochers nus. Albert se contentait de flairer les odeurs de la tête et Claire devenait poétique.

« Comme c'est joli, ces récifs qui lancent leurs embruns par-dessus les rochers comme des voiles de mariée ! »

C'était là un point de vue féminin. Le mien était différent.

C'est alors que *Fleur de Passion* joua son atout maître. Le moteur commença à s'emballer et la goélette cessa de répondre à la barre. Quand je me ruai en bas, je découvris que l'arbre de l'hélice avait une fois de plus glissé hors de son manchon. Il ne dépassait plus que d'un demi-centimètre du tube d'étambot. C'était juste suffisant pour me permettre une prise précaire au moyen d'une pince universelle. Je réussis à le ramener à l'intérieur et je pus le remettre en place convenablement. À l'instant même où je revins sur le pont, nous étions en train de dériver vers un récif particulièrement joli et entièrement couvert de voiles de mariée.

Pendant que nous zigzaguions à l'abri précaire des récifs, je réussis à mettre les pompes en état mais à ce moment-là nous étions par le travers de Grand-Bruit, le premier port à l'ouest de Burgeo. J'en avais assez pour la journée, nous y entrâmes.

J'étais dans un très fâcheux état d'esprit car je pensais avec terreur au lendemain et à tous les autres lendemains qu'il y aurait en direction de l'ouest, vers Montréal. Par compensation, Claire et Albert étaient pleins de joie. Grand-Bruit est un petit village, mais particulièrement charmant. En outre, ses quelques habitants sont les gens les plus hospitaliers de tout Terre-Neuve. La moitié d'entre eux se précipita pour attraper nos amarres et l'autre apparut bientôt, les bras chargés de présents qui allaient du saumon fraîchement pêché au pot de confiture. Claire était enchantée.

Albert l'était également. C'était son pays natal et probablement le dernier endroit où les chiens de sa race survivent. Il célébra son retour au pays en sautant sur le quai et en se précipitant crocs en avant sur cinq de ses frères et sœurs — quelques-uns devaient être aussi ses oncles et tantes. Il en résulta un combat de chiens qui dura jusqu'au moment où une demi-douzaine d'hommes armés de balais poussèrent toute cette masse hurlante dans le port, d'où les chiens émergèrent bons amis, ayant oublié leur querelle.

Bien que j'eusse secrètement décidé que cette escale marquerait la fin du voyage vers l'Exposition, je ne fis part à personne de ma résolution. Il me fallait du temps pour préparer l'équipage à l'idée de passer les prochaines années à Grand-

Bruit. Je consacrai la presque totalité de la nuit au travail d'alignement et de consolidation du manchon de l'arbre et à la réparation du presse-étoupe qui était le grand responsable de nos voies d'eau. Lorsque je m'installai dans ma couchette, le ciel, juste avant l'aube, s'était couvert, le vent avait tourné au sud et je compris que l'été allait, Dieu merci, prendre fin. Le vent allait souffler en tempête et le brouillard serait impénétrable. Je m'endormis paisiblement, sachant que le projet était désormais fichu et que ce voyage imbécile ne se continuerait pas.

Je n'ai jamais trouvé d'explication raisonnable à ce qui se passa le jour suivant. Les faits inexplicables sont ceux-ci. Lorsque je m'éveillai à neuf heures, ce fut pour découvrir un ciel clair, sans un nuage, sans un souffle de tempête, une visibilité parfaite et une mer aussi calme qu'un bassin de square. *Fleur de Passion* ne faisait pas d'eau. D'abord, je ne voulus pas y croire et, comme les conditions n'avaient pas changé à midi, il me fallut bien accepter mon destin : rien, à moins de saboter le bateau ou le moteur, ne pourrait me permettre d'abandonner le voyage. Tout en étant convaincu que j'étais la victime d'une terrible plaisanterie, j'étais incapable de rien faire. Avec toute la population de Grand-Bruit rassemblée sur le quai pour nous souhaiter bon voyage — et clairement étonnée de nous voir retarder notre appareillage —, je fus bien forcé, malgré la répugnance de chaque fibre de mon être, de retourner à la mer une fois de plus.

Le jour qui suivit fut l'un des plus néfastes de ma vie. Les extraordinaires conditions météorologiques — une journée comme celle-là ne se voit qu'une fois tous les dix ans à Terre-Neuve — continuèrent, heure après heure. Rien ne se détraqua dans le moteur. Les voies d'eau ne réapparurent pas. Nous faisions route le long d'une côte ensoleillée et souriante, sur une mer plate et scintillante. Et tout le temps, je savais que quelque chose devait arriver et que je devais me tenir prêt à l'affronter. J'étais tellement obsédé par cette certitude, tellement sûr que nous étions de pauvres moutons destinés à l'abattoir que je me disputai avec Claire, j'injuriai mon pauvre petit bateau et je rudoyai Albert. J'étais à proprement parler insupportable.

Tard dans la nuit, nous entrâmes dans le port de Port-aux-Basques après une croisière rigoureusement sans incidents et qui aurait été un jeu d'enfant pour trois hommes dans une baignoire. Nous étions parvenus à notre point de départ définitif de l'île de Terre-Neuve.

La facilité avec laquelle nous avions atteint Port-aux-Basques ne me rendit pas plus confiant dans l'avenir, au contraire. J'étais de plus en plus convaincu que *Fleur de Passion* prenait son temps et qu'elle essayait de me rendre imprudent. Je ne pouvais croire qu'après toutes ces années d'opposition victorieuse à ma volonté de l'emmener à l'ouest la goélette allait se soumettre si facilement.

Le détroit de Cabot, qui sépare Terre-Neuve

de la Nouvelle-Écosse, est large de quatre-vingt-dix milles marins. Il est célèbre pour le mauvais temps qui y règne et pour les violents courants qui se combinent avec une houle permanente pour former une mer vicieuse. Comme Claire et Albert n'étaient pas encore suffisamment amarinés pour un tel défi, je m'étais arrangé avec le capitaine John Parker, expert en voile et en moteur, qui à cette époque était chef pilote de Sydney, pour qu'il me rejoigne à Port-aux-Basques. John arriva de Sydney par le gros ferry *William Carson* dans la matinée du lendemain. J'emmenai Claire et Albert à bord du *Carson* et je les confiai aux soins de l'aimable capitaine Charlie Brown. Charlie leur donna sa propre cabine, puis nous emmena tous sur le pont pour écouter la météo. Elle n'était pas bonne. Elle parlait de forts vents de sud-ouest, de mauvaise visibilité, d'orages et de fortes pluies.

« Hum ! fit Charlie, ça va être une croisière inconfortable sur le *Carson*. Naturellement, vous les gars, vous serez bien tranquilles au port. Ça passera dans quelques jours et vous pourrez partir après. »

À midi, la sirène sonna pour annoncer le départ du gros bateau. John et moi fîmes nos adieux et regagnâmes la terre. Tandis que nous rentrions au port, John me terrifia en disant :

« Eh bien, je pense que nous pourrions partir vers deux heures cet après-midi, ça nous permettrait d'arriver à Cap-Breton en plein jour, demain matin.

— Seigneur Jésus ! John, vous blaguez ? Vous n'avez pas écouté la météo et ce que Charlie a dit ? »

John, qui est petit de taille, mince et sec comme une corde à fouet, et qui ne craint apparemment rien sur la terre, haussa les épaules et répondit :

« Pour ça, Farley, si vous attendez le beau temps dans le détroit, vous attendrez toute votre vie. Nous ferions mieux de prendre les choses telles qu'elles sont et de nous en tirer le mieux possible. »

Qui étais-je pour discuter avec un homme qui avait commandé un trois-mâts sur la ligne d'Amérique du Sud à une époque où j'étais encore en train de pagayer en canoë sur les eaux sylvestres des fleuves de l'Ontario ?

Nous montâmes à bord et John passa en revue *Fleur de Passion*. Il en parut satisfait, sauf sur un point.

« Où est votre réflecteur radar ? »

Je confessai que je n'en avais point.

« Nous ferions mieux de nous en procurer un, dit John. Presque tout le trafic maritime passe par le détroit. Il y a des quantités de gros bateaux et nous allons leur couper la route dans la purée de pois. »

Je ne demandais pas mieux, mais, dans tout Port-aux-Basques, il était impossible de se procurer cet engin, même avec de l'argent. En fin de compte, nous hissâmes un seau de vingt litres dans les barres de flèche. Ça paraissait un peu curieux, mais John pensait que ça ferait l'affaire.

Nous appareillâmes, conformément à l'horaire, à quatorze heures et je n'aimais pas du tout l'aspect du paysage. Une grosse houle huileuse, le plus sûr précurseur d'un coup de vent, roulait ses lames du sud-est. Le ciel était couvert et horriblement sombre. Si quelqu'un avait écrit « tempête » en lettres de cent mètres de hauteur sur les nuages, les augures n'auraient pas pu être plus clairs. Je regardai John, mais il était calme, tout à fait relax, il suçait sa pipe à la barre et pensait sans aucun doute au livre qu'il était en train d'écrire sur les beaux jours de la marine à voile. Aussi discrètement que possible, je descendis dans le compartiment moteur.

Bientôt nous fûmes en pleine mer et la côte de Terre-Neuve disparut derrière nous. La houle devint de plus en plus vicieuse et *Fleur de Passion* se mit à tosser comme une folle. Les voies d'eau saisirent leur chance et se rouvrirent. Et, une fois de plus, les saletés des fonds bouchèrent les pompes.

Vers dix heures, il faisait parfaitement noir. Le vent fraîchissait comme il était prévu et la combinaison des rafales et de la forte houle faisait bouger le bateau d'une façon indescriptible. J'espère que John me pardonnera, mais je ne puis mieux décrire ce genre de mouvement qu'en racontant que, lorsque John descendit boire un verre, il fut immédiatement malade. Il fut même terriblement malade et quand on pense qu'il avait été en mer pendant trente ans, à la fois quand il était jeune et quand il était un homme fait, on peut apprécier. La seule raison pour laquelle je ne suivis pas son exemple était que j'étais trop terrifié.

Entre-temps, nous avions abandonné l'idée de prendre un cap direct pour Sydney. Nous changeâmes de bord et nous essayâmes de courir vers l'ouest, vers l'île isolée de Saint-Paul, sous les falaises de laquelle nous espérions trouver un abri si la tempête empirait.

La tempête empira. Le ferry de six mille tonnes *Life Eriksson* nous passa par tribord, cap sur Port-aux-Basques, et nous pûmes nous rendre compte du temps contre lequel nous nous battions à la façon dont il piquait dans la plume, enfournant de lourdes déferlantes par son avant massif.

Vers minuit, nous n'avions qu'une idée fort imprécise de l'endroit où nous nous trouvions. Nous embarquions de l'eau verte sur tout le bateau, de sorte qu'il était impossible de regarder la carte. Nos feux de position et de route, à l'huile, s'étaient éteints et il n'était pas question d'aller à l'avant pour les rallumer. Nous étions un petit bateau noir sur une mer noire, dans une nuit noire, invisible pour tout œil humain, et nous devions mettre toute notre confiance dans le seau de fer de vingt litres hissé dans les barres de flèche. Cette confiance n'était pas mal placée. Bien que nous ne l'ayons pas vu, le *Patrick Morris*, un autre ferry, nous repéra au radar depuis dix milles. Incapable de découvrir qui nous étions ni ce que nous étions en train de faire, son commandant ne prit pas de risques et se détourna pour nous laisser toute la place. D'autres bateaux en firent probablement autant car, jusqu'à l'aube, nous ne vîmes aucun signe de vie sur la mer.

L'aube était interminable à venir. Le vent montait en rafales de cinquante milles à l'heure. La drisse de foc nous lâcha et il ne nous resta que notre trinquette. Le tuyau d'échappement sortit de la bague qui lui permettait de passer à travers la coque et non seulement le compartiment du moteur fut envahi par les gaz d'échappement, mais le détroit de Cabot commença à pénétrer dans le bateau par un trou de cinq centimètres de diamètre chaque fois que nous gîtions à tribord. Le résultat de cette avarie fut que nous fûmes obligés de rester tribord amures en espérant que nous ne tomberions pas tout droit dans la falaise de trois cents mètres de hauteur du cap Nord.

Nous avions abandonné tout espoir de trouver Saint-Paul et nous essayions simplement de rester en vie, quelque part au milieu du détroit, et d'étaler la tempête du mieux possible. La mer était devenue si forte qu'elle nous recouvrait par moments d'un bout à l'autre. Les voies d'eau ne cessaient de grandir et il me fallait pomper quarante minutes chaque heure avec la pompe à main tandis que la pompe à moteur tournait continuellement. Heureusement, toutes les saletés des fonds semblaient avoir passé par-dessus bord et les pompes ne se bouchaient pas.

Lorsque le jour se leva dans les orages et les grains, le vent tourna ouest-sud-ouest au moment où nous découvrions la terre dans le lointain. Ce devait être les falaises du cap Nord, aussi décidâmes-nous de mettre le cap vers le petit port de Dingwall ou peut-être d'Ingonish. Mais tandis que nous nous traînions plus près de la terre, nous pûmes apercevoir d'énormes déferlantes qui rentraient en écumant dans les embouchures de ces deux havres et qui en interdisaient l'entrée.

Il n'y avait plus rien d'autre à faire que de gouverner au sud dans l'espoir d'atteindre l'entrée des lacs du Bras d'Or, un complexe de grands lacs d'eau salée qui se trouve à l'intérieur de l'île de Cap-Breton. John prit la barre pendant que je pompais maintenant sans arrêt. Lorsque nous consultâmes le loch, je vis que nous avions couvert cent vingt milles sur l'eau et presque toute cette distance dans la mauvaise direction.

Mais tout a une fin. Lorsque le soleil se leva et apparut à travers les épais nuages, le vent commença à faiblir. À midi, la tempête était terminée, la houle diminua et je pus même lâcher un moment la pompe pour faire quelque chose à manger. C'était la première nourriture que nous prenions depuis le début du voyage. À mesure que le soleil montait, la journée devint chaude et, vers six heures du soir, nous parâmes Bird Island et nous pénétrâmes dans le long chenal qui mène au cœur de la grande île de Cap-Breton. Peu après, nous accostâmes l'appontement d'un pêcheur de homards. Il avait fallu trente heures de lutte pour arracher *Fleur de Passion* à son pays natal et pour qu'elle devienne une étrangère sur un rivage étranger.

Claire et Albert furent tout surpris de nous voir quand le pêcheur de homards nous emmena en voiture à Sydney, tard dans la soirée. Le *Carson* avait eu une mauvaise traversée, comme prévu, et Charlie Brown avait assuré que nous ne pourrions pas sortir de Port-aux-Basques avant au moins une semaine. Mais Charlie Brown ne connaissait pas John Parker comme je le connais maintenant. Je ne suis pas certain que j'aimerais faire de la croisière de plaisance avec John, mais, s'il m'arrive encore une fois d'avoir à faire une traversée difficile dans des conditions dangereuses, c'est lui que je veux à côté de moi.

Le lendemain, Claire, Albert et moi, nous conduisîmes *Fleur de Passion* à l'intérieur des lacs dans la calme et charmante petite baie de Baddeck, où il y avait un petit chantier dirigé par la famille Pinaud. Nous avions l'intention de mettre la goélette au sec et de continuer à la mettre au sec jusqu'à ce que ses voies d'eau soient réparées une fois pour toutes.

Elle ne nous donna pas d'ennuis pendant cette traversée. Peut-être était-elle trop épuisée, mais j'incline à penser qu'elle souffrait d'un complexe au contact de la civilisation. Le contraste entre son pays natal et ces rivages verdoyants et paisibles, avec leurs grosses fermes prospères qui s'étendaient le long d'une eau léthargique, la chaleur estivale, l'absence de brouillard et de bise, tout cela l'impressionnait au point qu'elle était aussi aimable qu'un chat coupé.

Lorsque nous pénétrâmes dans le port tout droit sorti d'un livre d'images de Baddeck, le bassin était bondé de yachts étincelants de cuivre et de chrome, dont les équipages évoquaient plutôt des mannequins de grands couturiers. Entourés par toutes ces manifestations de la société de consommation, Claire et moi nous sentions tout à fait déplacés. Il devait en être de même pour *Fleur de Passion*. Elle ne pouvait pas ne pas sentir combien elle paraissait rustique et grossière en comparaison de ces palaces flottants. Tout comme une fille de la campagne brusquement exposée aux regards méprisants de la haute société, elle eut l'envie de se jeter à l'eau.

Nous étions à peine parvenus le long du quai qu'elle se mit à s'enfoncer comme si toutes les planches de ses fonds s'étaient ouvertes. Seule la prompte action de Fred et Ralph Pinaud, qui se précipitèrent à notre secours avec une batterie de pompes électriques, l'empêcha de noyer sa honte au fond du port.

Albert, pour sa part, n'était pas du tout décontenancé par ce nouveau monde. Il célébra son arrivée en allant à terre et en précipitant un gros caniche bleu à l'œil imbécile en bas d'un yacht. Dans son arrogance de simple d'esprit, le caniche avait imaginé de lui barrer le passage. Albert ne daigna même pas combattre, il saisit le caniche par une de ses longues oreilles flottantes, le secoua de sa massive épaule et le précipita dans l'eau. Ensuite il poursuivit son chemin sans même un regard en arrière. Par cette action, il s'attira la sympathie de tous les ouvriers des chantiers et ils la lui manifestèrent pendant tout le reste de notre séjour.

Le matin suivant, les frères Pinaud mirent la goélette à sec et nous passâmes toute la journée à travailler sur le bateau. Comme d'habitude, nous fûmes incapables de trouver les causes des voies d'eau, aussi nous refîmes le calfatage, nous collâmes des feuilles de plomb aux angles entre les retours de galbord et la quille, nous passâmes de la peinture dessus et nous relançâmes le bateau à l'eau.

La goélette se mit à faire de l'eau aussi catastrophiquement qu'auparavant. Cela mit en fureur les frères Pinaud, qui la remirent derechef au sec. Cette fois-ci, six hommes se mirent au travail dessus et la passèrent littéralement au peigne fin. Ils ne trouvèrent rien de nouveau. En désespoir de cause, ils la bourrèrent encore de peinture puis la remirent à l'eau pour la deuxième fois.

Ce soir-là, elle était amarrée à l'appontement et elle ne prenait plus l'eau. C'était une bonne occasion d'arroser la chose, mais c'était prématuré. À minuit, comme il allait nous quitter, Ralph Pinaud jeta un coup d'œil dans les fonds de mon bateau. Son hurlement de rage put être entendu à vingt milles à la ronde. Les fonds étaient pleins ; l'eau léchait déjà le plancher du compartiment moteur.

Nous mîmes la pompe électrique en action, puis nous allâmes dormir.

Au matin, Ralph revint à bord.

« Il est inutile de remettre cette putain de goélette au sec, nous dit-il. Il n'y a qu'un seul espoir pour elle, un seul et le dernier. Vous voyez ce banc de boue de l'autre côté du bassin ? Oui ? Eh bien, vous allez mettre votre moteur en marche arrière et vous allez amener cette espèce de panier percé qui vous sert de bateau à toute vitesse et l'arrière le premier dans ce banc de boue.

— Et je la laisserai là, et je prendrai le train pour l'Exposition ? lui demandai-je plein d'espoir.

— Non, monsieur ! Vous ne laisserez pas cette baille dans mon bassin. Quand elle sera au sec, dans la boue, vous continuerez à faire tourner votre moteur en arrière. Vous ferez en sorte que l'hélice touille le plus de boue possible. Vous ferez cela pendant six heures, ensuite nous irons vous chercher et nous verrons bien ! »

Il n'était pas question de discuter avec Ralph, qui avait l'aspect d'un homme décidé à en terminer avec son calvaire. J'obéis sans enthousiasme à ses ordres. Nous fîmes partir *Fleur de Passion* à pleins gaz en marche arrière et nous la fîmes buter dans le banc de boue. Nous restâmes là toute la journée à faire tourner notre hélice et à nous enfoncer doucement dans la vase molle du rivage comme une tortue en train de creuser son nid.

Tard dans l'après-midi, un yacht incroyablement perfectionné entra dans le bassin. Il surpassait tous les autres par sa quantité de chromes. Son nom (et je n'invente rien) était : *Le Patricien*. Son équipage, comme son propriétaire, portait des tricots en travers desquels s'inscrivait le nom du bateau en lettres d'or. Il venait de l'Ohio et, à son attitude, il était clair qu'il était en train de faire la charité dans les quartiers pauvres. Il manœuvra vers le quai et, pour ce faire, passa tout près de nous. Son imposant propriétaire — on aurait eu de la peine à le nommer skipper — me héla et me demanda avec condescendance si je voulais une remorque.

Je lui répondis que non, merci. Je lui dis que mon bateau était dans la vase parce que c'était là que je voulais qu'il soit. Je lui demandai s'il avait déjà entendu dire que les dames de l'Ohio se servaient de boue pour améliorer leur teint. Il me répondit que non et je lui expliquai alors que la coutume en Nouvelle-Écosse était d'utiliser ce même traitement pour nos bateaux afin d'améliorer leur carène. Ensuite, je lui suggérai qu'il pourrait, personnellement, profiter de ce traitement. Son accostage subséquent de l'appontement ne fut pas, et de loin, le meilleur que j'eus jamais vu, mais il est possible qu'il ait pensé à autre chose.

Après le dîner, nous tirâmes *Fleur de Passion* de son canapé de boue et, après que nous l'eûmes accostée au wharf, Ralph et Fred restèrent avec nous toute la soirée en regardant dans les fonds toutes les cinq minutes. Oh ! miracle entre les miracles, la goélette ne faisait plus d'eau. Elle n'en fit pas de toute la nuit, ni de toute la journée du lendemain.

« Elle a aspiré de la boue, expliqua Ralph. Tous les pores du bois sont remplis de boue. Maintenant elle peut faire ce qu'elle voudra, elle ne fera plus d'eau… en tout cas pas avant que la boue ne soit ressortie. Et quand ce sera le cas, il vaudra mieux essayer de retrouver un autre banc de boue, et rapidement. »

Ralph Pinaud est un des rares véritables génies qui subsistent encore sur cette terre.

20
Bonjour l'Expo !

Le mois d'août était déjà bien avancé quand *Fleur de Passion* fut prête à faire voile. Entre-temps, nous en avions eu jusque-là des yachts de gens riches. Heureusement, Baddeck en hébergeait quelques autres. L'exception qui confirmait la règle était incarnée par la présence de plusieurs véritables marins. Il y avait le docteur Paul Sheldon, de New York, qui, à soixante-dix ans, menait chaque année son vieux sloop solide autour de Terre-Neuve et même le long de la côte du Labrador. Il y avait Bob Carr, qui avait construit une reproduction parfaite du célèbre *Spray* du capitaine Slocum et qui, ensuite, avait fait l'aller et retour des Antilles avec. Il y avait également Rory, un gynécologue irlandais qui se préparait à traverser l'Atlantique à bord de son bateau pour échapper pendant quelques mois aux infortunes féminines.

Baddeck n'était donc pas si mauvais, à condition d'y choisir sa compagnie. Mais Claire et moi nous regardions le calendrier d'un œil anxieux et nous nous demandions si notre voyage n'allait pas avorter tout près du but. Le temps passait vite et nous allions lentement.

Nous quittâmes Baddeck à midi, le 12 août, et nous fîmes un passage quasi irréel à travers les lacs embrumés du Bras d'Or jusqu'au canal Saint-Peters. Sortis du canal, nous obliquâmes à l'ouest à travers le passage de Lennox, qui sépare l'île Madame de l'île de Cap-Breton.

L'île Madame a été habitée depuis longtemps par des Acadiens qui parlent le français et elle est reliée à Cap-Breton par une digue et un pont tournant très ancien. Ce pont tourne grâce au travail d'un cheval. Ce cheval vit sur le rivage de l'île Madame et c'est un cheval acadien. Il n'est jamais parvenu à se faire à notre monde moderne de hâte et de précipitation.

Paul Sheldon m'avait parlé du cheval et m'avait averti de ne pas m'approcher de lui avec un air impérieux.

« Soyez très poli avec lui, m'avait dit Paul, et préparez-vous à prendre votre temps. »

Nous suivîmes donc son conseil. Quand nous arrivâmes par le travers de la ferme où vivait le cheval (elle se trouve à un mille à l'est du pont), nous envoyâmes bien poliment trois coups de notre corne de brume portative et Claire s'occupa de préparer le déjeuner après que nous eûmes jeté l'ancre. C'était un jour calme et ensoleillé et nous restâmes là, assis, à boire une bouteille de vin en jetant de temps à autre un coup d'œil vers la ferme.

Le cheval n'était pas chez lui quand nous arrivâmes. Il s'était rendu à une ferme voisine pour donner un coup de main à la moisson. Cependant, dans le milieu de l'après-midi, il apparut, trottinant vers le pont. Il était à mi-chemin avant que son partenaire humain, le pontier en titre, n'apparût sortant de la ferme et ne prît sa suite.

À ce moment-là, nous entendîmes dans l'est un grondement impressionnant et, quelques minutes plus tard, un énorme yacht à moteur apparut tout tonitruant à une vitesse d'environ vingt nœuds. Il nous dépassa sans ralentir. La vague qu'il soulevait remplit mon verre de vin d'eau de mer, et moi-même, de fureur. Mes protestations furent noyées par trois longs hurlements rauques des cornes du yacht à moteur. Il voulait l'ouverture du pont et il la voulait tout de suite. Il ne ralentit pas et je sentis se lever en moi l'espoir qu'il allait rentrer droit dans le pont et couler mais, à la dernière minute, il battit en arrière toute dans un déluge d'embruns et de fumée d'échappement. Avec ses moteurs grondants, il commença à faire des ronds devant le pont fermé, visiblement furieux d'être retardé.

Claire était allée à l'avant, prête à hisser notre ancre, lorsque ce monstre apparut sur la scène.

« Ne t'occupe pas de l'ancre, lui criai-je, regarde le cheval ! »

Le canasson s'était arrêté à quelque trois cents mètres du pont. Les oreilles pointées en avant, il observa l'espèce de palais flottant bourré de gin qui tournait en rond, puis il fit posément demi-tour et partit au pas vers la ferme. Il croisa le pontier mais, pour autant que je puisse dire, il n'y eut aucune communication visible entre eux. L'homme continua en direction du pont tandis que le yacht déchirait le calme de la journée par toute une série de sons de trompe furibonds.

Ensuite, il continua à foncer en avant et en arrière, parallèlement au pont. Il ralentit néanmoins quand le pontier se pencha sur le garde-fou. Nous étions trop loin pour entendre la conversation, mais le pontier nous la résuma un peu plus tard :

« Oui, monsieur, ce type, il m'a dit qu'il est le président d'une grosse société. Il m'a dit d'ouvrir le sacré pont en vitesse parce qu'il est très pressé. J'ai attendu qu'il ait fini, et puis je lui ai parlé de mon cheval. Voyez-vous, ce cheval, il aime pas le bruit. Quand il entend des bruits très forts, il retourne à son écurie et il reste dedans jusqu'à tant que celui qui fait du bruit s'en aille. J'ai dit au président que j'étais désolé, mais que le cheval ne reviendrait pas ouvrir le pont tant que son gros bateau serait dans le passage Lennox. Je lui ai dit qu'il fallait qu'il fasse le tour par l'extérieur de l'île Madame et, après qu'il eut juré comme je n'ai jamais entendu personne jurer auparavant, c'est quand même tout ce qui lui est resté à faire. »

Nous vîmes le yacht virer de bord, lancer ses moteurs et revenir vers nous en grondant, mais, cette fois, j'étais prêt. Je mis ma main sur mon verre et mon vin ne fut pas mouillé. J'eus une rapide vision d'un type au visage en forme de bifteck sous une casquette couverte d'or. Il avait les mains crispées sur la barre comme s'il avait voulu l'arracher de son axe et son visage était si rouge que, si j'avais été un spécialiste du cœur, j'aurais mis *Fleur de Passion* à sa poursuite, assuré d'y retrouver mon compte.

Lorsque le dernier écho des deux moteurs se fut éteint, le cheval sortit de son écurie, jeta un regard inquisiteur en amont et en aval du passage, puis il trottina jusqu'à l'endroit où le pontier était en train de fumer sa pipe en admirant les cieux. Tous deux s'attelèrent à la barre d'un cabestan qu'ils firent tourner pour ouvrir le pont. Lorsque nous passâmes entre les piles, nous fîmes un petit arrêt pour bavarder un moment. Le cheval vint jusqu'au garde-fou et nous regarda. Albert et lui semblaient se plaire. Je crois comprendre la raison de cette sympathie. Ils sont les deux animaux les plus indépendants que j'aie jamais rencontrés.

Pendant les quelques jours qui suivirent, les dieux furent avec nous. Le calfatage à la boue de *Fleur de Passion* faisait son œuvre et le bateau lui-même resta remarquablement docile. Peut-être commençait-il à prendre plaisir aux nouveautés de ce monde inconnu. Nous traversâmes le Canso Gut et nous entrâmes dans le détroit du Northumberland, qui sépare le continent de l'île du Prince-Édouard. Sauf une bourrasque aussi brève qu'instantanée qui coucha le petit bateau sur le côté et jeta Claire et Albert par-dessus bord, la traversée jusqu'à Pictou, notre escale suivante, se déroula sans événement notable. Pictou était l'endroit où Jack McClelland devait nous rejoindre et, fidèles à leur serment, Claire et Albert mirent immédiatement sac à terre.

Je les vis partir avec une certaine mélancolie et une secrète envie de me joindre à eux. Ce n'est pas que j'aie quelque chose contre Jack comme équipier, mais c'est seulement parce que je savais qu'il ne serait pas heureux avant de nous avoir fourré, lui-même, moi et *Fleur de Passion*, dans un sac de nœuds.

La météo était mauvaise pour l'après-midi et j'en conclus que nous devrions attendre le lendemain pour partir. Mais Jack ne voulut rien entendre.

« Écoutez-moi bien, dit-il avec sa véhémence habituelle. Je ne peux disposer que d'une semaine pour vous aider à amener cette baille à l'Exposition. Il y a douze cents milles à faire en sept jours. »

J'allai à terre pour larguer les amarres et je fus accosté par un vieux capitaine de remorqueur qui avait écouté notre conversation avec intérêt.

« Hé, hé ! dit-il avec admiration, vous avez un marin qui pète le vitriol ! »

Nous avions mis à la voile au crépuscule et nous avions pris un cap vers le centre du détroit de Northumberland. La brise était modérée, il y avait un bon clapot et pas mal de moutons lorsque nous arrivâmes dans une série de remous dus à la marée. Tout se passa assez bien jusqu'au moment où, vers l'aube, le vent tomba et fit place à un épais brouillard. Pendant plusieurs heures, nous naviguâmes au moteur, suivant un cap qui aurait dû nous tenir largement loin de toute terre. Mais à huit heures, pendant que j'étais en bas en train de faire le déjeuner, je fus terrorisé par un cri de Jack.

« Terre devant et droit dessus ! »

Effectivement, juste devant nous et diablement près, on apercevait dans le brouillard un rivage bas. Entre lui et nous, il y avait une bande de brisants avec des vagues qui bouillonnaient d'écume blanche.

Jack prétendit que cette terre devait appartenir à la Nouvelle-Écosse et que le cap Tormentin devait s'être allongé jusqu'au milieu du détroit pendant la nuit. La vérité, c'est que nous étions paumés. Tandis que nous discutions, j'examinai d'un peu plus près le remous de marée et, à ma grande horreur, je constatai que ce n'était pas un remous mais l'effet d'un ridain de haut-fond. Une rapide vérification sur la carte montrait que c'était l'effroyable banc de Tryon, qui se trouve devant le rivage de l'île du Prince-Édouard. Nous étions à des milles de notre véritable cap et pas bien loin de terminer notre voyage sur place.

Nous nous dégageâmes de l'endroit et prîmes un nouveau cap, mais nous n'avions pas grande confiance. Notre compas était visiblement devenu fou et nous ne pouvions plus nous y fier. Il semblait avoir pris dix degrés de variation imprévue. Le miracle est qu'il n'en ait pas pris plus car, lorsque je jetai un coup d'œil dans la boîte du compas, j'y trouvai, collé contre la rose, un gros tournevis.

Je n'ai jamais découvert de façon certaine la manière dont il était venu là. Jack grommela qu'il avait eu des difficultés avec l'accélérateur du moteur, lequel était monté tout près du compas, et ce, pendant la nuit. Ce fut tout ce qu'il trouva pour tenter de s'expliquer, mais passons...

Pendant la nuit, le calfatage à la boue de Baddeck avait commencé à devenir d'une minceur inquiétante. Nous entrâmes donc à Borden, dans l'île du Prince-Édouard, et là nous trouvâmes un banc de jolie argile rouge bien collante et nous persuadâmes la goélette d'y poser son derrière pendant quelques heures. Lorsque nous partîmes de Borden, elle était à nouveau étanche mais, tandis que nous nous traînions lentement vers l'ouest, elle laissait derrière elle un sillage couleur de sang et on aurait pu croire que nous étions en train de la saigner à mort.

Nous continuâmes à travers le détroit et le lendemain nous entrâmes dans le port acadien de Richibucto dans le Nouveau-Brunswick, pour faire notre plein de carburant. Du point de vue de Jack, c'était un mauvais choix. Il est si fantastiquement allergique à toute espèce de crustacé et au homard en particulier que le seul contact de ces invertébrés lui fait littéralement perdre le souffle. Il est la proie d'éruptions urticantes, flamboyantes et intolérables sur tout le corps. Or, Richibucto est l'un des plus grands ports à homards du monde et la saison du homard battait son plein.

Tandis que nous étions amarrés au quai, les

pêcheurs de homards commencèrent à entrer au port. Ils avaient fait une bonne pêche. Comme nous étions des étrangers et qu'en conséquence nous devions bénéficier de la traditionnelle hospitalité des Acadiens français, de nombreux pêcheurs lançaient quelques homards dans notre cockpit en passant près de nous. Tandis que les homards volaient autour de nous, Jack commença à s'agiter et à courir d'un bout à l'autre du pont comme un chien privé de réverbères. Comme le tir ne faiblissait pas, il commença à se gratter et son visage devint pourpre. Avec un gémissement déchirant, il sauta sur le quai et resta là un bon moment, regardant autour de lui comme s'il eût été poursuivi par d'invisibles démons.

Mais ce n'était pas un refuge. Le quai était encombré de camions de homards, de caisses de homards et de homards par milliers.

Il s'enfuit, bousculant les pêcheurs stupéfaits, et atteignit la plage. Mais là non plus, il n'était pas en sécurité. Un petit garçon l'avait suivi et lui offrit un panier de pinces de homard.

Finalement, il chercha asile dans un terrain vague herbeux, à un quart de mille du rivage, et s'assit là, chassant mélancoliquement les moustiques jusqu'à ce que, après avoir stocké les homards dans une boîte à outils à l'intérieur du compartiment moteur, je puisse lui signaler que tout était prêt pour repartir.

J'espère que les braves pêcheurs de Richibucto me pardonneront, mais, dès que nous fûmes au large, je renvoyai les homards à leur élément naturel. Il fallait agir ainsi. Il n'y avait pas d'autre moyen de continuer le voyage si mon matelot passait tout son temps et occupait ses deux mains à se gratter pour tenter d'atténuer d'intolérables démangeaisons. Nous naviguâmes toute la nuit, parâmes Escuminac et commençâmes à traverser la large et traîtresse baie de la Chaleur. Jack célébra la disparition de la terre sur l'horizon en manifestant la plus étrange distraction.

Je lui avais ordonné de mettre le loch à la mer. Il lança parfaitement l'hélice et son filin mais il oublia d'en saisir l'extrémité à l'appareil lui-même. Je me souviendrai longtemps avec volupté de son visage au moment où, debout à l'arrière, il contempla avec stupéfaction ses mains vides dont l'extrémité de la ligne venait de filer. En dépit de la perte du loch, une antiquité adorée, je ne pus m'empêcher de rire, et ce fut de ma part une fatale erreur. Lorsqu'une heure plus tard nous nous trouvâmes en pleine tempête et que je décidai de faire demi-tour pour rentrer à Miscou pour la nuit, Jack se tourna vers moi.

« Rentrer ? Dieu tout-puissant, c'est tout ce que vous êtes capable de faire ! Si vous aviez seulement les c... d'un canari, vous garderiez ce cap. Vous avez donc peur de crever, espèce de trouillard ? »

J'avais vraiment peur de crever, mais j'avais encore bien plus peur de vivre avec Jack les années à venir si je n'exécutais pas ses ordres.

La traversée de la baie de la Chaleur fut une

pénible expérience. Nous passâmes la nuit à tosser dans une des plus mauvaises mers que j'aie jamais vues. Même l'excellente argile de l'île du Prince-Édouard ne put se cramponner à la coque dans l'horrible clapot qui nous secouait comme un cube de glace dans un shaker à cocktail. Ce clapot lessiva l'argile des coutures de *Fleur de Passion*, de sorte que nous fûmes bientôt prêts à couler et en train de chercher désespérément une escale possible.

Nous en trouvâmes bientôt une à Grande-Rivière, un hameau sur la rive nord de la baie où nous arrivâmes à grands coups de pompe juste avant midi.

Grande-Rivière fut le premier village que nous rencontrâmes qui ne fût pas aimable pour les gens qui naviguent dans de petits bateaux. Il n'y avait pas de banc de vase digne de ce nom. Tout ce que nous trouvâmes qui ressemblait à la chose fut une sorte de digue bordant un carré de choux. Nous fîmes reculer *Fleur de Passion* contre cette levée de terre et son arrière arriva juste au-dessus de la première rangée de choux. Nous ne faisions aucun mal à ces choux, mais la propriétaire du jardin, une vieille toupie avec une voix perçante, pensait différemment. Elle se planta sur le rivage et nous harangua jusqu'au moment où Jack perdit patience. Il prit son attitude la plus menaçante, la regarda de la tête aux pieds puis, avec le meilleur accent possible, il l'informa que nous étions deux officiers de la marine soviétique, menant leur petit bateau depuis Leningrad jusqu'à l'Expo 1967.

« En Rrrrépublique soviétique, les vieilles femmes qui fairrre trrrop de brrruit, nous les envoyer coucher ! » lui dit-il en esquissant un geste pour sauter à terre.

Elle se sauva en toute hâte et nous étions en train de nous tordre de l'incident, une demi-heure plus tard, lorsque nous aperçûmes deux cargaisons complètes de camions de la police provinciale du Québec en train de débarquer à deux cent cinquante mètres de nous et de se déployer en tirailleurs avec des fusils à bombes lacrymogènes.

« Vous et vos blagues », dis-je amèrement en plongeant vers le moteur.

Jack ne dit rien, il était trop occupé à m'aider à faire partir le diesel pour nous tirer de ce mauvais pas.

Toujours faisant eau, *Fleur de Passion* s'enfuit à la recherche d'un port plus hospitalier. La journée était ensoleillée et elle devint bientôt si chaude que nous nous déshabillâmes complètement tandis que nous pompions notre route autour du cap d'Espoir en vue de l'île Bonaventure, de Rock Percé et des falaises de Gaspé. Pour la première fois depuis le début du voyage à travers le golfe, nous avions un vent favorable et, comme nous parions Rock Percé, nos voiles tannées hissées et bien pleines, nous devions ajouter une touche particulière au pittoresque du paysage. En tout cas, nous attirâmes l'attention d'un gros bateau chargé de touristes.

Le capitaine de ce navire changea de cap pour approcher son troupeau de curieux tout près de

Fleur de Passion. Une quantité d'appareils photographiques commencèrent à cliqueter. Jack, qui est avant tout un homme très bien élevé, sortit du cockpit, se leva de toute sa taille et s'inclina courtoisement en direction des lentilles brillantes des photographes.

Hélas, ce geste courtois ne fut pas apprécié. Le capitaine du bateau de touristes sortit une tête rouge de fureur hors de sa timonerie et commença à nous injurier en français. Plusieurs passagers du sexe masculin levèrent le poing dans notre direction, d'autres braquèrent leur caméra. Une matrone solidement charpentée se dressa au risque de tomber à l'eau et nous hurla quelque chose à propos de ces salauds de nudistes. Le bateau de touristes prit de la vitesse et s'éloigna dans un sillage d'écume, nous laissant troublés et quelque peu blessés.

« Eh bien, dit Jack avec résignation en repliant sa carcasse brûlée par le soleil dans le cockpit, voilà ce que c'est que d'essayer d'être agréable avec les gens. Que cela vous serve de leçon, Mowat ! »

Franchi le cap Gaspé et dans l'estuaire du large Saint-Laurent, notre navigation ralentit. Notre avance, qui était celle d'un escargot bien portant, devint celle d'un escargot gravement malade. Ce n'était pas tout à fait la faute de *Fleur de Passion* bien que notre recherche des bancs de vase adéquats dans presque tous les petits ports où nous passions eût pour résultat d'inévitables retards.

La grande difficulté venait de ce que nous naviguions en remontant le courant. Quand la marée baissait, ce qu'elle faisait pendant douze heures sur vingt-quatre, elle s'associait au courant du grand fleuve pour nous faire reculer à une vitesse de trois à cinq nœuds. Comme notre vitesse maximale au moteur était rarement supérieure à cinq nœuds, il y avait des moments où nous restions simplement sur place. Cela nous permettait de regarder à loisir le magnifique paysage mais l'effet sur le caractère de Jack était déplorable. Quand, à l'origine, il avait estimé le temps qu'il nous faudrait pour atteindre Montréal, son subconscient avait probablement calculé selon les performances d'une vedette lance-torpilles, capable de foncer à quarante nœuds. En tout cas, il avait oublié de calculer le vent debout, la marée contre, le courant contre et les vagues contre.

Un jour, nous passâmes toute la matinée sur place, de sorte qu'à midi Jack fumait de fureur.

« Dieu tout-puissant, gronda-t-il, si nous allions à la nage, nous y serions plus vite. »

Il exagérait naturellement un peu, mais je me gardai bien de discuter avec lui car, en réalité, nous changions de position mais dans le mauvais sens.

Par un coup du sort, c'est justement à ce moment-là que nous fûmes dépassés par un cargo se dirigeant vers Montréal et qui faisait de l'ouest à quinze nœuds. Cependant, bien plus que ce cargo, la goutte d'eau propre à faire déborder le vase de désespoir de Jack fut le spectacle d'un élégant yacht à voile installé sur le pont du navire et la vue des trois personnes qui devaient composer son équipage vautrées dans des fauteuils à côté de leur joli bateau.

Cette nuit-là, quand nous garâmes *Fleur de Passion* sur un banc de vase dans le petit port de l'Anse-à-Valleau, un peu à l'est de Fame Point, nous avions perdu cinq milles sur notre route à l'ouest.

Nous avions également perdu Jack McClelland. Pour la seconde fois au cours de ses expériences avec notre bateau, il fut contraint de descendre au moment de toucher au but. Pour dire vrai, nous en étions encore à neuf cents milles.

Jack se sentait mauvaise conscience de m'abandonner sur cette côte déserte mais, comme il l'avait fait auparavant, il me jura de me trouver un nouvel équipier. Je ne le crus pas car aucun de nous ne connaissait une âme dans un rayon de plusieurs centaines de milles de l'Anse-à-Valleau. Jack partit dans une voiture de location pour Gaspé, qui se trouve à quarante milles de là, me laissant seul pour faire face à l'horrible perspective de naviguer en solitaire — en admettant que je naviguasse.

Trois heures plus tard, je fus tiré de mes mélancoliques méditations par un appel venu du quai :

« Est-ce que vous êtes le bateau nommé *Fleur de Passion* ?

— Qu'est-ce qui se permet ? » criai-je d'une voix furieuse.

Très loin au-dessus de moi — c'était marée basse et la goélette était à six mètres au-dessous du niveau du quai — une boule de cheveux en tête-de-loup apparut dans le ciel. En dessous, il y avait un jeune visage bronzé dont les yeux bleus me regardaient avec une certaine timidité.

« Désolé, monsieur, mais monsieur McClelland m'a dit qu'il fallait que je cherche un bateau de ce nom. Je suis censé être votre matelot. »

J'invitai le propriétaire du visage à monter à bord et six pieds cinq pouces d'un personnage longiligne descendirent prudemment l'échelle de fer. Il se présenta comme Glen Wilson, vingt et un ans, ancienne recrue des forces armées américaines et maintenant clochard à la face du globe. Ayant quitté l'armée plutôt brusquement pour des divergences d'opinion sur la guerre du Vietnam, Glen s'était adroitement faufilé de l'autre côté de la frontière, en Colombie-Britannique, et il était parti en stop vers l'est pour aller à Terre-Neuve. Il était debout sur un pont à Gaspé quand une voiture s'arrêta à sa hauteur et il m'en fit la description suivante :

« Y avait un grand type avec des cheveux blonds qui en est descendu, qui m'a regardé et qui m'a demandé si je savais barrer un bateau. Je lui ai dit que non, que je n'étais jamais monté sur un bateau. Il me demanda si je voulais essayer pour un coup, et je répondis pourquoi pas ? Aussitôt, il m'a pris dans la voiture et il a dit quelque chose au conducteur français. Il m'a amené ici, il m'a serré la main, il m'a dit d'aller sur la goélette *Fleur de Passion*, en route pour Montréal, et me voilà. J'espère que vous n'êtes pas trop fâché. »

Je fus d'abord amusé, puis inquiet. Il paraissait bien improbable que ce jeune homme puisse m'être d'un grand secours, mais, en tout cas, ce serait une compagnie. Je l'avais mal jugé. Glen était un marin-né, qui était en train de découvrir pour la première fois le métier fait pour lui.

L'Anse-à-Valleau me donna plus qu'un nouveau matelot. Elle me donna de bons conseils. Ce soir-là, un imposant et digne gentleman français vint sur le quai et se présenta. Il était le capitaine en retraite d'une des célèbres goélettes du Saint-Laurent. Je lui racontai mes malheurs dans mes essais pour remonter le courant et il m'expliqua la façon de s'y prendre.

Nous devions, me dit-il, naviguer principalement la nuit, lorsque le vent dominant d'ouest tombe. Autant que possible, nous devions essayer de profiter de la marée montante et nous devions également rester à un mille environ du rivage, de façon à attraper une série de courants de renverse qui remontaient vers l'amont au lieu de l'aval.

Cette même nuit, nous mîmes cette nouvelle formule à l'essai et le résultat fut excellent. Au lever du jour, nous avions fait soixante milles à l'ouest de Fame Point. Cela m'encouragea de telle sorte que nous continuâmes toute la journée et la nuit suivante, et nous n'aurions pas interrompu notre avance si nous n'avions été contraints de chercher un autre banc de vase.

L'ennui, c'est que nous étions sur une côte où, tout simplement, les bancs de vase n'existaient pas.

Après avoir essayé deux ou trois petites criques, nous dûmes nous arrêter devant un énorme tas de sciure, résultat de la présence d'une grosse scierie. La sciure avait été jetée sur la plage et formait un banc artificiel. Le traitement à la sciure donna de bons résultats mais on ne saurait le comparer à l'argile rouge de l'île du Prince-Édouard. Comme je suis devenu grand connaisseur en bancs de vase, je puis assurer que l'argile rouge de Prince-Édouard ne saurait être égalée pour certains usages nautiques.

Depuis que nous avions quitté les lacs du Bras d'Or, *Fleur de Passion* s'était plutôt bien comportée, sauf en ce qui concernait les voies d'eau, lesquelles étaient chroniques. Elle semblait non seulement s'être résignée au voyage, mais même y prendre plaisir. Néanmoins, cette humeur ne dura pas longtemps lorsque nous tombâmes dans le trafic maritime à l'embouchure du fleuve.

Hormis quelques cargos qu'elle avait rencontrés dans le golfe, elle n'avait en réalité jamais vu de gros navire auparavant. Lorsque, au cours d'une nuit, nous croisâmes trois paquebots, un porte-avions, un minéralier de cinquante mille tonnes et quelques autres vaisseaux de moindre importance, tous nous ignorèrent complètement et nous transformèrent en araignée de mer affolée pour éviter d'être abordés. *Fleur de Passion* regimba.

Elle le fit dans son style habituel, inimitable. Nous étions au moteur à quelque dix milles de Rimouski quand un bruit à vous déchirer les oreilles éclata dans le compartiment moteur. Une seconde plus tard, le diesel cala.

Je n'eus pas de mal à découvrir la panne. Le réducteur était si brûlant qu'il en était presque devenu lumineux. Quand il se refroidit, je constatai que tous les paliers et les engrenages qu'il contenait étaient grippés ou explosés. L'huile de la boîte avait mystérieusement disparu. Cela me paraissait impossible parce que j'avais vérifié le niveau et rempli la boîte la veille. Bien entendu, ce n'était pas impossible. Au fond de la boîte, il y avait un bouchon de vidange dont je n'avais jamais soupçonné l'existence. Mais *Fleur de Passion* était au courant. Je découvris ce bouchon quelques jours plus tard, dans les fonds, à près d'un mètre de la boîte.

Nous rentrâmes à Rimouski et nous y restâmes dix interminables jours en attendant des pièces de rechange qui venaient apparemment de la Mongolie-Extérieure *via* la poste à chameaux.

Pourtant, cette longue attente à Rimouski ne fut pas une perte totale. Amarrée près de nous, il y avait une petite goélette fatiguée, mangée par la mer et désastreusement négligée, construite quelque part en Nouvelle-Écosse. Un jour que le vent portant à terre rendait notre mouillage inconfortable, nous nous déplaçâmes pour nous mettre à couple de cette goélette. Son histoire était attristante mais elle avait une moralité utile. Elle avait été achetée quelques années auparavant par un jeune couple de Toronto qui avait essayé de remonter le fleuve à la voile. Après s'être battus avec elle pendant plus d'un mois, ses propriétaires abandonnèrent la partie, l'amarrèrent à Rimouski et s'en allèrent pour ne plus revenir.

C'était peut-être idiot de ma part, mais je m'arrangeai pour faire venir à bord l'homme qui m'avait raconté l'histoire, je lui dis de la raconter encore une fois, de façon que *Fleur de Passion* n'en perde pas un mot. Quand il eut terminé, je lui demandai ce qui arriverait au petit bateau abandonné.

« Le gouvernement va la saisir pour payer les droits de quai, dit-il, et il ajouta brutalement : ils la vendront bon marché à quelque type de la ville. Cet hiver, on la mettra au sec et on en fera du bois de chauffage… »

Cette nuit-là, *Fleur de Passion* ne fit pas une goutte d'eau. Quand nous partîmes pour Québec le 1er septembre, elle se comporta si bien que nous pûmes naviguer jour et nuit.

Glen avait fait de tels progrès comme matelot que je pouvais désormais lui confier la barre pendant que je m'occupais en bas. Nous franchîmes la baie de Murray par une nuit sans lune et parfaitement noire. Vers une heure du matin, incapable de rester éveillé plus longtemps, je donnai comme cap à Glen le phare de Goose Cape en lui disant de gouverner dessus jusqu'à ce que nous soyons tout près et de m'appeler à ce moment-là.

Il ne m'appela pas et, à trois heures et demie, je m'éveillai, vaguement conscient que quelque chose n'allait pas. Encore à moitié endormi, je montai sur le pont et je regardai autour de moi. Loin en avant, aussi loin d'ailleurs qu'au moment où j'étais allé me mettre dans ma couchette, j'aperçus une lumière.

« Qu'est-ce qui se passe ? dis-je à Glen solidement assis à la barre. Nous devrions être déjà par le travers du phare de Goose Cape depuis longtemps. Qu'est-ce qui s'est produit, bon Dieu ?

— Je ne pourrais pas le dire, capitaine, pendant un moment on s'était rapproché et puis on ne se rapproche plus. »

Je regardai le compas et l'horrible vérité surgit en moi. On ne sait comment, Glen avait confondu le phare de Goose Cape avec le feu avant blanc d'un gros navire qui allait vers l'est. *Fleur de Passion* fonçait à sept nœuds, courant aux fesses et résolument tournée vers l'eau salée et sa chère Terre-Neuve. Cette fois, néanmoins, personne ne pouvait lui faire de reproche.

Nous fîmes demi-tour et reprîmes notre cap vers l'amont. En dépit du trafic et d'un temps abominable, nous atteignîmes Citadelle City au crépuscule du 4 septembre. Montréal et l'Expo 1967 n'étaient plus qu'au prochain coin de rue.

À Québec, *Fleur de Passion* changea d'équipage pour la dernière fois. Si même elle n'avait rien fait d'autre durant sa carrière, elle pouvait au moins se vanter d'avoir donné à un être humain un nouveau genre de vie. Glen Wilson nous laissa pour s'engager comme simple matelot sur un cargo norvégien en route pour Pernambouc. La mer l'avait appelé et il avait répondu.

Claire et Albert rejoignirent le navire et je fus aussi heureux de les retrouver qu'ils l'étaient de remonter à bord. Nous partîmes le soir même pour Montréal.

Le voyage en remontant le fleuve fut décevant de monotonie. Toujours terrorisée par le destin qui avait frappé sa sœur à Rimouski, *Fleur de Passion* se comporta comme l'ange qu'elle n'était pas. La température était conforme à l'été continental : chaude, étouffante et presque sans vent. La rivière elle-même ne posait aucun problème car je connaissais la façon de la remonter. Notre principale difficulté venait du trafic. Plus les chenaux rétrécissaient, plus il y avait de gros bateaux. Dans une courbe particulièrement étroite, comme nous venions de passer le lac Saint-Pierre, nous nous trouvâmes soudain face à face avec un pétrolier de vingt mille tonnes tandis que nous étions dépassés par un cargo de blé aussi géant. Bien qu'aucun de ces deux monstres n'eût rien contre nous, il leur était impossible de changer de route pour nous faire de la place. Il nous fallut chercher nous-mêmes notre salut. Nous espérâmes le trouver en sortant carrément du chenal pour aller sur un haut-fond où la vague du pétrolier nous projeta comme un mascaret et nous laissa échoués sur un banc. Quelques instants plus tard, la vague du cargo de grain, rebondissant comme un autre mascaret sur la rive, nous réexpédia dans le chenal. Albert trouvait la chose très amusante ; Claire et moi, nous aurions préféré être dans les vastes espaces vides et gris de l'Atlantique Nord.

À partir de Trois-Rivières, où la marée ne se faisait plus sentir, nous pénétrâmes dans un autre monde, un monde horrible : celui des yachts à moteur. Surpuissants et fonçant à travers le chenal, ils faisaient une vie infernale aux bateaux lents et à gros tirant d'eau comme le nôtre. En marchant à vingt nœuds, ils poussaient la moitié de la rivière devant eux et aspiraient l'autre moitié derrière. Ils faisaient plus de bruit et de remous que les gros cargos et leurs propriétaires étaient non seulement dénués de la courtoisie la plus élémentaire, mais encore ignorants des règles de route, dont en tout cas ils ne faisaient aucun usage.

Un torrent de ces jouets bruyants et ostentatoires rendit infernal notre dernier jour sur le fleuve. La chaleur était terrible et nous étions près de l'épuisement car nous avions navigué presque sans interruption depuis Trois-Rivières. Au fil des heures, les bateaux à moteur nous faisaient piquer du nez dans la plume de leur lame d'étrave et nous en avions plus qu'assez. Au moment où nous atteignîmes l'horrible horizon de raffineries de pétrole à l'extrémité est de Montréal et quand nous entrâmes dans le nuage de fumée jaune qu'elles répandaient sur le fleuve, nous vîmes enfin le bout de nos peines.

Suants, collants, sales et épuisés de fatigue, nous commencions à nous demander pourquoi nous nous étions donné tant de mal pour amener notre petit bateau d'un monde de fraîcheur et de paix jusque dans ce chaudron de sorcière. Je me posai encore la question lorsque nous arrivâmes soudain au cœur de Montréal, où je commençai à chercher le fabuleux objectif de cette croisière.

Le port était aussi agité qu'un grand boulevard. Des bacs frôlaient notre avant et notre arrière. De gros navires lançaient des coups de sirène et se précipitaient vers nous de tous les côtés. Claire, qui tenait la barre, se fit engueuler par l'équipage d'un remorqueur et de ses péniches au point qu'elle faillit en pleurer. Je voyais les tours, les minarets et les dômes de l'Expo, mais je ne pouvais voir comment j'y parviendrais. C'est à ce moment-là qu'un autre bateau à moteur se précipita sur nous comme une hyène sur une inoffensive gerboise.

Mais ce n'était pas un bateau ordinaire. Lorsqu'il approcha, écumant, sa coque bleue nous rappela quelque chose. En grands caractères sur ses flancs, il y avait l'inscription MP 43 et je reconnus qu'il était le *Blue Heron*, frère du *Blue Iris*.

« Oh, mon Dieu, criai-je dans mon désespoir à Claire, la peur bleue nous possède !

— La longue pince du Grand Craken nous prendra tous au bout du compte, répliqua Claire. Voyons maintenant comment tu vas te tirer de cette affaire par tes belles paroles. »

En fait, nous étions dans l'illégalité la plus flagrante. Nous n'avions pas inscrit le nom de notre navire sur sa coque, conformément au règlement maritime, et nous n'avions pas non plus notre numéro peint selon les instructions de la loi sur la navigation au Canada. Pour arranger les choses, nous n'avions pas le pavillon national canadien à notre arrière, mais nous avions le pavillon des provinces basques avec, au-dessous, par courtoisie pour le Québec, la fleur de lis. Mon seul espoir était que le MP 43 ne savait pas qui nous étions en réalité et que nous pourrions nous en tirer en bluffant.

Le *Blue Heron* coupa les gaz quand il fut par notre travers. Un policier en élégant uniforme sortit sur la passerelle avec un haut-parleur.

« Ohé, *Fleur de Passion*, suivez-moi, je vous prie. »

Puis le bateau de la police fit demi-tour et se plaça devant nous.

Pendant un instant, je fus tenté de plonger en bas, d'ouvrir les nables et de saborder ma goélette maudite. Mais la flamme de la bagarre m'avait abandonné, j'étais vaincu et je le savais.

Le *Blue Heron* nous conduisit vers le port à une allure de marche funèbre jusqu'à ce que nous nous approchions d'un puissant brise-lames devant les îles sur lesquelles l'Exposition se dressait. Quatre canots rapides apparurent alors et foncèrent à notre rencontre. Leurs pilotes avaient des talkies-walkies et portaient un mystérieux uniforme que je ne reconnus pas.

Le *Blue Heron* vira de nouveau, prit de la vitesse et s'éloigna tandis que les quatre runabouts nous encadraient, deux devant et deux derrière, poussant *Fleur de Passion* inexorablement vers une ouverture dans le brise-lames.

Lorsque nous pénétrâmes dans l'étroit chenal, je fus affolé de voir des nuages de fumée s'élever soudainement sur les deux môles, en même temps que nous étions assourdis par une série de terribles détonations.

« Planquez-vous, pour l'amour de Dieu, criai-je à Claire et à Albert, voilà qu'ils tirent sur nous, maintenant ! »

En femme courageuse qu'elle est, Claire ne flancha pas. Fièrement plantée à l'avant, elle regarda droit devant elle, faisant face au destin. Albert se tenait à son côté, solide et indomptable. Ils formaient un tableau à vous redonner du cœur au ventre.

Quand les échos de la canonnade s'atténuèrent, Claire parla.

« Oooooh, Farley, cria-t-elle en extase, ils nous font une réception officielle ! C'est pas gentil ? »

Les mots étaient faibles, car nous fûmes ensuite assourdis, cette fois par une cacophonie de sirènes, de sifflets, de trompes et de klaxon, au point que je lâchai la barre pour me boucher les oreilles. Nous avions franchi la passe et directement devant nous il y avait un grand bassin artificiel contenant la plus brillante collection de yachts de luxe jamais rassemblée en un seul endroit. Tous faisaient marcher leur sirène. Des gens debout sur leur pont agitaient des verres, des bouteilles et des pavillons. L'agitation était indescriptible. Je regardai par-dessus mon épaule car je m'attendais à voir le yacht de la famille royale dans notre sillage, mais il n'y avait rien de la sorte. Si inconcevable que cela me parût, il me semblait bien que tout ce tohu-bohu était en notre honneur.

Les canots rapides nous guidèrent au mouillage numéro 1, juste devant le bâtiment principal de ce port exotique. Là, nous fûmes amarrés par un quatuor de jeunes gens zélés entre deux palaces flottants qui, ensemble, devaient bien valoir l'équivalent de la rançon du shah de Perse. Les officiels nous accueillirent sur le quai. L'un d'eux fit un petit discours en nous souhaitant la bienvenue à Montréal et à l'Expo 1967, puis un visage familier apparut dans la foule. Il appartenait à l'un des principaux directeurs de l'Exposition, un vieil ami à moi.

Je le saisis par le bras.

« Qu'est-ce que c'est que cette histoire, je n'ai jamais été aussi gêné de mon existence ! »

Souriant, il m'expliqua tout. Dans notre solitude de Burgeo, il ne nous était pas venu à l'idée que le monde extérieur puisse entendre parler de notre voyage et encore moins s'y intéresser. Nous nous étions trompés. L'Exposition était au courant et l'Exposition s'en occupait. Depuis l'instant où nous avions passé la station de pilote d'Escuminac, à l'embouchure du fleuve, l'Exposition avait été tenue au courant de notre navigation erratique et nous avions été surveillés constamment.

« Songez un peu, me dit notre ami, personne ne pensait que vous y arriveriez ! On vous jouait à vingt-cinq contre un. J'ai moi-même perdu pas mal d'argent. Je croyais que vous couleriez longtemps avant d'atteindre Québec. Le bateau qui ne veut pas flotter ! Qu'est-ce que vous avez fait ? Vous l'avez rempli avec des balles de ping-pong ?

— Taisez-vous, lui dis-je, ne dites jamais des choses comme ça, surtout pas quand elle peut vous entendre ! »

Cette nuit-là, nous fêtâmes l'achèvement de mille quatre cents milles de lutte contre l'adversité sous toutes ses formes — à proprement parler.

Il était tard le matin suivant quand nous nous éveillâmes. Le soleil entrait à flots dans la cabine par le grand hublot de l'avant. Je restai étendu pendant un instant en songeant à la croisière. Puis je tournai la tête vers la couchette de Claire.

« Alors, chérie, c'est fini maintenant. Veux-tu du café ? Je vais mettre la bouilloire. »

Je sortis mes jambes de la couchette... et je mis mes pieds dans vingt-cinq centimètres d'eau glacée.

Elle avait recommencé.

21
Envoi

Pendant les cinq jours qui suivirent, l'Exposition se repentit de la folie qu'elle avait commise en accueillant le bateau qui ne voulait pas flotter. *Fleur de Passion* faisait de l'eau à tel point que nous ne pouvions maintenir sa tête à la surface qu'en pompant continuellement avec plusieurs pompes électriques. Les jets malodorants qui venaient se briser sur les coques des yachts de millionnaires à droite et à gauche de nous n'étaient guère appréciés. Les officiels de l'Exposition nous reléguaient de plus en plus vers le fond du port. Nous ne revîmes jamais notre ami de la direction et il aurait probablement bien voulu ne jamais nous avoir vus. Tous nos efforts pour étancher les voies d'eau échouèrent et, finalement, en désespoir de cause, nous partîmes avec notre vaisseau en détresse en direction de l'ouest, dans l'espoir de trouver soit un banc de vase, soit un chantier naval avant qu'il ne soit trop tard.

Nous n'eûmes besoin ni de l'un ni de l'autre. Deux heures après avoir quitté l'Exposition, *Fleur de Passion* cessa de faire de l'eau aussi soudainement et aussi inexplicablement qu'elle avait commencé.

Une semaine plus tard, la goélette et nous arrivâmes dans le petit lac Ontario, à Port Hope, où Claire et moi avions acheté une maison. Il n'y avait pas de possibilité de mettre le bateau à sec et la goélette dut rester à l'eau cet hiver-là. Elle n'aima pas cela du tout.

En janvier, alors qu'elle était entourée d'une couche de glace pas tout à fait assez forte pour supporter le poids d'un homme, elle se remit à faire de l'eau. Nous la sauvâmes de justesse, mais je fis deux mémorables plongeons dans les glaçons, bien involontairement, en essayant de l'atteindre du rivage.

Cette fois c'en était trop et, le même printemps, je la fis mettre au sec à Deseronto, dans la baie de Quinte. Elle passa presque toute l'année 1968 sur la berge, où des experts vinrent l'examiner et admirent finalement qu'ils n'y comprenaient rien. De temps à autre, nous la remettions à l'eau « pour voir ». Elle se mettait à couler comme un panier et il fallait la sortir en vitesse. À la fin de l'été, j'étais sur le point de perdre espoir. Je dis à Don Dawson, le propriétaire du chantier, d'en retirer le moteur, d'enlever tout ce qui pouvait être utile et de la laisser crever.

Don n'est pas un homme comme les autres. Il ne supporte pas facilement la défaite. Sans me demander mon avis, il fit une dernière tentative pour découvrir la fatale maladie de *Fleur de Passion*. Un jour d'octobre, il me téléphona.

« Farley, écoutez-moi, j'ai mis votre bateau à l'eau la semaine dernière. Il est sur l'eau depuis lors et il n'a pas fait une goutte d'eau. Je crois que j'ai trouvé l'avarie. »

Naturellement, je n'en crus pas un mot, mais, comme je suis un optimiste éternel, je lui donnai un sursis.

Quelques jours avant qu'elle fût prête à être remise à l'eau, au printemps de 1969, j'allai la voir. Comme toujours, elle avait l'air assez mal à son aise au sec et elle semblait totalement déplacée au milieu des rangées d'élégants bateaux à moteur et des yachts en fibre de verre. Elle était un pauvre petit bateau malheureux et abandonné. J'eus soudain conscience de ma culpabilité.

Je me dis qu'elle avait été bonne pour moi, à sa façon, et loyale aussi. Et je me dis que c'était un sale tour que je lui avais joué en lui faisant quitter son pays pour l'amener dans des eaux douces mais polluées, parmi des bateaux-jouets et des bateaux de parade, pour la laisser pourrir sur place.

Comme par une impulsion soudaine, je lui dis :

« Ne t'en fais pas, ma vieille. Je vais te dire quelque chose. Quand viendra l'été, si tu restes à flot et si tu fais attention à ne plus faire d'eau, je te ramènerai là d'où tu viens. Qu'est-ce que tu dis de ça ? »

Elle ne dit rien, mais, comme j'écris ces lignes, il y a un mois qu'elle est à flot et elle est aussi étanche qu'un tonneau. Je ne l'ai jamais connue en meilleure santé. C'est sa réponse. Ainsi, un de ces jours, Claire, Albert, moi-même et *Fleur de Passion*, nous prendrons un cap à l'est en descendant la longue, longue rivière, jusqu'à la mer salée et vivante, vers le silence et le brouillard, vers le monde où ma petite goélette est née. *Fleur de Passion* rentrera au pays.

DU MÊME AUTEUR

Aux Éditions Hoëbeke

LE BATEAU QUI NE VOULAIT PAS FLOTTER, 2013 (Folio n° 5944)

Chez d'autres éditeurs

DIANE FOSSEY AU PAYS DES GORILLES, 1990, *Seghers*

MES AMIS LES LOUPS, 1984, Castor poche, *Flammarion.*

OURAGAN AUX BERMUDES, 1979, *Pen Duick.*

Tous les papiers utilisés pour les ouvrages
des collections Folio sont certifiés
et proviennent de forêts gérées durablement.

Composition Nord Compo
Impression Maury Imprimeur
45330 Malesherbes
le 13 septembre 2022
Dépôt légal : septembre 2022
1er dépôt légal dans la collection : avril 2015
Numéro d'imprimeur : 265329

ISBN 978-2-07-046336-7 / Imprimé en France

550287